賢者の弟子を名乗る賢者
She professed herself pupil of the wise man.
19

〈1〉

「むぅ……もう朝か」

ニルヴァーナ城にあるイリスの部屋。ミラがその寝室で朝を迎えるのは何度目になるだろうか。心地よい朝というのは目覚めた瞬間のみならず、あらゆる場面で実感出来るものだ。

そっと目端に映るイリスの寝顔。抱き枕にされたまま夢見る団員一号の姿。本を手に、剣を腰に帯びたまま「おはようございます」と小声で挨拶してくるエレツィナ。

何もかもが相変わらず過ぎて思わず微笑むミラは、小声で挨拶を返しつつ寝室を出た。

そして朝風呂で目を覚まして戻ると、モーニングコールをしにきたアルマと出会う。

心地よい朝というのは、存外脆《もろ》いものでもある。そんなたった一人の介入によって、あっという間に消え去っていくのだから。

イリスにとってのアルマは、姉のようであり、母のようでもあった。慣れたようにイリスを起こして、朝の支度を済ませるようにと背を叩く。

このようにアルマが来ると、一気に朝が騒がしくなる。てきぱきと朝食を作りだせば、ミラもまたあれこれと手伝う事になった。

皆が揃ったら一緒に朝ご飯を食べる。騒がしくも温かさを感じる、そんな普段通りの朝だ。

そしていつものようにアルマがエスメラルダに連れていかれたところで騒がしい朝が終わり、賑やかな日常が始まった。

「さて、今日は何があったかのぅ」

水面下で進行中の『イラ・ムエルテ』殲滅作戦の経過は上々だ。そして、かの組織のボスに繋がる特殊な術具も順調に集まっている。

先日にもミラは、最高幹部の一人であるガローバの捕縛に続き、更に一人の捕縛に成功していた。

大陸一の歓楽街を有するミディトリアの街。あらゆる欲望の渦巻くそこに潜入したミラは、風俗嬢に扮して標的に接近。見事、最高幹部の一人であるユーグスト・グラーディンを捕らえ、術具も回収した次第である。

これで重要人物となる最高幹部のうちの三名、ガローバとユーグスト、そしてファジーダイスの活躍により悪事を暴かれたトルリ公爵は監獄の中。よって残る最後の一人であるイグナーツを捕らえる事が出来れば、かの組織のボスの居場所がわかる術具が揃う。

そして今、イグナーツ率いるヒルヴェランズ盗賊団については、アトランティスの将軍達が対応中だ。ゆえに盗賊団が潰されるまでの間、ミラは特にやる事がなかった。

そのため暫くは、イリスの護衛としてつきっきりのまま、こうしてのんびりと過ごしているわけだ。

「今日から、予選大会のトーナメントが始まるんですよー」

ミラと一緒に観戦出来るのが余程嬉しいのだろう。魔導テレビの他、完璧に観戦環境を整えていくイリスの動きには、曇り一つなかった。しかも闘技大会予選がいよいよ大詰めとあって、普段より幾分テンションも高めだ。

「ほぅ、それは楽しみじゃな」

メイリンは当然として、召喚術の塔の術士ジュード・シュタイナー――もといブルースは、大陸中から猛者が集まるこの大会にて本戦まで駒を進める事は出来るのだろうか。

ミラ自身が出場出来なかった今、召喚術の未来はブルースの双肩にかかっているといっても、きっと過言ではない。

（わしは信じておるぞ、ブルース！）

ヴァルハラにて、ブルースをがっつりと仕込んでおいた。そしてミラも認めるほどに実力を伸ばした。なればこそ召喚術は健在であると、世に知らしめるだけの成績を残してくれるはずだ。

そうブルースの活躍を願いながら、予選トーナメントの開始を待っていたところ。イリスが、お菓子やジュースを並べている中でミラはふと気づく。

「……シャルウィナや、少し寝たらどうじゃ？」

部屋の隅にて護衛として待機しながら本のページを捲るシャルウィナだったが、その表情は、誰がどう見ても寝不足で限界であったのだ。だがそれでいて、彼女の両目はギラギラと輝いていた。

「いえ、大丈夫です主様！　まだまだ続けられます！」

睡眠欲すら打ち破らんとするほどに、読書欲が高まっている。それほどまでにイリスの部屋の図書館は、夢のような場所だったのだろう。シャルウィナは本を手にしたまま、問題ないと力強く返してきた。

その顔には寝る間も惜しいといった思いが、ありありと浮かんでいた。

（よもや、これほどまでにド嵌《はま》りするとはのぅ）

あの図書館を見たらきっと喜ぶだろうという単純な考えでシャルウィナを召喚したが、この状況を前にした今、もしかして人選ミスをしてしまっただろうかと悩むミラ。

ともかく、シャルウィナをこのままにしておくわけにもいかない。心は潤っているようだが、彼女の身体は真逆の状態だ。

きっとミラが命令すれば、シャルウィナは大人しく言う事を聞くだろう。だが注意されてしまったと、基本真面目な彼女は同時に落ち込んでしまうかもしれない。

「ふむ、そうか。じゃが、お主にばかり負担をかけるわけにもいかぬからな。ちょいと助っ人を喚ぶとしようか」

あくまでも、頑張ったシャルウィナを労うという形で、ミラは召喚術を行使する。

二つ浮かび上がったロザリオの召喚陣。そしてミラの口から紡がれる詠唱。それによってこの場に参じたのは、シャルウィナの姉妹達。そう、ここにヴァルキリー七姉妹が集結したのだ。

「主様、何なりとご命令を」

アルフィナを筆頭にして跪く姉妹達。その姿たるや高貴高潔を形にしたかのようであり、それこそ何かの物語から飛び出してきたかのようだった。

だからというべきか、アルフィナ達を目にしたイリスの反応といったら、それはもう輝かんばかりである。

「凄いですー！　まるで九賢者物語に出てくるダンブルフさんのヴァルキリーシスターズみたいですー！」

当然とでもいうべきか、イリスは九賢者が題材となった書籍についても完全に網羅しているようだ。そこに書かれているダンブルフの逸話の一つであるヴァルキリー七姉妹を想起させる光景に随分と興奮した様子だ。お茶のポットを手にしたまま、それはもう大はしゃぎだった。

「あー、うむ、そうじゃな、確かに、物語みたいじゃのぅ。まあ、物語みたいなだけじゃがな……！」

思わぬところでその名が出てきた事に、びくりと冷や汗をかきつつ、ミラは面白い一致もあるものだ程度の話に誘導していく。

流石に想像力逞しいイリスでも、ミラがダンブルフであるという発想にまでは行き着かないようだ。しかもそれ以前に、イリスはアルフィナ達の方に夢中であった。

「やっぱり、カッコいいですー！」

ちょこまかと駆け回り、羨望にも近い目でアルフィナ達を多方向から見つめるイリスは、惜しみない称賛の言葉を繰り返す。

対するアルフィナ達は、きりりとしたままミラの言葉を待っていた。けれど一人だけ、そうクリスティナだけは、大絶賛するイリスの声に満更でもなさそうに頬を緩ませていく。

「こほん。さて、早速なのじゃが――」

ミラはイリスの興味がこちらに向けられる前に状況を説明し、互いの紹介も行った。そしてアルフィナ達には、暫くの間ローテーションを組んで一緒にイリスの護衛として任に当たってほしいと伝える。

「任務、拝命いたしました」

そのように仰々しく答えるアルフィナと静かに一礼する姉妹達。イリスはその様子を前にして、物語通りだと更にテンションを上げていく。

なお、物語の方には姉妹達の名前などは記載されていないため、そこから身バレする事はなさそうだ。

「さて、昨日はシャルウィナが通しで護衛をしてくれたのでな。今日は、別の者に交代してほしいのじゃが……」

今日からは姉妹達でローテーションを組んでもらう。そうすれば自然とシャルウィナが休みとなるわけだ。一度、この本好きの楽園ともいえる部屋から遠ざければ、シャルウィナとて、しっかりと眠ってくれるだろう。

「まずは私が引き継ぎましょう！」

そう一番に名乗りを上げたのは、やはりアルフィナだった。

更にシャルウィナを見やった彼女は、すぐに寝不足気味であると察しミラの意にも気づいたようだ。

「貴女は、しっかりと休んでおきなさい」

そう告げてから「主様のために、よく頑張りましたね」と労いの言葉を続けた。シャルウィナの寝不足を、全て任務遂行によるものだと思ったのだろう。

事実シャルウィナは、アルフィナが召喚されてから手にしていた本をいつの間にかどこかへと隠していた。

果たして、アルフィナが四階にある図書館の存在を知ったら、どのような反応をするだろうか。それはまた、もう少し先の事だ。


ヴァルキリー七姉妹によるイリスの護衛計画については、それからあっさりと決まった。基本は長女であるアルフィナから降順となり、例外として四女のシャルウィナが末っ子クリスティナの次、という順番だ。

つまり次にシャルウィナの番がくるのは一週間後というわけである。

そして、基本的には日替わりで来てもらうという予定であったのだが、ここで一つ予定外……ながらも、少し想像すれば予想出来た事態となった。

日々の訓練や私生活も考慮して、その日ごとに召喚するつもりだったミラ。だが、アルフィナ以外を送還しようとしたところで、全員分のお茶を用意していたイリスが『もう帰ってしまうのですか』といった寂しげな表情を浮かべたのだ。

彼女が置かれた状況からして、きっとこの部屋にこれだけ大勢がやってくる事など滅多にないはずだ。むしろ初めての可能性すらある。イリスのはしゃぎようには、物語に出てくるようなヴァルキリーに会えたというだけでなく、多くの客人が来てくれたという喜びも含まれていたわけだ。

その結果、送還は中止。七姉妹は暫くの間、イリスの部屋で暮らす事となった。

現在は、多くの戦いを見るのもまた訓練になるという事で、闘技大会予選を映す魔導テレビを皆で鑑賞中だ。なおシャルウィナは、アルフィナの圧に負けて素直に寝室で眠っている。

「予選といえど、侮れませんね……」

「なるほど、そんな使い方が……面白いです」

「うわぁ、今のは痛そう……」

訓練の一環というだけあって、ただ試合として観戦するミラ達とは違いアルフィナ達の目線は戦士のそれだった。

ただ、それはそれとして、皆楽しめているようである。また何よりイリスがすこぶるご機嫌だ。

予選ながらも本戦出場まであと一歩であるため、選手は凄腕揃い。戦闘についてはからっきしなイリスでは、時折何が起きたのかが理解出来ない場面が出てくる。

しかしだ。

「凄いですー。今のは何が起きたのか見えませんでしたー」

そうイリスが疑問を浮かべれば「今のは――」と、姉妹達が完璧に解説するのだ。しかも彼女達は、戦士としての技術についてならば術士のミラより知識も経験も豊富である。そのため、より詳しい解説が可能だった。

アルフィナ達とイリスの相性は良さそうだ。ともあれイリスが笑顔になってくれてよかった。そう微笑みつつも予選に術士が出てきたところで、ミラもまた存分に解説し始めた。


ヴァルキリー七姉妹が加わり、より鉄壁となったイリスの部屋。また同時に賑やかとなったそこでは、毎日が騒がしく過ぎていった。

皆一緒になっての魔導テレビ鑑賞。闘技大会の予選が順調に進んでいく中で、ブルースの登場にミラが歓喜するなどという場面もあった。

特訓の成果に加え、別れて以降もブルースは鍛錬を怠ることなくしっかりと励んでいたようだ。彼の部分召喚は、実戦でもそれなりに通用するレベルにまでなっていた。

優秀な成績で予選を勝ち上がってきたのだろう。魔導テレビの画面からでも、その注目度がわかるほどだった。

すなわち、それだけ召喚術のアピールも出来ているという事だ。実に素晴らしい成果だと、ミラはブルースを絶賛する。

また、一時期共に過ごしたアルフィナ達も、そんなブルースの戦いぶりに感化されたようだ。気づけば庭の方でも出来そうなものを中心として、待機組が訓練を再開していた。

むしろ護衛の任に就いている方が休憩になるという、おかしな状態だ。

だがそこに、これまでとは違う要素が一つ加わった。

イリスだ。

アルフィナ達の訓練を興味深そうに見ていた彼女が、その訓練を受けたいなどと言い出したのである。

ミラが語った冒険者の話や、今の状況、そしてひたむきに努力し続けるアルフィナ達。そういった環境の変化が、イリスに決心をさせた。せめて自分の身を守れるくらいに強くなりたいと。

そしてその日から、イリスの特訓も始まった。だが突然強くなって驚かせたいというので、アルマ達にはまだ内緒だ。

今はアルフィナ達の訓練に交じって、色々と学んでいるところである。

なお、そんなイリスに合わせて特訓内容が調整されたため、次女以下の姉妹達は大歓迎ムードだったりする。

そしてそれを維持するために、イリスの気が変わらないように、その指導は懇切丁寧でいて非常に気合の入ったものだった。

と、そのようなミラ達の日常が過ぎていく中で、もう一つの作戦が動き始めていた。

アーク大陸中央部の東。まるでクレーターのような円形の湾が広がるそこには、海運の中心となるユニエスポートという街があった。

周辺地域に比べ、幾分かはヒルヴェランズ盗賊団の息が薄い街だ。

大きな港があるため人の出入りも激しい街だが、ここ数日の間に一人、また一人と大物がこの地を踏んでいた。

その者達の正体こそ、並行する作戦の要、大陸最大のプレイヤー国家であるアトランティス王国が誇る最高戦力『名も無き四十八将軍《ネームレスライン》』だ。

一緒になって動くと相当に目立つため、各々で現地集合となっているのだ。

「さあ、皆のゴットフリートの到着だ！　って、遅れてきた俺が言うのもなんだけど、もしかしてまだ揃ってない？」

そんな街にある大きなホテルの一室。その扉を加減など知らぬという勢いで開いた男――ゴットフリートは、そこに揃った仲間達を見回しながら何か期待したように言う。

けれどそれに答えた男の言葉は、その期待をあっさりと切り捨てるものだった。

「いや、お前が最後だ、のろま。二日もあれば十分な距離を四日もかけやがって。今度はどこで何してやがった、このやろう」

男は、実に苛立たしげだ。けれどその声には、どことなく諦念《ていねん》めいた感情も含まれていた。彼は知っている、というより予想出来ていたのだ。ゴットフリートが遅れてきた理由について。

「いやぁ、それがさ。聞いてくれよ。ほんとは二日で到着出来るはずだったんだよ。こっちが近道だっていう直感が、ビンビンきてさ。けどな、来る途中の山奥に小さな村があったんだけど、なんか凄く暗いの。聞いてみると、牙神様とかいう神様に供物を捧げる日が近づいているって言うんだ。でもな、今年は不作で要求された量を用意出来なかったんだと。するとだ、今度は生贄を要求してきたって言うじゃないか――」

「――あー、もういい。だいたいわかった」

言い訳というよりは、それこそ非常事態だったと話すゴットフリートを男は止めた。

理由は単純。それがいつもの事だからだ。

「その牙神様とやらが魔獣か何かで、退治してきたとかだろ、まったく。何をどうしたら毎回毎回出かけるたびにそういった場面に出くわすんだ、馬鹿やろう」

そう男があり得そうな話を挙げたところ、ゴットフリートは「流石レイヴン、大正解だ！」と、その内容を肯定した。

つまりゴットフリートは、男――レイヴンが予想した通り、小さな村に供物と生贄を要求していた魔獣を討伐してからやってきたというわけだ。ゆえに予定よりも二日ほど遅れたのである。

そしてレイヴンはというと、ゴットフリートがなぜかそういう事にばかり巻き込まれる運命にあると知っていた。否、彼はそういう事に首を突っ込みたがる気質であるのだと諦めていた。

また他の者達も、ゴットフリートの遅刻には慣れっこのようだ。もはや、いつも通りといった様子だ。

なおゴットフリートが言う直感は、むしろヒーローレーダーか何かなのではないかというのが半分本気なレイヴンの予想である。

「まったく……まあ、いい。とっとと座れ。情報を共有するぞ」

「おうよ。で、どんな状況だ？　何人か見当たらないが、お前がここにいるって事はもう準備は進んでいるんだろ？」

ゴットフリートは遅れた事に悪びれる様子もなく空いている席に座ると、こちらもまた、いつも通りといった態度で問う。

レイヴンがいれば、作戦遂行に支障はない。そんな信頼があるのだろう。だからといって遅れていい理由にはならないが、誰もゴットフリートを責める気はないようだった。

それはきっと、彼がいたからこそ救われた者達が大勢いるからだろう。

「ああ、シモーネクリスはニルヴァーナからの情報通りに盗賊共の拠点があるかの調査。ついでに狙撃地点の下見ってところか。あとサイゾーも一緒だな。拠点を確認出来たら、そのまま潜入工作って予定だ。でアルトエリーとハートシュルツは、周辺国の首脳陣と作戦会議中だ」

「なるほど、いつも通りに順調だな！」

「ああ、そうだ。いつも通りだ。お前の遅刻も含めてな」

皮肉交じりに言うレイヴンだが、快活に笑うゴットフリートにとってはどこ吹く風である。

「それならもう、あとは行って潰すだけか。で、作戦開始はいつだ？　今からか!?」

ヒルヴェランズ盗賊団の討伐。それが成されれば、今よりもずっと平和になる。そう信じるゴットフリートは、今すぐでも構わないというヤル気に満ちていた。

「ったく、それは三人が情報を持って帰ってきてからだ、馬鹿やろう」

溜め息交じりに返したレイヴンは、「まずは今わかっている事を、その足りない頭に入れておけ――」と前置きしてから情報の共有という会議を開始した。

現時点における、作戦概要。

まずは一番重要な、盗賊団の本拠地をどうやって制圧するかという点だが、それについては既に決定済みだ。

この作戦には『名も無き四十八将軍』が十人も揃っているのである。その戦力を全て投入する事こそ最も確実で最も安全な方法といえるだろう。

だが、今すぐには動けない。それは、周りの準備が完了していないからだ。

「アルトエリーの話によると、完全に展開するまではあと三日ほどかかるそうだ――」

そう言ってレイヴンは、周辺諸国の動向についての情報を、ここで共有する。

ヒルヴェランズ盗賊団による被害に困窮していた国々は、『名も無き四十八将軍』に呼応して出兵を決定した。

その総数は、一万。数の上では盗賊団を上回るほどだ。けれど装備の質が違うため、正面からの激突ともなれば兵士達は敗走を余儀なくされるだろう。

それほどまでに、盗賊団側の武装は強力であるという調査結果が出ている。それもこれも盗賊団の頭領兼『イラ・ムエルテ』最高幹部であるイグナーツが、武具の裏取引まで仕切っていたからだ。

ゆえに正規兵の装備ですら劣るという如何ともしがたい差が生じた。

そんな兵士達が担当するのは、いわば檻の役である。盗賊団の本拠地を包囲するように陣を敷き、誰一人として討ち漏らさないようにするのだ。零れ落ちてきた程度ならば、兵士達でも十分に対応出来るという計算だ。

如何にアトランティス最高戦力のレイヴン達とて、数千人規模となる集団全てに目が届くわけではない。だからこその重要な配置だった。

とはいえ一万という人数を動かすには時間がかかる。加えて包囲を完全なものにするための術具の設置にも幾らかの時間がかかるそうだ。

「――というわけで、作戦決行予定は三日後だ。後は誰がどのポイントを攻めるかだが、こいつは三人が戻ってから決める。いいな？」

現時点における作戦の進展度合いを話し終えたレイヴンは、そう締め括った。盗賊団の本拠地を襲撃する際の役割分担は、まだ未定だと。

「俺は、一番でかいところな！　親玉がいるところは俺な！」

ここまで黙って聞いていたのは偉いが、レイヴンが話し終えた矢先に声を上げたのは、やはりゴットフリートだ。

それはもう元気よく、一番の大物と戦う事を希望する。だが、そこには手柄がどうだとか、強い奴と戦いたいといった感情は無かった。ただ、あるのは揺るぎなき正義感のみだ。

世のため人のために、悪名高きヒルヴェランズ盗賊団を討つ。そして、その業を背負う。それが彼の信念なのだ。

「はいはい、私はそれでいいよ。で、私は一番小さいところでお願いね。なるだけ楽なところ」

どこか眠たげな顔で主張するのは、その場に同席する一人の少女、エリュミーゼだ。もはや寝巻きといっても過言ではない若草色のローブを纏う彼女は、言うだけ言って再びテーブルに突っ伏した。

何とも気だるげな様子である。

「だから、三人が戻ってきてからって言っているだろ。馬鹿共が」

片やヤル気満々、片やヤル気皆無という極端な二人が盗賊団討伐メンバーという事もあって、レイヴンは既にうんざりした表情を浮かべていた。

とはいえ、くじ引きで決まってしまったのだから仕方がない。レイヴンは己の運の悪さを呪いつつ、ここ数日分の情報も伝えていった。実に律儀な性格である。

〈2〉

アーク大陸中央部、林に囲まれた平原のど真ん中にヒルヴェランズ盗賊団の本拠地はあった。もはや要塞のようですらあるそれを、レイヴン達は遠くの木々の間から望む。

「トーラスターム国から完了の合図を確認。これで全て配置完了だ。さて、いよいよだぞ。お前達も準備はいいな？」

周辺諸国の兵士達の展開準備が完了したという合図が通信用の術具に届く。これより作戦の開始と共に、林に潜む一万の兵士達がこの平原を一斉に包囲する手筈だ。

それを確認したレイヴンは、ここからが出番であると揃った仲間達に声を掛ける。

ゴットフリートが合流してから三日後の今。遂にヒルヴェランズ盗賊団討伐、兼『イラ・ムエルテ』の最高幹部が一人、イグナーツ捕縛作戦開始の時がやってきた。

「よっしゃ、ようやくだな！」

今にも飛び出して行ってしまいそうなほどに気合が入っているのは、やはりゴットフリートだ。三日間も大人しくしていた分、正義の心は最高潮に燃え上がっている。

「早く帰りたい……ベッドで寝たい……」

エリュミーゼはというと、野営用の簡易ベッドがお気に召さなかったらしい。いつも以上に眠たげな表情であった。

　だが、そんな彼女をやる気にさせる方法を心得ているレイヴン。「帰ったら一日中寝て構わない。俺が許可を取ってやる」と言えば、エリュミーゼは「約束だから」と応え、それはもう覚醒でもしたかのように顔つきが変わった。

「さて、俺も狙撃地点に移動しておく。タイミングは合わせる」

　そう言って一行から離れ林の中に消えていったのは、アトランティス随一の槍使いであるシモーネクリスだ。迷彩柄のマントを羽織った彼の姿は熟練兵のそれであり、瞬く間に木々に紛れこんでいく。

　そして残る者達もまた、十分に士気を高めていく。

　これからレイヴン達は、たった十人で、数千人にも及ぶヒルヴェランズ盗賊団との戦闘を開始する事になる。見かけでは圧倒的な人数差だが、ここにそれを心配する者は皆無だった。

　それどころか彼らの顔には余裕すら浮かんでいる。だが、かといって慢心の色は微塵《みじん》もない。そこにあるのは任務遂行の意思と、ほんの僅かな義侠心《ぎきょうしん》だ。

「よし、サイゾーに合図を送った。始まるぞ」

　最後にそうレイヴンが伝えたところ、各々の反応は様々だった。

　ゴットフリートは平原に広がる本拠地を見据え、今か今かといった顔で、その時を待つ構えだ。

　対して、エリュミーゼのように耳を塞ぐ者もいた。衝撃に備える構えである。

　そのように、それぞれが構えた数秒後、あまりにも鮮烈に戦闘開始の合図が轟いた。

爆炎と爆炎、更に爆炎。本拠地の各所で赤々と燃え盛るような爆炎が幾つも上がる。そして僅かに遅れて響くのは、耳をつんざくほどの轟音と大地を震わせる衝撃。

それは、敵地に潜入したサイゾーの破壊工作によるものであり、また開戦を知らせる狼煙《のろし》でもあった。

「よっしゃー！」

当然の如く、いの一番に飛び出していったのはゴットフリートだ。特大剣を手にしながらも、有り得ない速さで駆けていく。

「直ぐ行って、直ぐ帰る」

彼に続くのは、なんとエリュミーゼである。作戦が早く終われば、それだけ早く帰れるからという単純な動機だ。

だが、そんな二人よりも先に仕掛けた者がいた。

シモーネクリスだ。開始の合図が見えたところで、即座に狙撃が始まった。直線軌道を描く彼の投槍は、攻城兵器をも軽く上回る破壊力でもって本拠地の防壁を破壊する。

「各自、包囲殲滅開始。討ち漏らしても周りの兵士が何とかすると思うが、なるべく処理するように」

合図と共に、待機していた兵士達も動きだした。それをしっかりと確認したレイヴンは最後にそう告げてから、自らも戦場に向かい駆け出していく。そして残るアルトエリーにハートシュルツら六名の将軍達はというと、正面から突っ込んだ三人と違い、それぞれ広がってから敵陣を囲うようにして戦略的に突入していった。

「おい！　今の爆発はなんだ!?　何が起きた!?」

「誰か術具でも暴発させたのか？」

「そんなところでぼさっとするな！　早く火を消すぞ！」

ヒルヴェランズ盗賊団の本拠地では、突然の大爆発によって混乱が広がっていた。

誰も手が出せない大陸最強の盗賊団という立ち位置。加えて禁止術具なども多く保有している事が災いしてか、それが破壊工作によるものだと直ぐには気づかなかったのだ。

いつもの事故が、いつも以上の規模になっただけ。それが彼らが最初に思った事だ。

だが、真実は別にある。

「敵襲だぁぁぁぁぁ!!」

最速最短で突入して暴れ始めたゴットフリートとエリュミーゼ、更に防壁の瓦解によって彼らはようやくそれが襲撃であると気づいた。

「おい、あれを見ろ！　兵士達に囲まれているぞ！」

更に見張り塔にいる男の一人が叫ぶ。数分前まで異常なしだったはずが、いつの間にか林の中より多くの兵士達が現れたと。

「どういう事だ！　なんで警報が鳴っていない!?」

当然、目視の難しい林には、ところどころに監視用の術具が仕掛けられていた。あれだけの兵士が侵入していれば、反応しないはずがないのだ。けれど監視装置は沈黙したまま。

「これは……導線が切られて……」

その受信機を慌てて確認した男は、そこに残る痕跡を前にして目を見開く。監視装置を制御する重要な術具が、人為的に破壊されていたのだ。

「ああ、それは拙者が切っておいた、でござる」

「な……!?」

常に人がいる見張り塔にもかかわらず、いつの間にか受信機が破壊されていた。その状況に戦慄していたのも束の間、男は直ぐ背後から響いてきた声に身を震わせる。

だが男は身を震わせただけで、もう何も出来なかった。その背に突き立てられた小さな刃によって、心臓を貫かれていたからだ。

音もなく崩れ落ちる男。その姿を前にしたもう一人の見張りは、そこに佇む黒装束の男――サイゾーを睨み、「な、なんなんだお前は！」と叫ぶ。

「拙者は、影。闇を闇へと葬る者、でござる」

サイゾーは、そう告げながら右腕を振るった。そして鋭く奔る小さな刃物は見張りの喉に突き刺さる。

見張りは、もう何も言う事なく膝をつき永遠に沈黙した。

「南無阿弥陀仏……」

そっと黙祷したサイゾーは、直ぐ傍に備え付けられている通信装置を手に取った。

「こちら見張り塔。敵の司令官らしき人物を目視で確認、中央広場へと向かっている模様です！」

そう通信装置を使い報告をするサイゾー。いったいどういった技なのか、その声は先程始末した男そのものであった。

『了解、そのまま監視を続行しろ、絶対に見失うんじゃないぞ！』

返ってきた答えには、こちらの正体を疑う色が一切見られなかった。完全に報告を信じ切っているようだ。

サイゾーは「わかりました！」と答えると、音もなくその場を後にする。

彼が担うのは破壊工作ともう一つ。それは、情報操作だ。

そして情報操作は、もう三日以上前から始まっていた。

ヒルヴェランズ盗賊団は、今回のような各国合同での襲撃に備え、周辺諸国の動向を見張るための人員を配置していた。一万にもなる兵士が動いたとなれば当然、報告が入る体制だ。

けれど、そのような事は一度もなく、昨夜も異常なしという報告で終わった。否、終わらせていた。

この本拠地にある通信装置は、サイゾーの工作によって外部との連絡が出来ない状態にある。ゆえに、偽の報告もし放題というわけだ。

「おお、どんどん集まってきているな。よし、まとめてかかってこい！」

中央広場にて数百という盗賊達に囲まれているのは、ゴットフリートだ。だがそれでいて近づく端から斬り倒していく彼の勢いは、ますます激しくなっていく。彼一人だけでありながら、この場こそが主戦場と言っても過言ではないほどの戦力が集中していた。

数多の術が殺到し、一級品の装備で身を固めた盗賊達が休みなく攻めてくる。だが、そんな戦場にあってもゴットフリートは一切の躊躇いも一切の迷いもなく、その手にした特大剣を振るう。

その一撃は、正に必殺。刃が閃くたびに盗賊達が倒れていく。

「報告を受けてきてみれば……まったく、なんて有様だよ。てめぇ、ただの賞金稼ぎじゃねぇな？」

百近い盗賊を成敗したところで、なんと一人の男が空から下りてきた。この盗賊団の幹部だろうか、他に比べて更に強力な武具で身を固めた彼は、一目でわかるほどに只者ではない雰囲気を漂わせている。

また、そんな男の実力を証明するかのように残りの盗賊達が喚き始めた。

「よっしゃ隊長だ！」「やっちまってください！」「へへ、これで終わったたな」

その反応からして隊長と呼ばれた男は、それほどまでに信頼される実力の持ち主のようだ。不思議とこの場が、形勢逆転といった雰囲気に染まりつつある。

勝利を確信したかのように笑う盗賊達。対してゴットフリートはというと、こちらもまた快活に笑っていた。

「ああ、その通り。賞金稼ぎじゃあないな――」

盗賊隊長と真っすぐ向かい合ったゴットフリートは、「――これは、公務だ」と続けながら特大剣を構える。

「公務だと？　何を言って――……！」

周辺諸国には、ヒルヴェランズ盗賊団に逆らえる力などない。よって役人が、こんなところに来るわけがない。加えて軍が動いているという報告もなしだ。

盗賊隊長は、何を馬鹿なといった様子で笑――おうとしたところで口をつぐんだ。ほんの僅かに残る可能性が脳裏を過ったからだ。

そしてその予感は、ゴットフリートのわかりやすさによって証明された。

「バカな……有り得ない。貴様……その姿、そしてその剣……アトランティスの将軍ゴットフリートか!?」

現役で活躍している事もあってか『名も無き四十八将軍《ネームレスライン》』の知名度は特に高い。だが国を出る事はほとんどなく、今回はかなり特殊な状況だ。

ゆえに盗賊隊長の顔に浮かんだ動揺には、戦慄と共に驚きが混じっていた。

どれだけ大きな盗賊団であろうと、アトランティスは動かない――いや、動いていないはずだった。

その知名度、そして他を圧倒する武力を有する将軍達は、それゆえに外交などで国を出るだけでも大騒ぎだ。

特に限定不戦条約の失効が迫った今は、最も各国がピリついている時期である。そんなタイミングで、街一つを一人で落とせてしまえるような将軍を動かすなど、周辺諸国に余計な緊張を与えるだけといえる。

あまつさえ完全武装しての戦闘行為までも行うとなれば、無数のハードルを乗り越える必要があった。

それほどまでに、国家クラスの最高戦力とは扱いが難しい存在であるのだ。

加えて、だからこそその戦力が動く際には相応の情報が流れる。そのためこのヒルヴェランズ盗賊団では、そういった情報をいち早く得るための情報網が幾つもあった。盗賊団が脅威とするのがアトランティスの『名も無き四十八将軍』と、ニルヴァーナの『十二使徒』だからだ。

しかし彼らに、『名も無き四十八将軍』が動いたという情報は入らなかった。

その原因は、この作戦がエスメラルダとの貸し借りに起因するからだ。実際には公的ではなく私的な出国だったため、彼らの網にかからなかったのである。

結果、その脅威は彼らの目の前にいた。

「いやぁ、俺も有名になったもんだな。……その通りだ」

どこか照れたように笑うゴットフリートは、次の瞬間にも数十という盗賊達を一度に斬り伏せてみせた。そして鋭い眼光を湛えたまま「で、お前がここの親玉か？」と問う。

「いや、違う。俺はただの小隊長だ。うちの団長を狙っているっていうのなら、ここはハズレだぜ」

そう答えた盗賊小隊長は、続けて提案する。「なあ、将軍さんよ。見逃してくれるってんなら、親分が使っているだろう抜け道の場所を教えるぜ」と。

盗賊小隊長は、わかっていた。アトランティスの将軍が攻めてきた今、この盗賊団が壊滅する事を。そして団長は逃走を図るとも。それゆえの提案だ。

「いや、それはもう間に合っている。それに、一人も逃がすなというお達しだ」

一考する事もなく提案を却下したゴットフリートは、一歩二歩と盗賊小隊長に歩み寄っていく。

「いや、待てよ……そう、ならば取引だ！　大陸各地にある宝の隠し場所について教える！　あんただけに、だ。そこには金目のものだけじゃあない、伝説級の武具だって置いてある。な、どうだ？あんた、そういうの好きじゃないか？」

「……ああ、好きだな。それは魅力的だ！」

盗賊小隊長の言葉に反応するゴットフリート。伝説級の武具ともなれば、その力は千差万別。あればあるだけ戦術や切り札が増えるというものだ。

ゆえにきっと、反応するのはゴットフリートだけではないだろう。他の将軍達もまた、それを聞いたなら興味をもったはずだ。

そして同時に、全員が同じ事を思うだろう。倒してから吐かせればいいいと。

「くそっ……やっぱりそうなるかよ」

僅かにも足を止めないゴットフリートを前にして、交渉は無駄だと悟り後ずさる盗賊小隊長。

そして、いよいよその剣が届こうかという距離にまで迫った時だ。

「今だ！」

盗賊小隊長が叫ぶと共に、周囲の建物の壁が開いた。

そこに隠されていたのは、特大のバリスタ。四方を囲むようにして配置されたそれは、間髪を容れずに特大の矢を放った。

しかも、それだけではない。周囲に待機していた盗賊達が、禁制品の術具を起動し、獄炎を降り注がせたのだ。

そう、盗賊小隊長は時間を稼いでいた。そして最も狙いやすい位置にまでゴットフリートを誘導したのである。

たとえアトランティスが誇る最高戦力とて、無敵ではない。直撃すれば、ただでは済まないだろう。

「面白い！」

にっと口端を吊り上げたゴットフリートは、僅かに構えてから全力でもって特大剣を地面に叩きつけた。

瞬間、暴風が吹き荒れると、爆風にも近い衝撃波が一帯に広がる。

周辺の建造物に大きな亀裂が奔ると共に、バリスタの矢と獄炎もまたゴットフリートを囲んでいた盗賊達諸共吹き飛んでいく。

なんとゴットフリートは、たった一撃によって迫る攻撃の全てを無力化してしまったのだ。

だが、そんな局所的に起きた嵐の中で、耐える者が一人。

盗賊小隊長だ。地に伏せる事で被害を最小限に抑えた彼は、その直後に飛び出した。禍々しい文様の浮かぶナイフを手に、ゴットフリートを狙い一直線に跳ぶ。

対して全力を込めて振るわれたゴットフリートの特大剣は深く地面にめり込んだまま。この瞬間に引き抜いたとしても、僅かの差でナイフが先に届くだろう状態にあった。

ゴットフリートの特大剣よりも、盗賊小隊長のナイフの方が早い。全力の一撃だったゆえに、それは覆せない事実だ。

だからこそゴットフリートは、何の躊躇いもなくその手を離した。そして最短距離でもって迫る盗賊小隊長の顔面に、その拳を叩き込む。

特大剣を片手で難なく振り回していたゴットフリートの腕。そこから放たれた拳撃は、そこらの名剣を凌駕するだけの威力を秘めたものだった。

ゆえにその直撃を受けた盗賊小隊長は、そのまま真横に吹き飛ばされて背後の建造物の壁を突き破っていった。

「あ、力が入り過ぎたか？　宝の隠し場所を訊かないといけなかったが、まあ次だ、次！」

瓦解し崩れ落ちていく建造物からそっと目を背けたゴットフリートは、別に知っていそうな者を捜して更に突っ込んでいった。

ゴットフリートが暴れる場所より少し離れたところ。小さな建造物が複雑に入り組む道を一人の少女が歩いていた。

「みっけ。五十人目、ごあんなーい」

やる気があるのかないのか。どこか気の抜けたような声で、そんなカウントをする少女はエリュミーゼだ。

白いローブをはためかせながら歩く彼女は、目に入る端から獅子型ゴーレムをけしかけては盗賊達を石の檻に閉じ込めていく。

エリュミーゼのクラスは、死霊術士。ゆえにその檻もまた特別製のゴーレムであり、彼女に追従するように自走している。その中には気絶させられた盗賊達が既に五十人ほど閉じ込められていた。

「ここだ……！」

建造物の上から、迸《ほとばし》る気合を込めて斬りかかっていく盗賊が一人。

彼は、エリュミーゼの更に前方にいる獅子型ゴーレム——数十という盗賊達を容易く叩き伏せたそれと対峙するのを避け、術者本体を奇襲するという手段をとった。

獅子型ゴーレム、そしてエリュミーゼからも死角となる頭上からの攻撃。彼がもっとも得意とする、一撃必殺の戦法だ。

「はい、五十一人目、ようこそー」

それは最早、戦いなどではなかった。完全な不意打ちだったにもかかわらず、盗賊の男は容易く撃ち落とされ、檻に呑み込まれていったのだ。

そう、エリュミーゼが操る戦力は獅子型ゴーレムだけではない。後続の檻型ゴーレムもまた、強力な戦闘力を有しているのである。その上部に備え付けられた筒状の何かは破壊力抜群の砲弾を放ち、また捕獲用アームまで射出するという万能振りだ。

「こっちだ！」

「喰らえやー！」

そんな裂帛《れっぱく》の気合と共に、二人の盗賊が左右の壁を突き破ってきた。その二人は、これまでの者達に比べて明らかに装備の質が違った。隊長格が連携してエリュミーゼを襲撃したのだ。

その二人は、反応速度に加えて防具による頑丈さも相当なものであった。一人は檻型ゴーレムの砲撃が直撃したにもかかわらず、即座に体勢を立て直す。更にもう一人は紙一重のところで砲弾を躱しきった。そして獅子型ゴーレムが振り返るよりも先にエリュミーゼに迫ったではないか。

そのまま近接戦ともなれば、死霊術士のエリュミーゼには分が悪い。

ただ——だからこそ彼らは、そこに足を踏み入れるべきではなかった。『名も無き四十八将軍』の一人である彼女が、わかりやすい弱点をそのままにしているはずもないからだ。

二人がエリュミーゼの三メートル圏内にまで接近した瞬間に、それが動いた。

それは、ずっとそこにあった。

それは、常に獲物が掛かるのを待っていた。

それは、まるで地獄の亡者のように手を伸ばし二人の男を捕えていった。

「なっ……ばかな!?」

「こんなところにも……!」

それとは、地面だった。エリュミーゼの操るゴーレムが一体、地面に同化するようにして薄く広がっていたのだ。そして接近する二人に反応し、その足元より無数の手を伸ばして搦め捕ってしまったのである。

「残念でしたー」

まったく哀れみのない声で言ったエリュミーゼは、手も足も出ない状態の二人のうち、より頑丈そうな防具に護られた男と向かい合った。

「くそっ……だが、この程度……!」

力任せにもがく男。その膂力は確かなようで彼を拘束する腕がミシミシと軋む。

エリュミーゼは、そんな男の兜を丁寧に外してから右腕を引き絞るようにして構える。それは正しく、右ストレートの構えだ。

「……はっ、やめといた方が身のためだぜ」

エリュミーゼは細腕の少女だ。対して盗賊の男は、闘気によって鉄壁のような防御力を得る技を会得していた。どのような結果になるかは明らかというものだ。

そっと獅子型ゴーレムに目をやった男は、今がチャンスと力を込めた。きっと拘束に集中しているため、獅子型ゴーレムを動かせず、だからこその右ストレートなのだろうと。

少女の小さな拳に打ちのめされるはずはない。そう考え、その間に拘束から抜け出そうと画策した男。だが直後に「へっ？」と、間の抜けた声を上げた。

その理由は、一つ。エリュミーゼの右腕にゴーレムが纏わりつき、まるで処刑人か何かかと見紛うような、凶悪ナックルが完成したからだ。

「や……やめてくださいませんでしょうか」

「残念でしたー」

引き攣った顔の男に、今まで通りの調子で答えたエリュミーゼ。その次の瞬間に、色々と砕けるような鈍い音が響き渡った。

更にその数秒後の事。もう一人の男の情けない声がした直後、同じような鈍い音がもう一度響いたのだった。

〈3〉


「皆、派手にやっているようだな。……もっと静かに出来ないのか、まったく」

ヒルヴェランズ盗賊団の本拠地のあちらこちらから、悲鳴だ爆発音だといった様々な音が響いてくる。

レイヴンは響き続けるその音を聞き流すようにしながら、小さな建物の裏で待機していた。

表側からは完全な死角となったその場所は、隠れるのにうってつけともいえる条件が整っていた。

とはいえレイヴンは、そこに隠れているわけではない。彼は、待っているのだ。

目の前の小さな建物は、何の変哲もない小屋である。けれど先行して潜入していたサイゾーが暴いた秘密が、そこにはあった。

「……ん、来たか」

周りの音がうざったいほどに響く中、それでもどうにか僅かな物音を捉えたレイヴンは、あらかじめ開けておいた窓の隙間から丸い何かを放り込んだ。

その直後だ。強烈な光と音が弾けると共に、小屋の中から何者かが扉を突き破って飛び出してきたではないか。

「まったく……ふざけた真似をしてくれたものですね……！」

その何者かは、目立たぬ装束に身を包んだ男だった。けれど、簡素や安価なものとは違う。強力な陰の精霊の力を秘めているとわかる精霊武具だ。

男は素早く体勢を整えると、即座にその場から飛び退いた。そして鋭い目でもって、そこに立つレイヴンを睨む。

「あー、少しタイミングがずれたか。やかましいったらありゃしない」

レイヴンはというと、未だに響き続ける爆音だなんだに文句を言いつつ、現れた男に向き直った。

本来はベストなタイミングで用意していたスタングレネードを決め、スマートに制圧するつもりであったのだ。けれど、ほんの僅かな遅れでギリギリに脱出されてしまった。全ては、騒音でしかない他の将軍達のせいである。

そう悪態をつきながら男の顔をじろりと睨んだレイヴンは、「対象確認」と呟きつつ細い鎖を繋いだ短刀をじゃらりと取り出した。

対象——つまりこの男こそがヒルヴェランズ盗賊団のボスであり、『イラ・ムエルテ』の最高幹部が一人、イグナーツであった。

「そのおかしな武器……聞き覚えがありますねぇ。アトランティスのレイヴンという将軍が、蛇のように獲物を狙う鎖を使うと。さっきも将軍に遭遇したと聞きましたが、いったい何人来ているのか……」

イグナーツもまた、相対するのはアトランティス最高戦力の一人、『式者のレイヴン』だと気づいたようだ。それでいて冷静沈着に動きを窺う姿には、一切動じた様子はなかった。

「まあ何人だろうと、ここには一人で来てくれたようですね。なら問題はありません」

よほど自信があるのだろう。そう言ってイグナーツは、二本の短剣を手に構えた。

彼は、多くの情報を集めていた。その中には、盗賊団の天敵にもなり得る『十二使徒』や『名も無き四十八将軍』についての情報もあった。

彼は過去から現在に至るまで、手に入る限りの情報を全て収集し精査して、幾つもの対抗策を用意していたのだ。

ゆえに彼の自信は本物であり、レイヴンが一人だけで現れた事を、この上ない好機だと考えたようである。

「貴方の伝説も、ここで終わりです」

そう言うや否や、イグナーツは跳んだ。そして《縮地》もかくやというほどの目にも留まらぬ速さで、レイヴンの目の前にまで迫る。

一閃。己の限界まで加速して短剣を奔《はし》らせるイグナーツ。その刃は、確実にレイヴンの首を狙ったものだった。

だがその直後に、甲高い金属音が響いた。それは、蛇のようにうねる鎖と短剣が弾き合った音だ。

しかも、それだけに留まらない。鎖はそのままイグナーツを搦め捕ろうと襲いかかる。

「これは……っと！　なるほど、思った以上の反応速度ですねぇ」

ほんの紙一重のところで躱《かわ》し素早く距離をとったイグナーツは、レイヴンを守るようにして広がる鎖の動きに警戒する。

先端の短刀だけでなく、完全に制御された鎖もまた脅威だ。その事を改めて実感したイグナーツは、けれども想定の範囲内だとほくそ笑み、腰の袋から術具を一つ取り出した。

「次は、こいつの出番です」

イグナーツが不敵に笑いながら、その術具を起動――しようとした時だった。彼は直後に苦悶の表情を浮かべると、まさか有り得ないといった様子で己の右腕に目を向けた。

「バカな……」

そう声を発したイグナーツは、両目を見開きながら手にしていた術具を取り落とした。それは驚きのあまり……ではない。その腕が既に動かなくなっていたからだ。

原因は、一本の短刀だった。なんとイグナーツの右腕を、短刀が貫通していたのである。

その短刀は、レイヴンのもの。イグナーツは慌ててレイヴンを囲む鎖を見る。そして、その先端部分に注目した。

蛇が鎌首をもたげるようにして、その頭部分には確かに短刀があった。

それを目にした瞬間に、イグナーツは悟る。胴の無い蛇がいる可能性も十分に考えられたと。

「まさかこんな単純な手に引っ掛けられるとは……」

短刀には、麻痺毒が塗られていた。徐々に身体の感覚を失いつつ、イグナーツはレイヴンを睨む。

よもや伝説的な将軍が、こんなだまし討ちのような手を使うなんてと。そして、鎖の脅威をこれ見よがしに見せつけられた事で、その些細な可能性に気づくのが遅れてしまったと悔やむ。

「俺は他の奴らと違って、小技が好きなんだ」

短刀は待ち伏せていた時にはもう、少し離れた場所に伏せてあった。それは特別な文様の刻まれた短刀であり、陰陽術士の技能『御霊乗せ』によって自在に操れるようにした代物だ。

つまりレイヴンは、鎖に繋がれた短刀を操りながら、もう一本の短刀も操作していたわけだ。

「これほど簡単に御されるとは、思ってもみませんでしたね……。けれど――」

イグナーツは苦悶の表情のままレイヴンを睨む。だがその目は負けを認めていなかった。それどころか勝機を窺うような色に満ちている。

いったい今の状況から、どうすれば逆転が狙えるのか。レイヴンが注意深く目を細めたその時。

「――まだ、終わってはいませんよ！」

不敵な笑みを浮かべたイグナーツは、直後に右手を素早く動かして腰のベルトに手を当てる。なんと、既に麻痺が抜け始めていたのだ。

それはひとえに、イグナーツが普段から毒の類に対して用心していたからこそだった。

レイヴンが使った麻痺毒は強力なものであったため、完全に防ぐ事は出来なかった。けれど、あらかじめ多くの毒物に対処していた結果、驚くほどの早さで体内から解毒されたわけだ。

まさか、これほど早く麻痺毒が抜けきるとは思わなかっただろう。そう心の中でほくそ笑むイグナーツは、躊躇いなく切り札に手を伸ばした。

直後――天を切り裂かんばかりの雷鳴が轟き、眩い閃光が刹那に閃いた。

「……――」

それは、一筋の落雷だった。突如として強烈な雷が――イグナーツを直撃したのである。そして何かをしようとしていたイグナーツは、その一撃を受けたところで、その姿勢のまま地面に突っ伏した。

もはや、指一本すら動かないイグナーツ。そんな彼に歩み寄るレイヴンは、まじまじとその様子を見つめてから「よし、生きているな。流石の精霊武具だ」と呟いた。

先程の落雷は、レイヴンが放った一撃だ。見るとイグナーツの足元あたりには、レイヴンの鎖があった。しかも五芒星を描いており、その先端はイグナーツの足に絡みついているではないか。

そう、レイヴンは既に麻痺の次の手を打っていたのだ。そして、相手が動いたのを合図に、それを発動したわけである。

「ふむ……これか。確か精霊爆弾とかいう話だったな」

イグナーツが何をしようとしていたのかは、彼の持ち物を漁《あさ》れば直ぐに判明した。

同位体の精霊武具を身に着けていれば影響を受けないという精霊爆弾。イグナーツは、それを使って周囲の全てを消し飛ばしてしまうつもりだったようだ。

しかし、それを起動するよりも早くに雷が落ちてきたという事だ。

「ああ、そうだ。確か、術具を回収しろって話だったな……」

ヒルヴェランズ盗賊団の本拠地を襲撃した理由は二つ。一つは、『イラ・ムエルテ』の最高幹部であるイグナーツの捕縛。そしてもう一つは、『イラ・ムエルテ』のボスの居場所を特定するための術具を確保するというものだ。

術具の場所はどこか。それを問おうにも、イグナーツが目を覚ます気配は微塵もない。そして彼の持ち物に、それらしいものはなかった。

「……やり過ぎたか」

先に訊き出しておくべきだった。そう嘆息しつつイグナーツを捕縛布で拘束したレイヴンは、それを引きずりながら、ある場所を目指して歩き出した。

潜入して色々と調べ回っていたサイゾーの話によると、隠し倉庫なるものがあったそうだ。そして、その鍵らしきものがイグナーツの持ち物の中にあった。

漁ってみる価値はあるだろう。

レイヴンは道中に出会う盗賊達を適当に叩きのめしながら、隠し倉庫の場所に向かった。

それは、レイヴン達がヒルヴェランズ盗賊団を攻略していた頃の事だ。

ニルヴァーナ皇国の首都ラトナトラヤの北端には、大きな陸の港があった。

ただ、港といっても船着き場のようなものはない。あるのは舗装された地面と巨大な船蔵、そして管制塔の役割も担う建造物だけ。

そう、そこは飛空船専用の空港だった。

建造物の中には待合室も用意されており、そこにはミラとエスメラルダの姿がある。

この日は、ニルヴァーナ王国が誇る飛空船が戻ってくる予定なのだ。

アルマが呼んだアルテシアと孤児院の子供達に加え、ラストラーダにソウルハウル、そしてルミナリアが、いよいよニルヴァーナにやってくるわけだ。

二人は、その出迎えとしてここにいた。

「ああ、皆と会うのは何十年ぶりになるのかしらね。やっぱり色々と変わっているのかしら。楽しみだわ」

待合室の大きな窓から見えるのは、どこまでも続く青空。エスメラルダは、そんな窓に目いっぱい近づいて、まだかまだかといった様子で空を眺めていた。

「わしが言うのも何じゃが、昔と大して変わらぬぞ」

ミラはゆったりと椅子に座ったまま、あずきオレを飲んでいた。イリスの部屋のバーから幾つか頂戴したものだ。当然、承諾を得たものである。

まるで、おしるこのような味わいでありながら甘過ぎず、あずきの風味とミルクの風味が調和している、何とも不思議な飲み心地だ。

口にした感覚は、喉が潤うおしるこ、といったところか。あずき好きにはたまらない、至高の一品といえるだろう。流石はニルヴァーナ城のシェフ作だ。

と、そのようにして何気ない会話を挟みながら待つ事、更に十数分。

「あ、ほらほらミラ子さん、見えてきたわ！」

空の向こう側に、ぽつりと現れた小さな点。それを見つけるなりエスメラルダは、嬉しそうに声を上げて待合室から飛び出して行ってしまった。

随分なはしゃぎようであるが、それもまた仕方がないのかもしれない。なんといっても、かつてエスメラルダは、アルカイト王国に所属していたからだ。

アルマが建国するにあたり、義理の姉であるアルテシアが心配していた。そこで、それならばとエスメラルダがアルマのサポートとして移籍したという次第だ。

そのためエスメラルダと九賢者は、特に深い関係にあった。

きっとアルテシア達もまた、エスメラルダとの再会を喜ぶ事だろう。

今日から暫くは騒がしい事になりそうだ。そんな確信を胸に、ミラもまた待合室を出てエスメラルダに続いた。


着陸する飛空船。安全確認をしてから誘導する船員。そしてスロープから一気に駆け出してくる子供達。

静かだった空港に、楽しげな子供達の声が一気に溢れた。

子供が元気なのは、平和な証拠である。ミラは駆け回る子供達を見守りながら、そっと目を細める。

「ミラお姉ちゃんだー！」

子供達の笑顔を感慨深げに眺めていたところ、ふとそんな声が響いた。

見ると、ミラに向けて真っ直ぐ突撃してくる子供達の集団があった。

「おお、来おったな、小僧共！」

アルテシア達が面倒を見ている子供達だ。一緒に遊んだり風呂に入ったりした事もあってか、ミラは相当に懐かれていた。あっという間に身動きがとれなくなるほどに囲まれてしまう。

だがミラは、どれだけもみくちゃにされようと意に介する事はなく、「相変わらずわんぱくじゃのう！」と、とても嬉しそうに笑った。

と、ミラがそうしている間に、もう一つの再会も果たされていた。

「アルテシアさん！　ラストラーダ君！　まあ、ソウルハウル君も！」

飛空船のスロープより最後に降りてきたのは、アルカイト王国が誇る最高戦力の『九賢者』だ。加えて、これまで行方知れずであった事もあり、エスメラルダは感極まった様子で、その三人に飛びついていた。

「お久しぶりですね、エスメラルダさん」

「おっと、熱烈な歓迎だな！　嫌いじゃないぜ！」

「あー、まあ、久しぶり」

エスメラルダと同じくらい嬉しそうに抱き返すアルテシアと、まるで凱旋してヒロインを受け止めるヒーローの如きラストラーダ。そして、されるがままのソウルハウル。

いったい、どれだけぶりの再会となるのだろうか。反応はそれぞれながら、一様に喜びで満ちていた。

だが一人だけ、その傍で不貞腐《ふてくさ》れている者がいた。

そう、ルミナリアだ。二十年前にはこの世界にいたという事もあって、既に何度も顔を合わせているのだろう。エスメラルダの対応は「いらっしゃい」という言葉だけであり、再会の熱い抱擁は無しだった。

女性と触れ合う事が何よりも好きなルミナリアにとって、その仕打ちは効果覿面《てきめん》だ。実に両手が寂しそうである。

だがしかし、その程度ではへこたれないのがルミナリアでもある。彼女は、さっさとスロープを降りて女性船員を口説き始めた。

(暫くは、騒がしくなりそうじゃな……)

満更でもなさそうな女性船員。いったいルミナリアのどこに、そうさせるだけの魅力があるのだろう。ルミナリアの本性を知るだけにそんな疑問を抱きつつ、ミラは『見ちゃいけません』と子供達を連れて、一足先に待合室へと戻っていくのだった。

子供達は早速、催し物で賑わう大会会場へと繰り出していった。幾つかの班に分かれ、孤児院の先生達が引率する形だ。加えてアルマが派遣した案内人もそれぞれに付いているため、きっと存分に大会を楽しむ事が出来るだろう。

ミラ達はというと、ニルヴァーナ城の執務室奥にある女王の私室に集まっていた。女王らしく豪華な方の私室だ。

ミラを始め、ルミナリアにソウルハウル、カグラとアルテシア、ラストラーダの九賢者達。

そしてアルマ女王に続く、エスメラルダとノインの十二使徒組。

顔を合わせるなり、数年、十数年、数十年振りという再会に皆で大いに喜び合った。特にアルマはアルテシアに抱き付いて、十数分と離れないほどの喜びようだ。

なお、その様子を「とても良いものだ」と眺めていたのは、ミラとルミナリアである。

そのようにして存分に再会を喜んだ後、積もる話を始めてしまう前に会議が始まった。『イラ・ムエルテ』根絶作戦についての会議だ。

「――というわけで、ゴットフリートさん達が最後の術具を届けてくれれば、いよいよ親玉のいる場所が判明するから、そこで一気に決着をつける。で、いいよね!?」

大犯罪組織『イラ・ムエルテ』について、その最高幹部のうち、イグナーツ以外の身柄を押さえる事に成功した。そしてイグナーツもまた、『名も無き四十八将軍』の手によって、じきに捕らえられるだろう。

そうなれば、真のボスが潜む敵の本拠地の場所を特定出来る術具も揃う。

その場所には未知数の戦力が揃っていると思われるが、きっと問題はないと、アルマはここに揃った顔ぶれを見回しながら笑う。

「うむ、それで完全決着じゃな」

きっと多くの強力な魔獣がいるだろう。中にはレイド級ボスに匹敵するような難敵が存在する事だって十分に考えられる状況だ。

それでもミラは勝てると確信しており、他の者達もまた、そんなミラの声に同意を示した。

現時点においては後衛に大きく傾いているが、参戦する者はここにいるだけではない。更に予選リーグ突破中のメイリンに加え、アトランティス王国から術具を届けにくるゴットフリート他数名も、この戦線に参加する予定だ。

その顔ぶれといったら、国を越えた究極のドリームチームといっても過言ではない。国の二つ三つは、簡単に落とせてしまうだけの戦力だ。

どのような敵が待ち受けていようとも、このチームを止められはしない。

もしかすると、余裕すらあるかもしれない。そう考えたミラは、どんな実験をしてみようかなどと目論《もくろ》み始める。頼れる仲間がいればいるほど、試せる事もまた増えるというものだ。

そのようにして幾らか『イラ・ムエルテ』攻略について話した後は、完全に雑談タイムとなった。

詳細な作戦については、ゴットフリート達が来てからの方が効率が良い。そういうわけで、まずは今日という再会の日を大いに喜ぼうという運びとなったのだ。

〈4〉

ミラ達は多くの事を語り合った。真面目な話や笑い話に、ほろりとするような感動の出来事など。これまでの事を中心に様々な話題で盛り上がる。

「——とまあ、随分とあちらこちらに行かされて、余計に時間がかかったな。まったく、いい迷惑だ」

中でも特にソウルハウルの冒険譚は、波乱万丈であった。そして、その見返りとなる報酬『神命光輝の聖杯』の注目度といったら格別だ。

ソウルハウルが話す、その効果。それは医者や錬金術師、聖術士までもがひっくり返るようなものだった。

なんと、完全治癒である。どのような怪我や病気、毒、呪いの類までも癒し、五体満足の状態に回復させるというのだ。

だが一度使うと、再び使えるだけの癒しの力が溜まるまで早くても数ヶ月とかかるらしい。

なお、それを使って助けた女性の話になるとソウルハウルの悪態が止まらなくなったが、皆はその様子を、にまにましながら見守っていた。

更に続いて、とびきりの驚きを与えたのはラストラーダの話だ。

「何を隠そう、この俺、星崎昂こそが！　――怪盗ファジーダイスだったのですよ」

わざわざ席を立ち物陰に隠れたかと思えば、そんな言葉と共に怪盗衣装で再登場してみせたラストラーダ。ポーズも見事に決まっている。

「うわ、そうだったのか……」

その印象としては正反対ともいえる、ラストラーダとファジーダイス。そこに純粋な驚きを浮かべたのはノインだ。

また、エスメラルダやカグラなどは、凄い凄いと驚きだけでなく、その活躍に対して称賛を送っていた。

ただ、一人だけ少し違う反応を示した者がいる。

「うそ……ファジーダイス様がラストラーダ君だなんて……」

アルマだ。どうやら彼女もまた、ファジーダイスファンであったらしい。その正体がまさかの知り合いであり、本当は正反対の熱血ヒーローバカだったという事で、随分と衝撃を受けた様子だ。

ラストラーダはというと、その驚きの反応に満足げだった。

と、そうして一時停止したアルマはそっとしておき話は進む。

ラストラーダが語る、怪盗ファジーダイスの活動。

その始まりは、子供達を救おうとしたアルテシアの仕業だった事。そして数多くの証拠、多くの情報を集めて、遂には人身売買の大本であるトルリ公爵にまで辿り着き、これに制裁を下した。

ラストラーダがそこまで話したところで、二度目の衝撃が走る。

ここでトルリ公爵を監獄送りにした何者かが、怪盗ファジーダイスだと判明したからだ。

ファジーダイス最後の仕事は、人知れずにこっそりと遂行されていた。そして、その成果によって『イラ・ムエルテ』の柱が一つ失われ、その完璧な体制にほころびが生じた。

そこから一気に突き崩したのが今の状況になるわけだ。

「ここまで大きな組織が裏に潜んでいた事に驚きはしましたが、だからこそ協力を得られたのも事実。当初の目標を達成出来たのも、そのお陰さ。アルマ女王にも感謝を」

これは何よりも、ニルヴァーナを始め多くの国が『イラ・ムエルテ』に対抗した事で勝ち取ったチャンスであるといえるだろう。だからこその言葉だ。

ただ、ファジーダイスの格好をしているからか、ラストラーダの仕草や言葉遣いはファジーダイスになっていた。

その様変わりぶりに、やれ演技派だ何だと笑い合うミラ達。だが、アルマは何やらうっとりとした目をして「私に出来る事をしただけです」などと照れながら答えていた。

正体がラストラーダだと判明したが、それでも構わないという考えに至ったようだ。要するに、キャラクター愛という類である。

その他にも、カグラが運営する五十鈴連盟の事、アルテシアと孤児院についてや、これまでにミラが遭遇してきた出来事なども加え語り合う。

飛び交う言葉と、無数の情報。その中には大陸中に衝撃を走らせるほどのものなども含まれていたが、これといって誰が気にするでもない。

そうして時間は楽しく、また騒がしく過ぎ去っていった。


ニルヴァーナにアルテシア達がやってきてから、数日が過ぎた。

その間は特に変わった事もなく、平穏な日々が続いている。

ミラは、これまで通りにイリスの護衛役として過ごす。ただ、若干変わったところもあった。

護衛も兼ねてヴァルキリー七姉妹達をイリスの部屋に常駐させている事もあり、もはや心配無用となった護衛状況。ゆえにミラは、警備を任せてニルヴァーナ城の予備訓練場に入り浸《びた》っていた。

決戦に向けて、様々な戦術や新技の開発に力を入れる。『イラ・ムエルテ』のボスがいるという場所に、どれだけの敵が揃っているのかわからない。ゆえに天井などを設けずに、どこまで出来るかと限界に挑戦しているのだ。

そんなミラと同様、術研究に明け暮れている者がもう一人。

それはソウルハウルだ。外に出れば、暇などいくらでも潰せるだろうイベントが盛り沢山である。

だが、お祭りといった類には興味がないらしい。アルマから許可を得て、ニルヴァーナの術研究施設に入り浸っていた。

なお許可の条件は、研究員達の相談役にもなるというものだ。

アルマ側からしたら、九賢者の知識を直接享受出来るという利点がある。そしてソウルハウルはというと、別視点からの見解や理論などが得られる利点があった。実に良好な関係だ。

加えてプレイヤー国家第二位だけあって、銀の連塔よりもニルヴァーナの施設はずっと資金が潤沢だ。

そのためかソウルハウルは研究員達をそそのかし、幾らか金のかかる実験などをこっそりと割り込ませていたりもした。

カグラは入れ替わりの術を存分に活用し、行ったり来たりの毎日だ。

五十鈴連盟の仕事で忙しそうではあるが、その合間を縫ってアルマに会いに来たり、お祭りのイベントを楽しんだりと実に活動的である。

加えて団員一号を存分に愛でるために、イリスの部屋へも毎日来ていた。そのため今ではすっかり、イリスとも大の仲良しだ。

その関係もあってか、カグラも最近『レジェンド・オブ・アステリア』をやり始めたようだ。

団員一号曰く、既に団長よりも強いとの事だった。

アルテシアとラストラーダは、毎日が子供達の世話で大忙しだ。

一日二日ではまったく回り切れない程に広大な規模を誇る、このお祭り。メインの闘技大会以外が充実し過ぎている事もあり、毎日様々なイベントが開催されている。

　すると当然、どれを見たいかで意見が分かれ複数の班が出来る。それを孤児院の先生共々、二人が引率しているわけだ。

　朝から晩まで多くの子供達の面倒を見るのは大変である。ラストラーダも、相当に疲れた様子だ。

　だがアルテシアは、日を追うごとに生き生きとしてきている。きっと子供達が、いつも以上に楽しそうだからだろう。それがアルテシアという人物である。


　メイリンはというと、アルマが色々とスケジュールを調整した事もあって、既に予選リーグの突破を果たしていた。

　ただ、ほぼ最速ともいえるほどの突破具合であったため、暫くの間は試合がない状態が続く事となる。

　当然、メイリンが大人しくじっとしていられるはずもない。

　結果その解消役として、ノインが付き合わされていた。それでいてメイリンがいつもプリピュアのままだからだろうか、意外と満更でもなさそうなノインだった。

　ルミナリアはというと、唯一公になっている九賢者ともあって、ニルヴァーナ城を大いに賑わせていた。

中身を気にしなければ絶世の美女。それでいて大陸一の魔術士であり英雄。生きる伝説だ。

今回はアルマ女王が大会を盛り上げるためにゲストとして招待したという形であるため、ルミナリアは幾つかのイベントに参加していた。

イベントは、滅多にお目に掛かれない九賢者を見ようという観客で溢れ、ルミナリアもまたこれでもかとサービスするものだから大賑わいだ。

しかも、それだけに終わらない。ニルヴァーナ軍所属の術士隊の訓練にも付き合っている。ルミナリア対術士隊という形式での模擬戦だ。

術士隊は、少しでも多くを学ぶため。ルミナリアは、この後に待ち構える決戦に向けての準備として。模擬戦ながら、誰もが息を呑むほどの訓練が繰り広げられた。


それぞれが決戦に向けて思い思いに過ごしていたところ、遂にヒルヴェランズ盗賊団壊滅の報せが入った。

そこから更に数日後の事。『名も無き四十八将軍』がニルヴァーナに到着する。

「わざわざありがとうね、ゴットフリート君。エリュミーゼちゃんとサイゾー君も来てくれてありがと！」

会議室にて、最後の一つとなる術具を受け取ったアルマは、そう言って三人を歓迎した。

「いえ、その、アルマさんのためなら、こんなのお安い御用ですよ！」

無遠慮な勢いはどこへやら。実にわかりやすい反応をみせるゴットフリート。そんなゴットフリートを、相変わらずだなと見つめるのはミラ達一同だ。

なお、ゴットフリートら三人以外はというと、そのまま周辺国に潜伏する盗賊退治に奔走中だ。ヒルヴェランズ盗賊団の壊滅を掲げた、今回の作戦。最終的に本拠地は制圧し、頭目であるイグナーツも捕らえた。

だが問題は、調査の結果この盗賊団の一部が、各地の盗賊団に入り込んでいたという点だ。残党がいては、壊滅とはいえない。ゆえにレイヴン達は、そこから更に盗賊狩りを継続していた。

この作戦に周辺各国が協力した真の目的は、ヒルヴェランズ盗賊団の壊滅だけではない。それをきっかけとして、他の盗賊団もアトランティスに掃除してもらおうという意図があってのものだ。

ゆえに、『イラ・ムエルテ』との最終決戦に参加出来るのは、三人だけとなってしまったわけである。

とはいえ、それぞれが一騎当千の猛者だ。頼もしい事に変わりはない。

「しかし話には聞いていたにせよ、何とも懐かしい顔ぶれでござるな！」

アルマしか見えていないゴットフリートに代わり、サイゾーはその場に揃った面々を見つめて声を弾ませた。またエリュミーゼも不愛想ながら、心なしか嬉しそうだ。

カグラにソウルハウル、アルテシアとラストラーダ。共に、どれくらいぶりの再会となるのか。なおメイリンは、現在呼び出し中である。

「久しぶり」

そんな言葉から始まったためか、そこから続く会話は決戦云々よりも先に、再会を喜び合う方へと流れていった。


「にしても……」

「いまだに信じられないでござるな……」

「でも、可愛いからよし」

それぞれに再会を喜び合う中で、アトランティスの三人が、まさかと注目するのはミラであった。

秘密にしたままでは決戦での連携もとり辛いだろうと、その正体について明かした結果、三人は当時をよく知っているからこそ、その変貌ぶりに驚く。

「あの爺さんが……」

「拙者も、そこまでの変装は不可能でござるよ」

「あ、ガーディアンアッシュ君出して。きっと素敵な寝心地」

驚くものの、とはいえ化粧箱の存在を知るためか適応力も高い三人。

ただ、やはりどうしてそうしたのかは気になるところのようだ。

エリュミーゼは既に興味もなさそうだが、ゴットフリートとサイゾーは、なぜそのような姿にといった目をミラに向ける。

「相当、気に入っていただろ？　なん――」

「もしかして趣味でござ――」

二人は、その問いを口にし――ようとしたところで止めた。否、止められた。

理由は、ミラの目だ。

それ以上は何も訊くなと凄んだ目であり、更には既に魔眼と化しているではないか。

しかも魔眼から放たれる麻痺の仙術。将軍二人の術防御が相手では効果も薄いが、一瞬だけ言葉を遮る事は可能だった。

そして、そうした事には触れない方がいいと察した二人は、かのダンブルフに恨まれるような事はするまいと、そのまま口を閉じるのであった。


その後、一通り思い出話に花を咲かせたところで、メイリンも合流した。小さな腕自慢大会で連覇中だったところをヘンリー・アダムスが見つけて、どうにか捕獲してきたようだ。

なお今のメイリンは決戦を控えているという事もあって、変装を解いた状態である。

ともあれ、こうして主要メンバーが全員揃ったところで、いよいよ話し合いは本題に入る。

まずは、やはり最も重要となるであろう戦力の確認だ。

「得られた情報から考えて、これから向かう先には山ほどの魔物や魔獣が待ち構えていると思った方がいいわけだけど――」

ノインは懸念の一つとして、予想される相手側の戦力を挙げた。

最高幹部の一人であるトルリ公爵を尋問して得られた搬送先不明の魔物、そして魔獣について。これらが『イラ・ムエルテ』の本拠地に運ばれている疑いがある。しかもその中にはレイド級にも迫る難敵、『牙王グランギッシュ』も含まれていた。

乗り込むのならば、ボスに加えてそれらも相手にする可能性があるわけだ。

「その点については、私が調べた分も出しておこうかな――」

現時点で推測出来る相手側の戦力。五十鈴連盟の情報網を使い判明した情報が、そこに追加されていく。そして最後にカグラは、これが最も大変だという名を挙げた。『大魔獣エギュールゲイド』が、その中に含まれているかもしれないと。

「エギュールゲイドとは、また大物が出てきたな！」

「その名前知ってるヨ！　とってもとっても強いやつネ！」

驚いたように、しかしそれでいて声を弾ませるのはゴットフリートだ。加えてメイリンの強者リストにもその名があったのだろう、こちらもまた興奮した様子である。

二人が情熱を燃やし、他は大変そうだと苦笑する敵、『大魔獣エギュールゲイド』。それは、大人数を必要とするレイド級の更に上の存在。最上級者を多く必要とするグランデ級に匹敵する強敵だ。

「うーん、これはとっても大変ね。こちらにも十分な戦力が揃っているとは思うけど、もう少し戦況を盤石に出来る何かが欲しいところかなぁ」

ミラ、ルミナリア、ソウルハウル、カグラ、ラストラーダ、アルテシア、メイリン。更にはノイン、ゴットフリート、サイゾー、エリュミーゼ。国家クラスの最高戦力が十一名も揃っている今、どれほどの相手であろうと負ける事はないはずだ。

しかし、敵側が予想を上回る場合もあるだろうと懸念を示したアルマは、もっと決定打になるような一手はないだろうかと口にする。そして何か合図をするかのように、ちらりちらりとミラに視線を送る。

（……少々わざとらしさが過ぎるところじゃが、まあ女王様の思し召しじゃからのぅ）

魔物や魔獣が相手の場合は、誰よりも頼りになる者がいた。そう、退魔術士のヴァレンティンだ。アルマのアイコンタクトは、いたらとても助かるという場面になって颯爽と登場するヴァレンティンドッキリの合図というわけだ。

「それについては、わしに一つ心当たりがあるのぅ」

いい感じにきっかけを作ると言っていたが、どことなく不自然感が否めない。だが彼女が始めてしまったのだから仕方がないと、ミラは予定通りに続ける。

なお、アルマのアイコンタクトについては皆が気づいていた。だからこそというべきか、ルミナリアらは、二人して何を画策していたのかに気づいた様子だ。

というよりは、既に連絡を取り合える状態にあるヴァレンティンが今この場にいないという点からして、少々不自然な印象もあったのだろう。そういう演出かと、メイリン以外は察した様子である。

だが、ヴァレンティンも合流済みという事を知らないノインとエスメラルダ、そしてアトランティス勢は、なにを企んでいるのだとミラに注目する。

「では、ちょいと来てもらうとしようか」

事前に打ち合わせた通り、ミラが転移用の目印を手にした数秒後の事だ。僅かな光が奔ったかと思えば、次の瞬間にはヴァレンティンが姿を現していた。

「えーっと、僕も参戦させてもらう事になったので、よろしく」

と、一番欲しかった人材がベストなタイミングで派手に登場したわけだが、その第一声は何とも締まりのない挨拶となった。

「久しぶりー」

ルミナリア達はといえば、まあそうだろうなというわかりきった反応だ。

「なんかもっとあったじゃろう……！」

ド派手にと打診していたミラは、どことなく不満げな顔だ。そして予め知っていたアルマもまた、そこは登場と同時にドーンと一発仕掛けるべきだったのにと、こちらも不満そうだった。

とはいえ、そもそもヴァレンティン自身の性格がドッキリ向きではないのだから仕方がない。皆を驚かせろなんて無茶な話である。

「あ、黒さんヨ！　そうネ、黒さんがいたら魔獣なんていちころヨ！」

ただそれでも、メイリンには効果があったようだ。ここぞという登場に対して、素晴らしい采配だと声を上げる。

「ヴァレっさんか！　こいつは頼もしい！」

「なんと、黒鴉殿も既に合流していたのでござるな」

「うん、ないす。これで楽が出来そう」

そしてドッキリ大成功というほどではないにしろ、ゴットフリートとサイゾーにエリュミーゼも、その存在自体に驚きはしたようだ。そして何よりも実力を知るからこそ、ここでの合流を手放しに喜んでいた。

「ああ、ヴァレンティンさん！　なんと素晴らしい時に来てくださったのか！」

なお、その登場を最も歓迎していたのはノインであった。

後衛過多の編制ゆえ、常に最前線に立つ事が確定している聖騎士ノイン。彼にとって、その存在は救世主にすら見えるものだった。

本来は後衛寄りの退魔術士であるが、魔物や魔獣などを主とする魔の存在が相手だった場合、退魔術士はオールラウンダーとして戦えるのだ。つまり、この中で唯一、聖騎士に並び盾役を担える存在というわけである。

「久しぶりに会えて嬉しいわ。でも、なんだか随分と落ち着いた様子ね？」

歓喜するノインとは逆に、冷静な面持ちでヴァレンティンを見つめるのはエスメラルダであった。

そしてその言葉は同時にアトランティス勢とノインにも、そういえばという違和感を与える事となる。

「思えば今日は、どこにも黒い包帯を巻いていないのでござるな」

一番に気づいたのは、サイゾーだ。

当時のヴァレンティンといえば、黒い包帯がトレードマークであった。戦闘時の衣装以外の時でも、どこかしらに巻いており、いつもちらりとだけ覗いていたものだ。

けれど今のヴァレンティンには、それが一切ない。だからこそ当時をよく知る者達は、そこに違和感を覚えたわけである。

「どうしたんだ？　あれカッコよかったのにな」

その手のスタイルについては、ゴットフリートもある程度足を踏み入れた事があるのだろう。その言葉は純粋な疑問から生まれたものだった。

「そっかー、ふーん」

エリュミーゼはというと、眠そうな顔をしながらも、そのあたりの察しはいいようだ。だが、そこに突っ込まれて動揺するヴァレンティンの様子が可笑しかったのだろう。少しからかうような笑みを浮かべていた。

「あ、ほんとだ！　なんで!?」

最後に声を上げたのは、アルマだった。先日に会った時は、どうだっただろうか。再会の衝撃と喜びでそこまで気が回らず、特に気づけなかったからか余計に声が大きくなっている。

そのためもあってか一斉に皆の目がヴァレンティンに向けられた。

とはいえ、その答えは単純なもの。ただ、中二病を卒業したからというだけである。

けれどヴァレンティンにしてみれば、ちょっとした——というよりはかなりの黒歴史扱いだ。ゆえにアルマの問いに、そのまま答えられるはずもない。

そして何よりも、ここにいる半分以上は何となくわかっている事でもあった。気づかぬはアルマと極一部のみである。

「ちょっと用事を思い出したので、これで——」

「——待った大丈夫！　俺が全てを引き受けるから！」

からかうような視線が半分以上。それに耐えかねたのか、まさかの帰還を選んだヴァレンティンを必死に制止するのはノインだ。

彼もまた、何となくだが事情を察する一人だった。そして、だからこそ、このような下らない理由で帰られるわけにはいかないと、決死の覚悟で引き留めたのである。

「まあファッションっていうのは流行り廃りが激しいものだからさ。うん、そういうものなんだよ」

ヴァレンティンのそれは、ただのファッションであり、ちょっとイメージチェンジしただけ。かなり強引ながらも、そのように話を持っていき、これで終わりと締めたノイン。

「うーん、そういうものなのー？」

察しの悪いアルマは、どことなく消化不良気味だ。けれど、あまり追及してはいけない事だというのは理解出来たのか、それ以上口にする事はなく、ただ不満そうに唇を尖らせていた。


「じゃあ次だ」

アルマの不満が再燃する前にと、少し強引に次の議題を引っ張り出したノイン。

その内容は、今作戦の鍵となる術具の確認だ。

アルマがグリムダートに交渉して入手した、レンズ。

カグラがガローバのアジトから回収してきた、穴の開いた箱。

ミラがユーグストの隠れ家に乗り込んで手に入れた、地図。

ゴットフリート達がヒルヴェランズ盗賊団の拠点から回収した、赤い珠。

このどれもに複雑な術式が刻まれており、尋問で得た情報によると、それぞれを正確に組み合わせる事で、この術具は起動する仕掛けとなっている。

ヴァレンティンがしっかりと着席したのを確認してから、ノインはそれらをアルマの前に並べた。

「——えっと、あとは、これをここに……」

全員が見守る中、それぞれを組み合わせていくアルマ。作り自体は単純であり、あっという間に形になっていく。そして最後に箱の隙間へと地図を差し込んだところ、それで全ての術式回路が繋がり術具が起動した。

「ふむ、これまた定番じゃが……地図には何の意味があったんじゃ……」

「まあ、ただのパーツだな」

その効果を目にしたミラは、どういう事かと眉を顰め、ソウルハウルはどこか楽しげに笑う。

術具の箱から出たのは、光だった。その光がレンズを通して線となり、赤い珠を抜けると方向を変えて、ある場所を指し示したのである。

地図のどこかを指し示すのかと思えば、光の向かう先に、というタイプの案内だったようだ。

「方角からすると……この辺りね」

そう言ってアルマが別の地図上に印をつける。

場所は、ニルヴァーナの東側。そこに広がる海のどこかに、最後の標的がいるわけだ。

この術具の情報については、カグラの自白の術で訊き出したため、その結果は確かだろう。そして、だからこそ次の問題はそこに向かう方法であった。

「あとはこの光が、どれだけ先を示しているのかがわかればいいのでござるが」

術具の光をまじまじと見つめながら、サイゾーが呟く。

光の導きによって、進むべき方角は決まった。だが、どの程度進めばいいのかわかり辛いのが、このタイプの欠点と言えるだろう。

目標は海のどこか。ゆえに船で出たとして、距離が長いほど時間はかかる。となれば、それだけ相手に接近を気づかれる恐れも強くなるというものだ。

「では、僕がちょっと確認してきましょうか。こういうタイプなら別の地点からも観測する事である程度は絞り込めるはずですし」

　途中、そう名乗りを上げたのはヴァレンティンだった。一本線では絞り切れなくとも、そこに別の角度から伸びる線を加えれば、交わったところが目的地だとわかるわけだ。

「そっか、ヴァレンティン君なら転移でパパパだもんね！」

　本来ならば、ある程度の地点にまで術具を運ぶ必要があるが、ヴァレンティンがそれを担うというのなら話は早い。

　アルマは術具をひょいと手にするなり、それを持ってヴァレンティンに駆け寄り「じゃあ、お願いね！」と手渡した。

「だから近いって……」

　相変わらずの近さに困惑しつつも受け取ったヴァレンティンは、どことなく逃げるように転移していった。

「まあ、私も出来たけどね。今回はまあ、うん。出番を譲ってあげなくもない」

　この中にもう一人、同じような事が出来た人物がいる。そう、カグラだ。だが直ぐにそれを思いつけなかった言い訳か、今回はヴァレンティンに花を持たせただけだと小さく呟いていた。

　そしてそれから一分ほどしたところで戻って来たヴァレンティンは、引け腰でアルマからペンを受け取るなり、地図に一本の線を付け加える。

「結構な距離じゃのぅ。さほど遠くなければ、わしの召喚術で十分じゃったが……」

線が交わったそこは、ここニルヴァーナからだと、かなりの距離があった。

空路の手段については幾つかある。ただ、ここまでの距離にもなるとガルーダ達もだが、乗っている側もかなり疲れるものだ。

ペガサスで長距離を飛んだ経験があるからこそ、ミラは、どうしたものかとアルマを窺う。

自然とアルマに注目が集まる。すると彼女は、不敵な笑みを浮かべながら、ぬかりはないといった顔で告げた。

「それなら、もう準備を進めておいたから――」と。


日も暮れて、空が闇に覆われた頃。ミラは、ニルヴァーナの上空にいた。

「まさかの期待以上じゃったな」

高くより見下ろすラトナトラヤの街は、夜にも負けぬくらいに煌いている。それは人々の生活の光であり、また命の輝きにも似たものだ。

そんな光景を眺めるミラは今、飛空船の甲板にいた。

ミラも含めて、戦闘要員は十二人。これだけの人数で一度に敵の本拠地へ乗り込むには、やはり飛空船の速さこそが一番だ。

だからこそアルマにそれを期待したミラだったが、今回はそれ以上になった。

今ミラ達が乗る飛空船は、ニルヴァーナが所有する中で最も速度に長け、更には迷彩やマナ探知を誤魔化すステルス機能に特化した最新鋭の一隻だった。

現時点において、もはや理想的ともいえる移動手段である。ただ、甲板は全長にして二十メートルほどであり、飛空船の中では小型になるため若干窮屈というのが難点だ。

「しかしまあ、なんとも慌ただしい出発じゃったのぅ……」

徐々に遠くなっていく街の明かりを見つめながら、ミラは苦笑気味に呟いた。

それは、今より三十分ほど前の事。こういうのは迅速な方がいいというアルマの一言で、会議後直ぐに出発すると決まった。

その際、僅かに用意された準備の時間で、ミラはイリスに暫しの間、留守にする旨を伝えた。

イリスは僅かに寂しそうな色を浮かべるも、直ぐに笑って送り出してくれた。

「これが終われば、ようやくイリスは自由の身になれるわけじゃな」

十分過ぎるほどに整えられたイリスの部屋。けれどもミラは、一緒に過ごす中で気づいていた。イリスが外で存分に遊びたがっている事に。

魔導テレビを観ている彼女の目は、そこで繰り広げられるイベントだけではなく、その外にも向けられていたのだ。

「わしの全てをぶつけてやらねばのぅ」

この大陸に蔓延《はびこ》る悪『イラ・ムエルテ』を打ち倒し、民の生活を守るため。そして何よりイリスのためにと決意を新たにしたミラは、進行方向先に見えてきた大海原を見据えるのだった。

〈5〉

ニルヴァーナを発って数時間後。飛空船内では、それぞれが好きなように過ごしていた。

ミラとソウルハウル、カグラにルミナリアは、新しく考案した術だったり、術式の応用だったりについて話し合っている。

「分解してみるとじゃな、この部分が一致するのじゃよ――」

「AからBへの変換時、ここで幾らかのロスが生じている――」

「何重にもすると負荷が累乗になるんだけど、間にルインシータを挟めば――」

「ほら、マナ燃焼時に酸素は必要ないだろ？　だからここを――」

あれやこれやと意見を出し合う四人。それを、陰から見つめる者がいた。

エリュミーゼだ。

死霊術士である彼女は、だからこそか術士の頂点である九賢者に対し、憧れに近い感情を抱いていた。そして特に彼女が注目しているのは、同じ死霊術士であるソウルハウルだ。

(あのお城くらい大きなゴーレム、どうやって制御してるんだろ。教えてほしいな……)

普段はあまりやる気のない彼女だが、この時は違ったようだ。

あの輪の中に入りたい。けれどそこは、アトランティスの将軍をもってしても躊躇してしまうような、術技の最高峰が集う場所。生半可な覚悟では近づけそうにないと動けずにいた。

と、そんなところで、ふと振り向いたソウルハウルとエリュミーゼの視線がばっちりと合った。

咄嗟に顔を隠すエリュミーゼ。だが彼女の気持ちとは無関係にソウルハウルが声をかける。

「なあエリー、君の意見も聞かせてくれ」

顔を上げたエリュミーゼ。その目に映るのは、こいこいと手招きするソウルハウルと、にこやかに微笑むミラ達の姿であった。

「うん、わかった……」

若干、気後れするもののエリュミーゼは立ち上がり、その誘いに頷いた。そしてミラ達の色々な質問に答えながら、その話の輪に加わる。

エリュミーゼは、ソウルハウルに幾つものテクニックを教わり満足げだ。

そしてミラ達銀の連塔勢もまた、アトランティス側の術について様々な知識を得られて満足顔だった。


「いざという時は、まずアルテシアさんですね」

「そうですね。彼女さえ無事なら、どうとでも立て直せるでしょう」

船室の片隅にて、様々な状況を考えながら、その立ち回りについて話し合っているのは、ノインとヴァレンティンだ。

「状況によっては、結界のリソースの大部分を割く事も考えて――」

前衛と後衛に若干の偏り――かなりの偏りがある分、メインで壁役となれるノインが請け負う割合は大きい。また相手によってはヴァレンティンも対応に回れるため、いざという時のコンビネーションも大切だ。

けれど敵の数によっては、手が足りなくなるなんて事も有り得るだろう。

ゆえに二人は、そういった際の優先度を確認していた。

最も優先するのは、回復役であるアルテシアだ。

そもそも、子供達の世話で離れられないだろうと思われていた彼女だが、ミラ達が出発する事情を聞いて様子が一変した。

その事情とは『イラ・ムエルテ』のボスとの決着。そしてそれは、子供達を食い物にした組織の黒幕を成敗する事でもあった。

ゆえに今のアルテシアは、鬼子母神と化してここにいるのだ。

そんな心強い味方である聖術士の彼女さえ無事ならば、幾らでも仕切り直しが可能だ。

「そして次は、カグラちゃんかエリュミーゼちゃんかミ……――」

(――いやいやいや。それは入れなくていいだろう！　あれは召喚爺だ。自分の身くらい自分で簡単に守れる奴だ)

次に優先するのはか弱そうな女性、接近戦が不得手な術士だと視線を巡らせたノインは、思わず目に入ったミラを見つめていたところで我に返り首を振る。

召喚術士でありながら仙術まで操り、近接戦における弱点を克服した異端である。わざわざ優先して守る必要などないというものだ。

ノインは、その事を十分過ぎるほどに知っている。

「ノインさん、どうしました？」

「いえ、なんでもありません。アルテシアさんの次は、カグラちゃんかエリュミーゼちゃんの守りに入るべきですかね」

気持ちを切り替えるように呼吸を整えたノインは、改めてそう口にした。

「ですね。あとルミ姉さんも優先した方がいいでしょう。攻撃は最大の防御とも言いますし、立て直すための隙を作れるでしょうから」

「あ、確かにそうですね……」

それは無意識だったというべきか。意識し過ぎていたからか。ミラと似たような状態ともいえるルミナリアだが、ミラほど近接戦に適応してはいない。よっていざという時は守りが必要だと思い出したノイン。

そして改めて確認するように、優先するべき対象に視線を向けた。ミラの姿が目に入ったところで、また見つめてしまうノイン。理性すらも揺らいでしまうほどに、ミラの容姿がどストライクなのだ。

（騙されるな、俺。騙されるな、俺――）

見惚れては我に返るを繰り返して自己嫌悪に陥るノインは、最終的にヴァレンティンと更に詳細に話し込む事でミラへと気が散らないよう徹底した。全ての意識を、これから始まる決戦のみに集中させていくのだ。

それでもミラの声が聞こえると、ついついそちらに目を奪われてしまうのだから大変だ。

と、そんなノインの様子を一から十まで把握する者がいた。

(あーあー、ドツボに嵌ってるな、アレは。いやぁ、これは楽しくなってきたぞ！)

それは、ルミナリアだ。彼女は葛藤するノインを見て、新しいおもちゃを見つけたように不敵な顔で笑っていた。

「はーい、メイリンちゃん。パンケーキ出来たわよー」

「感謝、感謝ヨー！」

食堂室にて、一足早くおやつの時間に突入しているのは、メイリンとアルテシアだ。

お腹が空いたというメイリンの声にすぐさま反応したアルテシアの仕事は早く、あっという間にふわっふわのパンケーキを完成させていた。

更にたっぷりの特製クリームをのせたなら、もはや名店もかくやという極上スイーツの完成だ。

「すっごく美味しいネ！」

「それは良かったわ。足りなかったら言ってね。幾らでも焼いてあげるから」

それはもう輝きに満ちた笑顔のメイリンと、それ以上に幸せそうな顔をしたアルテシア。

どうやらアルテシアにとっては、ミラとさほど変わらぬ背丈のメイリンもまた、十分に子供の括りとなるようだ。

メイリンの口元についたクリームを拭ったり、コップにミルクを注いだりと、それはもう徹底した甘やかしっぷりであった。

そしてメイリンにおかわりを求められれば迅速に二枚目を焼き上げて、再びそれを食べるメイリンを嬉しそうに見つめる。

孤児院の子供達から離れているからこそ、余計にお世話熱を持て余しているのだろう。その目は慈愛に満ちていると同時に、お世話チャンスを見逃さないハンターの如きでもあった。

「いやはや、流石はアルマ殿。若干、残りが心許ないと思っていたでござるが、これだけあれば安心でござろう」

船室の一角にて、テーブルの上に無数の物騒な代物を並べているのは、サイゾーだ。

彼は五本の忍刀に加え、手裏剣や苦無《くない》、多種多様な暗器に毒物の数々などの確認と手入れをしていた。

その一部は、ヒルヴェランズ盗賊団戦において消耗した分をアルマが補充したものだ。

ニルヴァーナ製であるため、幾らか使い勝手は変わる。だからこそサイゾーは、その辺りを確かめていく。

いつも持ち歩いているのだろうか、年季の入った木人《もくじん》を取り出した彼は、それに向けて手裏剣などの使用感を試す。

「なるほど、ミスリルコーティングも使い易いでござるな」

仕様は違えど素晴らしいものであると満足したサイゾーは、続き、毒物を確認していった。いつでもどこでも真面目で慎重なのがサイゾーという男だ。


「今は、百二十種を超えている！」

「すげー！　流石スバルだ！」

船室にて、どことなく頭の悪そうな言葉を交わしているのは、ラストラーダとゴットフリートである。

熱血ヒーロー馬鹿と、ただの熱血馬鹿な二人は、だからこそ馬が合うのだろう。今は必殺技について、それはもう熱く語り合っていた。

「まあ、術の特性上、幅も広いからね。それで、君は幾つ出来た？」

「ああ、俺はまだ八十三ってところだ。スバルには全然敵わねぇな」

二人が話す内容は、編み出した必殺技の数についてだった。

ラストラーダの技の豊富さに脱帽し、尊敬の眼差しすら向けているゴットフリート。百二十種を超えたというラストラーダは相当にアレだが、八十三もの必殺技を持つ彼自身もまた、十分にやり過ぎの領域であろう。

「――ああ、そうだ。ちょっと聞きたいんだけどさ。ペルソナライダー御剣の超剣オロチスラッシュって、どんなだったっけ？」

どのような必殺技を編み出したかという話をしていた途中の事。ふと思い出したように言ったゴットフリートは、「こんな感じだったよな？」と、その場で剣を振るってみせた。

それは、日曜の朝定番の特撮ヒーローが繰り出す必殺技だった。けれどゴットフリートは、最後の部分がどうにもしっくりこないのだと不満顔だ。

「超剣オロチスラッシュか！　また、難度の高い技を……凄くいいな！」

任せろといった様子で立ち上がったラストラーダは、「よし、もう一度やってみてくれ」と続ける。

「確か、こうきて……こうだろ。で、こうして、こう……。な？　なんかちょっと違う気がするんだ」

先程と同じように、超剣オロチスラッシュを繰り出したゴットフリートは、意見を求めるように振り向く。

ゴットフリートの剣筋は、誰が見ても一流といってもいいほどに流麗で鋭いものであった。むしろ既に特撮を超えているほどの出来栄えだ。

けれど彼は、納得がいっていない様子である。そしてその理由を、ラストラーダは見ただけで把握していた。

「ちょっと貸してみてくれ」

そう言ってゴットフリートから剣を借りたラストラーダは、軽く身体をほぐすようにしてから、ゆっくりと構えた。

瞬間、ゴットフリートの目に、ペルソナライダー御剣とラストラーダの姿が重なっているかのように映る。そして直後に繰り出された超剣オロチスラッシュ。

それは、ゴットフリートがやってみせたものと同じようでありながらも違うものだった。

「すげぇ……！　それだ！　それだよ！　どうすればいいのか教えてくれ、スバル！」

ラストラーダが見せたそれこそが本物だと感動したゴットフリート。いったい自分とどこが違うのか教えてほしいと懇願する。

対してラストラーダは「もちろんだ！」と、それはもう快活に答えた。

そうしてラストラーダによる、超剣オロチスラッシュ指南が始まる。

「問題は、足の運びだ。この斬り上げと斬り下ろしの間に、本来は重心が三度動くけれど、ゴットの場合は二度。この時と、この時でしか動いていないんだ――」

「なるほど……！　こうか！」

片や剣をメインとしない術士が指南役。片や、剣一本で大国アトランティスの将軍にまで上り詰めたゴットフリートが弟子という関係。

一見するとおかしな状況であるが、よく知る者にとってみれば、特に気になるような事ではなかったりする。

ことヒーローについてとなれば、その立ち位置こそが当たり前なのだから。

それは長い時が経過した今であっても変わらない事だった。


「凄いな……」

「ああ、凄いな……」

まるで今が現実なのかどうかと確かめるように、そんな言葉を繰り返すのは、グリムダートより派遣されてきた士官達だ。

自国の公爵が、かの大犯罪組織である『イラ・ムエルテ』の最高幹部の一人だったという事実。その汚名を返上するべく、国の命によりこの本拠地攻略チームに組み込まれた男女五人。

その役目もあってか五人ともが団長、ないし隊長クラスという精鋭揃いだ。

そして彼ら彼女らは、この討伐隊の主導権を握り『イラ・ムエルテ』壊滅の名誉をグリムダートに、などという国からの裏指令も受けていた。

そんな五人だったのだが、今は既にそのような指令の事など完全に頭から消えた状態だ。

何故なら、その五人にとって憧れの存在が、ここに集まっていたからだ。

十二使徒のノイン。

名も無き四十八将軍のゴットフリート、サイゾー、エリュミーゼ。

そして九賢者のルミナリア、カグラ、ソウルハウル、アルテシア、ラストラーダ、メイリン、ヴァレンティン。

五人が子供の頃に聞いた本物の英雄が、国境を越えてこれだけ揃っているのである。

むしろ士官達は、指令がどうこうという事も忘れて完全に舞い上がっていた。

「サインとか、貰ってもいいのかな……」

「任務中だから、駄目だろう」

「ああ、終わってからにするべきだな」

部屋の隅っこに集まった士官らは、信じられないといった顔でその光景を何度も見回しては興奮し、またどうにか心を落ち着かせるのを繰り返していた。

「にしても、驚いたな。まさか九賢者が戻っていたなんてさ」

「だよな、凄いよな」

そんな事を口にしながらルミナリア達九賢者が集まる一角へと目を向ける。

グリムダートの士官達は、ここに九賢者がいる事について、ある程度の説明を受けていた。

曰く、とある様々な難問を解決して、最近アルカイトに帰ってきたという事。そして、その帰還の発表はアルカイト王国の建国記念日に行われるため、それまでは秘密であるという事などをだ。

「……で、あの子がダンブルフ様の弟子か」

「やっぱり九賢者が師匠ってなると、肝も据わるものなのかな。私、あの中に入ったらまともに話せる自信がないわ」

「大丈夫、俺もだ」

五人が興味深そうに見つめるのは、ルミナリアらを前に一切物怖じせず、それどころか積極的に発言するミラの姿だった。

流石は九賢者の弟子か、今はあれよあれよと名をあげて、精霊女王などと呼ばれる冒険者だ。

その猛進振りに、やはり九賢者の弟子は違うなと五人は笑い合う。

「しかしまあ、ダンブルフ様の弟子となると、ロウジュ団長が黙ってないだろうな」

「そういえばお酒が入るといつも言っていたわね。『何を隠そう、あのダンブルフの一番弟子は、この私なのだ！』って」

「本当かどうかはわからないが、実力自体は確かなんだよなぁ」

と、五人はそのような言葉を交わしながら、奇跡とも言えるような今の状況を存分に味わうのだった。

〈6〉

それは、ニルヴァーナを発って一夜が過ぎた次の日。昼食を済ませてから一時間ほどが経過した頃だった。

観測手から、目標と思しき島を発見したとの報告が入る。

「ふむ……確かに雰囲気はばっちりじゃのぅ」

「ああ、ラスボスがいますって感じだな」

甲板にて《遠見》の無形術で遥か前方を眺めるミラとルミナリアは、それを一目見て、そんな言葉を交わす。

まだ数キロメートルは前方に見える一つの島。その姿からは、決して誰も寄せ付けないという強い意思のようなものが見て取れた。

その島は、断崖絶壁に囲われていた。着岸出来るような場所は一切見えず、出来たとしても数百メートルの聳《そび》える崖が来訪者を拒絶している。

また内陸はというと、現地点から見る限り、鋭くとがった岩が山のようにそそり立っているだけだ。

着陸出来るような少しの隙間すら確認出来ない。

「こいつは凄いな！　悪の秘密基地じゃないか！」

「うぁ……面倒そう……」

まるで島そのものが要塞といった様子である。

如何にもな見た目に興奮するラストラーダと、簡単にはいきそうにないと感じて憂鬱そうな表情を浮かべるエリュミーゼ。

また、強敵が沢山いそうだと張り切るメイリンや、むしろお化けでも出そうではないかと頬を引きつらせるカグラ、見定めるように観察するヴァレンティンなど、他の皆の反応も様々だ。

ともあれ遂に標的である島を発見した。一度飛空船を海に下ろした後、次の段階となる上陸方法について船室で話し合う。

「――さて、どうやって乗り込んだものだろうか」

まず初めにノインが口にしたのは、もっとも現実的な問題だった。

岩山に邪魔されるため、着陸は出来ない。聳える断崖絶壁により、着岸したところで直ぐに崖に阻まれる。

また、多くの魔物や魔獣がいる可能性があるため、不用意に着陸しては一斉に攻撃される恐れもあった。

どうにも、一筋縄ではいかない島だ。

とはいえ、ここに揃うのは、そんな常識の通用しない者ばかりだ。

着陸せずとも飛び降りてしまえばいいだの、崖に階段を作ればいいだの、アイゼンファルドに運んでもらえばいいだのと言いたい放題だ。

「やっぱり、気づかれないよう慎重にというつもりはないんだな……」

こうなるとわかってはいたが、ため息を吐かずにはいられなかったノイン。

どのような敵や罠が待ち受けているかもわからない敵陣に飛び込むのだ。気づかれないように入り込む、出来るだけ戦闘を避けて首魁の許にというのが一つの理想といえるだろう。

だが、ここにいるほとんどは、初めから全面戦争を仕掛けるつもり満々であった。

とはいえ、流石に無策で突っ込んでいくような者達でもない。

「とにかく、まずは偵察だな。どんな場所なのか確認しておくのは大事だ」

ファジーダイスとして活動していただけあって、熱血ヒーロー馬鹿であるラストラーダでも、その大切さはわかっているようだ。このまま乗り込むより前に、一度現場を確認しておいた方がいいと提案する。

「その通りだ！」

堅実な意見に安心したノインは、そのままサイゾーに目を向ける。敵地調査だ裏工作だといった仕事ならば、忍者である彼に勝る者はいないからだ。

「承知。行ってくるでござる」

本人もまた、当然のように立ち上がる。

向かうは、無数の魔物や魔獣が闊歩していると思われる危険な島だ。けれどもサイゾーの顔には一切の躊躇いもない。それどころか、自信しか見て取れないほどだった。

事実サイゾーには、その自信に見合うだけの能力があった。

だが、それはこれまでの話。

「じゃあ、とりあえず視察しちゃうね」

そう言うなり、朱雀のピー助を招来したカグラは、そのままスタスタと窓に歩み寄っていく。

だが事は、そこで終わらない。ミラもまた、すぐさまポポットワイズを召喚して、それに続いたのだ。

「のぅ、カグラや。ピー助にポポットを運んでもらってもよいか？　その方が早く着くと思うのでな」

「確かにそうね。えっと、それじゃあ……このピー助用のメールボックスに入れちゃって」

ミラが頼むと、カグラはピー助の首に長距離運搬用のカバンを下げた。猫のマークが描かれた特別製のカバンだ。

わかったと答えたミラは、そのままポポットワイズをカバンに入れる。

「島に到着するまで大人しくしておるのじゃよ」

「わかったのー。ポポットじっとしてるのー」

小柄であるためか、綺麗にすっぽりと収まり顔だけを覗かせるポポットワイズは、何やらそのフィット感が気に入ったようだ。何とも居心地好さそうに答える。

そうして準備が整ったところで、カグラがピー助を窓から放った。

これで良し。そんな顔でミラとカグラが席に戻ったところで、ノイン達の疑問の目が集中する。

先に偵察をしようという話から、何故ピー助とポポットワイズを送り込む事になるのかと。

「……ん？　それでピー助は何だったんだ？」

「鳥を送ってどうするんだ？　視察でもさせるのか？　……出来るのか？」

当たり前のように動いたミラとカグラ。加えて、特に疑問を抱いた様子のない九賢者勢。対してノインとゴットフリート達は、今のはどういう意味があったのかと堪らずその疑問を口にした。

「あ、そっか。まだ言ってなかったっけ――」

もう当たり前のやり方だが、知らない者からしたら謎の行動であろうと思い出したカグラは、どういった意味があるのかを簡潔に説明した。


「意識同調……か。そんな便利なものがあるんだな」

「拙者の出番が……」

遠くにいながら、式神や召喚体を介して現地の視察が出来る技能。その存在を知ったノインは感心するように頷く。一方サイゾーは、一番の活躍時を奪われて消沈気味だ。

またエリュミーゼは、もしかしたら死霊術にも応用出来るかもしれないという内容に、いつもはやる気のない目を輝かせていた。それがあれば、巡回任務をゴーレムだけで済ませられると考えているようだ。

　そして、ゴットフリートは――

「すっげぇ、そんな事が出来るのか……。上手くやれば、女湯とか覗き放題じゃねぇか！」

　熱血馬鹿でありながらも、そんな事を言い出す極めて単純なエロ馬鹿でもあった。しかも、ゴットフリートの言葉にそそのかされた馬鹿がもう一人。

「……確かに、そうじゃな！　その使い方は盲点じゃった！」

　ミラである。見てくれはともかく中身は健全な男子であるミラは、今更ながらにしてその考えへと至った。

　これまでにそれを閃かなかったのは、何よりも戦闘寄りの術馬鹿であった事が要因だろう。しかしながら、それは禁忌の領域である。

「ミ・ラ・ちゃーん。そんな事したら……わかるでしょ」

　カグラの両手によってミラの頭は、まるで万力に挟まれたかのように締め付けられた。そして、ギリギリと締め上げられていく中でミラは弁明する。

「じ、冗談じゃ！　あの単純さを憐れに思うて、ちょいとのってやっただけじゃー！」

　全ては、そんな考え方しか出来ないゴットフリートに同情したため。それがミラの言い訳だった。

「俺……憐れに思われるほどだったのか……？」

「まあ……そうだな。あれを聞いて真っ先に女湯は、ちょっとな」

膨大な可能性を秘めた《意識同調》である。その効果を聞いて直ぐに女湯を覗くなどというのはどうかとノインは答えた。

（ふぅ……名案じゃと思い、つい反応してしもうたが、そもそもわしには覗く必要などなかったではないか！）

そうこうしているうちに解放されたミラは、改めて現状を思い出す。今の身体は少女なのだから、覗くだなんだという以前に堂々と女湯に入ってしまえるのだと。

先程の発言によってか、心なしか冷たい視線に晒されているゴットフリートを冷ややかに見つめながら、ミラは不敵な笑みを浮かべて勝ち誇るのだった。

敵本拠地の様子を探るためにピー助とポポットワイズが飛び立ってから、二時間と少々。ミラとカグラによって多くの情報が集まった。

まずは、間違いなくその島こそが探していた敵本拠地であると確定した。明らかに異常ともいえる数の魔物や魔獣が跋扈していたのが、その証拠である。

だがそれだけに警備は厳重であり、加えて内部は複雑な造りをしていたため、『イラ・ムエルテ』のボスがいる場所を特定するまでには至らなかった。

けれど、それらしい場所は複数確認出来た。

ミラ達はその点を中心にして敵本拠地攻略作戦を組み上げていく。

また、グリムダートの士官達もそれに加わってはいたが、若干気後れ気味の様子だ。

更に一時間と少し。いよいよ作戦もまとまり、各々で決戦準備を進めていく。

それぞれに装備の点検や消耗品の在庫チェックなどを行う中で、ミラもまた魔封爆石だの試してみたい術などの確認をする。

そうして各人準備も整い集合した時だ。ミラは、万全に着替えたソウルハウル達を見て思い出す。

「おおっと、しもうた！　わしも着替えねば！」

魔獣相手に試したいあれやこればかりを気にし過ぎていたため、本気の戦闘装束である賢者のローブに着替えるのを忘れていたのだ。

これから突入するのは、強力な魔獣が跋扈するような場所だ。ともなれば、最強装備である賢者のローブは必須だろう。

うっかりしていたと、ミラは賢者のローブを取り出して、そのまま急いで着替え始めた。

「なっ……!?」

「ちょ……!?」

ミラの行動にいち早く反応したのはノインだ。突如脱ぎ始めて下着を露わにするミラの姿に激しく動揺しながらも、目が離せないと葛藤する。加えてヴァレンティンもまた、その辺りの耐性がまだついていないため戸惑ったように顔を逸らしていた。

「ちょっとおじ――ミラちゃん！　こんなところで着替えちゃダメでしょ！」

直後、カグラの鋭いお叱りの声が響いた。

「じゃが、いちいち部屋に戻るのも面倒じゃろ？」

「だからって、直ぐに肌を晒しちゃダメ。ほら、早く！」

ここで着替えてしまった方が手っ取り早いと弁明するミラだったが、カグラに問答無用で服を戻されると、そのまま部屋まで連行されていった。

そうして暫し、ミラの着替え待ちとなったところでノインの背後にそっと忍び寄る影が一つ。

「おやぁ、残念そうな顔をしているなぁ～」

そっとノインに声を掛けたのはルミナリアだった。ミラの下着姿を凝視していた彼を見逃さなかったのだ。

「な……そんな事はない」

心のどこかで残念に思ってしまっていたと自覚しているようだ。ノインは慌てて否定する。だが、その反応こそがルミナリアの求めているものだった。

「皆まで言わずともわかっているって」

それはもうにんまりと不敵に笑うルミナリアは、「そんな君に、内緒のプレゼントだ」などと言って一枚の写真を手渡した。

「なんだこれ……は!?」

その写真を見た途端にノインの目はカッと見開き鼻孔も広がると、瞬く間に頬に上気の色が浮かび

上がっていった。

ルミナリアが手渡した写真。それは王城の寝室にて撮影された一枚。ほぼ下着姿で眠るミラのセクシーショットであった。いつかの時に、こっそり撮影していたようだ。

「何に使うかは、君次第だ」

それはもう会心の笑みを湛えながら去っていくルミナリア。

「いや待て、こんな──」

こんなに堂々とこのような写真を渡されても。そうルミナリアを呼び止めようとしたノインは、そこで気づく。周りは意外にも各々で雑談しているため、このやりとりを見ている者はいないようだと。

ミラのセクシーショットがその手にある事を知るのは、ルミナリアとノインだけ。

ルミナリアは、内緒のプレゼントだと言っていた。ともなればこのまま口をつぐめば、この写真の存在がおおやけになる事はない。

逡巡したのはほんの僅かな間のみ。ノインはその写真を素早く懐にしまうのだった。


「お待たせ！」

「いやぁ、すまぬすまぬ。待たせたのぅ」

着替えに行っていたミラと付き添いのカグラが戻ってきた。そしてそんなミラの手には、幾つかの果実があった。

「ついでにこれがある事も思い出したのでな。食べていくとよいぞ――」

そう言ってミラが振る舞った果実は、あのマーテル特製のステータスブーストフルーツだ。

ブースト系の薬は多々あれど、この果実に敵うものはない。しかも副作用も無しである。

ただ、その宣伝文句は都合がよすぎるという事もあり、全員の顔に警戒の色が浮かぶ。ステータスブーストが出来る代わりに吐くほど不味かったりするのではないかと。

「まあ、心配なのもわかるけど大丈夫。美味しかったし、効果は本物だから」

「そういえば俺も前に食ったな。問題ないどころか、結構美味かったはずだ」

躊躇う皆に向かってそう言うのは、着替えの途中で渡されていたカグラと、古代地下都市の一件の際に口にしていたソウルハウルだ。

すると信頼の差というものだろうか。ソウルハウルはともかく、カグラがそう言うのならと一人また一人と口をつけていく。そして、その甘美なほどの美味しさに驚愕の声を上げる。

信頼の薄かったミラは、そんな様子を前に不貞腐れ顔だ。

また、メイリンも自力で挑むからこそ修行になるなどと言ってはいたが、皆が上げる歓喜の声に耐えられず食欲に負けていた。

そしてノインはというと、桃の形をした実を見つめながら先程の写真を思い出していた。

マーテル特製のステータスブーストフルーツの効果は覿面だ。全員がそれを実感したところで、いよいよ作戦が開始される。

島を調査した結果、確認出来た侵入箇所は二つ。そのため、二手に分かれて攻略していく運びとなった。

第一チームは、ミラ、ルミナリア、カグラ、ソウルハウル、メイリン、ヴァレンティン、ゴットフリート。

第二チームは、ノイン、アルテシア、ラストラーダ、エリュミーゼ、サイゾーとなっている。

そしてグリムダートの士官五人だが、こちらは初動の潜入からは外される形となった。彼ら彼女らを投入するのは安全を確保した後、島の調査を本格的に始める時になってからだ。

それまでは、この飛空船の防衛をしてもらうと決まる。つまりは遠回しに、危険なので待機していろと言っているようなものだ。

とはいえ飛空船が絶対に安全かといえば、そうとも限らない。ここに気づかれて空の魔物を送り込まれる事だって十分にあり得るからだ。

このまま主戦力が全員出払う事になるため、士官達に残ってもらえるというのは、ミラ達にとっても安心出来る状況といえた。

とはいえ士官達は、国の代表として送り込まれた精鋭達である。本来、このような扱いをされれば憤っていた事だろう。

しかし今回、五人はそれを快く承諾した。

精鋭としての自負は皆にあった。だが、かといって九賢者と十二使徒、更に名も無き四十八将軍と比べれば、吹けば飛ぶようなものだという自覚も同時にあったのだ。

英雄達の混成チーム。そのどこに自分達の居場所があるというのかと。

「こちらはお任せください!」

ゆえに五人はそのようにミラ達を送り出した。

かといって、そのまま指をくわえて見ているだけでは終わらない。

五人は直ぐに集まって会議を始めた。飛空船の防衛配置について、また調査をより効率良く行うために。

〈7〉

「まずは、わしらからじゃな」

飛空船の甲板に出たミラは、そのまま召喚術を立て続けに行使した。ペガサス、ヒッポグリフ、そしてアイゼンファルドだ。

「こうして改めて見ると……やっぱ皇竜の迫力は半端ないな……」

ノインは圧倒的な存在感を放つアイゼンファルドを見つめながら呟く。と、そんな中で、「母上ー」とミラに甘えるアイゼンファルドの姿を目の当たりにする。そして「仕方がないのぅ」と甘やかすミラに新たな扉を開き始める。

だがノインは寸前で我に返り、先行するミラ達を見送った。

そのようにして飛空船から飛び立った第一チームは、いよいよ島の上空にまで到達した。

眼下には、ひたすらにゴツゴツとした岩山が広がっている。アイゼンファルドが着陸出来そうな場所など一つも見当たらないほどに険しい岩山だ。

「さて、まずは開始の合図じゃな」

「はい、母上」

アイゼンファルドがいる事もあって、既に相手側には捕捉されているだろう。だからこそ、そこからのミラ達の行動は豪快であった。

ミラが指示すると共に、岩山へ向けてアイゼンファルドがドラゴンブレスを放ったのだ。

膨大な破壊のエネルギーが一筋の光となって岩山に直撃する——と、何とドラゴンブレスは炸裂せず、そのまますり抜けていってしまったではないか。

だがミラ達に驚いた素振りは一切なかった。その数瞬後に響いてきた轟音を耳にすると、さあ始まりだと降下を始める。

そしてミラ達もまた、そのまま岩山をすり抜けていった。

「これは凄いな、とんでもない場所だ！」

「よくもまあ、あれだけの幻影を作り出せるもんだ」

そこに広がる光景を前にして興奮した様子のゴットフリートと、感心顔のルミナリア。

今ミラ達の前には、岩山ではなく荒野が広がっていた。

ピー助とポポットワイズによる調査で最初に判明していたのだ。岩山に見えるのは幻影であると。

しかも島を囲む断崖絶壁は、ただの断崖絶壁ではない。岩肌のように見せかけた金属で造られた代物だった。

調査の結果判明したのは、なんとこの島自体が造られたものであり、大きな船という事だ。

その中央部にある山地は全てが張り巡らされた結界による幻影で、その内部には大きな荒れ地が広がっていた。

更に遠くからでは観測が困難になるように、島全体に光を屈折させるような仕組みまでも施されているという徹底ぶりだ。

「これだけの規模の結界を張り巡らせるとか……ここのボスって何者？」

幻影を映していた結界をまじまじと見つめていたカグラは、その手腕を見事なものだと称する。

「本当に凄いですね。かなり近づかなければ見破れませんでしたし」

同じように結界を得意とする者としても、思うところがあったようだ。ヴァレンティンもこの結界は相当なものだと同意する。

「只者ではなさそうネ。腕が鳴るヨ！」

その幻影一つで、ある程度の実力は予測出来る。相当な実力者とみて間違いないと、メイリンのやる気が満ちていく。

「もしかするとキメラの時と同じように、なんらかの技術を持っておるのかもしれぬぞ。だが自力で、じゃとしたら……大変な任務になりそうじゃのぅ」

荒野が広がる島を壮大な岩山に見せかけるなど、そう簡単に出来る事ではない。特別な技術か、はたまた能力か。どちらにしても大陸最大の犯罪組織『イラ・ムエルテ』のボスだけはある。やはりというべきか、容易な相手ではなさそうだ。

なおソウルハウルはというと「面白そうな術式だな」と、興味深げだった。

「ほー、そんなに凄いのか、あれ」

九賢者の五人が結界を絶賛していた事で、ゴットフリートもまた、そのとんでもなさを把握したようだ。だが、何がどう凄いのかはさっぱりな顔である。

「じゃあ、いくぜ！」

直ぐに考える事をやめたゴットフリートは、そのままヒッポグリフを駆り大地に向かって突き進む。

上空から望むは荒野の大地。片隅には小高い山も見えるが、ただ何よりもそこは沢山の魔物と魔獣が跋扈《ばっこ》する極めて危険な場所であった。

けれどゴットフリートは微塵の躊躇いもなくその大地に降り立つと、ヒッポグリフに礼を言うなり向かって来る魔物達に自ら突撃していった。

「あ、ずるいネ。私もいくヨ！」

先陣を切ったゴットフリートに続き、メイリンもまた上空で滞空しているアイゼンファルドの背中から飛び出した。それから華麗に《空闘歩》で宙を蹴り着地すると、そのまま猛烈な勢いで魔物の群れに突っ込んでいく。

「相変わらずの突撃ぶりじゃのぅ」

「だな。だからこそ、俺と相性もいい。今回は楽が出来そうだ」

ミラとルミナリアは、競争するように暴れる二人の手によって次から次に千切れ飛んでいく魔物を見ながら、そう口にする。

猛烈な勢いで魔物の群れをかき回しては、一切合切を薙ぎ払うゴットフリート。その勢いと力任せな戦いぶりは狂戦士に近いものがある。

またその豪快さは、強烈な印象を与える事だろう。見事に魔物達の注意を引いていた。

しかも、それでいて戦局全体を把握する理性的なところも併せ持つのがゴットフリートという男だ。

メイリンはというと、勢いがあるところまではゴットフリートと一緒だ。けれど、こちらは一つ一つの動きが極めて丁寧であり、ギリギリの力加減で敵を仕留めている。

余計な動きは一切なく、一撃と一撃が流れる水のように止めどなく続く。その姿は、まるで舞い踊っているかのようだ。

けれどその舞は、激流のそれである。引き込まれれば最後、命を落とす死の舞踏だった。

どこか対極的ながらも、その実似通っている二人の戦いぶり。それゆえか人だけでなく魔物の目も引くため、後方から強力な一撃を狙う魔術士との相性が良い。

ともあれ、そうしてゴットフリートとメイリンが先陣を切ったことにより、状況が一気に動いていく。荒野の魔物、そして魔獣達がゴットフリートとメイリンに向かい始めたのだ。

「では、僕も行きましょうか」

魔物達の動きに流れが出来た。それを上空から見定めたヴァレンティンは、ここが頃合いだと見定めるなり、黒い炎を身に纏って飛び降りた。そして結界を足場にして中空に留まり狙いを定めると、黒炎の竜となり、魔獣が集まるど真ん中に突撃する。

直後、渦巻く爆炎と轟音。続けて響くのは、魔獣と魔物の断末魔の叫び。これぞ退魔術士の真骨頂とでも言うべきか、ヴァレンティンはその一撃でもって、メイリンとゴットフリートが倒した魔物以上の数を葬り去っていた。

なお地上の方では、獲物を掻っ攫っていったとしてメイリンとゴットフリートが非難の声を上げている。

「……さて、わしらも行くとしようか」

前線は、あの三人に任せて問題なさそうだ。頑張ったのになぜと戸惑うヴァレンティンを放っておく事にしたミラは、そのまま降下先に目を向ける。

荒野の真ん中には、アイゼンファルドのドラゴンブレスが直撃した時に出来たクレーターのような巨大な穴があった。ミラは、そのクレーターを挟むような形で魔物達の進行先にアイゼンファルドを着陸させる。そして「ここでどうじゃ？」と問う。

「ああ、いい立地だ」

そう答えたのはソウルハウルだ。クレーターは丁度よい堀代わりになるとして、その場に《キャッスルゴーレム》を創造していき、あっという間に拠点を築き上げた。

その直後より、城壁に備え付けられた大砲が火を噴いていく。轟音と共に放たれた砲弾は、クレーターに入り込んだ魔物達の真ん中に着弾して炸裂する。下位の魔物程度は、その一撃で木っ端微塵だ。

更にペガサスで城壁の上に乗りつけたルミナリアが、大砲の狙えない死角から迫ってくる魔物達を焼き払う。

アイゼンファルドはというと、クレーターのない方向から攻めてくる魔物達を次から次へと蹴散らしていた。

「なんというか、あの頃を思い出すような光景だな」

どこか懐かしむように呟きながら、キャノンタワーをあちらこちらに配置していくソウルハウル。

「そうじゃのぅ。よくこうして稼いでおったものじゃ」

「これだけ魔獣が揃っているとなると、大規模実験の一回分くらいは稼げるかもしれねぇな！」

ミラとルミナリアもまた、この布陣は久しぶりだと笑う。

ゲーム当時、大規模な魔物の群れを発見したという報告があれば、こうしてまとめ狩りをしたものだと思い返す三人。

ダンブルフの地上戦力に加え、キャッスルゴーレムによる鉄壁な拠点と支援砲火、そしてルミナリアの範囲魔術。このやり方で、何十、何百億リフと稼いできた。そして様々な術の実験で、その稼ぎが全て吹き飛んだのも毎度の事である。

そう当時を振り返ったミラ達は一つ考えを改めると、実に堅実な手腕で魔物の群れを掃討し始めた。

「あの三人……もしかしてここで金策でもするつもり？」

なるべく素材になる部分は傷つけないよう、優しく一撃で。そんな配慮が見て取れるようになったアイゼンファルドの動き。炎の魔術を控え始めたルミナリア。そして攻撃の集中する地点から、自身の足で退避していく、ソウルハウルに操られた魔物達の死骸。

そんな様子を目にして呆れ顔のカグラは、ピー助に乗ったまま陰陽術による地上への掃射を行っていた。

圧倒的な機動力と、結界による防御力。加えて巧みな式符捌きによって、また魔獣を一体葬る。それはもう鮮やかに、余計な傷を残さない完璧な手際でだ。

「あれじゃあ、まだまだね」

五十鈴連盟の活動資金を稼ぐため。また戦闘部隊の武装を強化するために千を超えるほどの魔獣を討伐してきたカグラは、余裕の笑みで次の魔獣へと向かっていった。


魔物と魔獣がひしめく荒野に降り立ってから暫く。キャッスルゴーレムを拠点にして、戦闘を続けているソウルハウルとルミナリア。

ゴットフリートもまた群れの中に突撃しては、ひと暴れして戻るを繰り返していた。カグラも手を休める事無く、着実に戦果を挙げている。アイゼンファルドもキャッスルゴーレムの裏門で奮闘中だ。

あえて目立つように、一番わかりやすい場所で暴れ回る一同。だが現在、そこにミラの姿はなかった。

では、どこに。それは、この荒野を囲む断崖の麓だ。

「さて、様子からして、この辺りじゃが……」

正面には、そそり立つ断崖。何て事のないそれを前にして、何かを待ち構えるように佇むミラ。しかもその隣にはワントソに加え、ワーズランベールの姿もあった。

現在ミラは静寂の力によって、姿を隠している状態にある。

その目的は、断崖の向こう側。

陽動も兼ねた戦闘が始まってから数十分。けれども魔物や魔獣は一向に数が減る様子もなかった。それどころか倒せば倒すほど、強力な個体が現れ始めたではないか。単体でもCランク——上級にも匹敵する強さだ。

ゆえにミラは思った。どこからか補充されているのではないかと。

ミラは今、それを確認しに来ていた。そして《生体感知》で捜索していたところ、断崖の向こう側に何かしらの反応を感知したわけだ。

壁越しであるため曖昧だが、この辺りにその秘密があるのは確かだ。しかも「崖の向こう側に匂いが続いていますワン」というワントソのお墨付きだ。

「しかしまた、派手にやっておるのぅ」

遠くから響いてくる戦闘音と魔獣の咆哮、また何よりも目立つ黒と白の炎。ルミナリア達は、順調に敵の数を削っているようだ。

と、そうして待っている事暫く。いよいよ、その時がやってきた。鈍い音を響かせながら、なんと断崖そのものが門のように開いていったのだ。

「おお……これまたとんでもない仕掛けじゃな」

予想した通り、そこから沢山の魔物が飛び出してきた。しかも今度は、Bランク相当の魔物であり百を超えるほどの数だ。

「おっと頼む、ワントソ君や」

光学迷彩により視覚からは隠れられているが、魔獣の中には鼻が利くものも多い。幾らかが、近くに潜むミラに気づいたようだ。鼻を頼りに索敵を始めた。

だが、ここでワントソの出番である。匂い魔法という特殊な魔法を操るワントソは、その場で魔物達の匂いをコピーしてミラ達に重ねた。

その効果は抜群で、魔物は完全に標的を見失い去っていった。そして、続き断崖の門から出てきた魔獣らも、ミラ達に気づく事はなく戦場の中心地へと駆けていく。

「しかしまあ、道理で減らぬわけじゃな」

魔物はこうして補充されていたと判明した。しかもランクアップしてだ。その事をしかと確認したミラは、その仕掛けについてはアイゼンファルドを通じて、ルミナリア達に伝えた。

けれど、ミラの仕事は確認だけで終わらない。魔物と魔獣の追加を完了して閉まっていく門から、するりと中に入り込んでいったのだ。

「やはり、まだこんなにも隠しておったか」

先程追加された分に加え、これまでに倒してきた魔物は数百、魔獣も十を軽く超えるほどだ。だが、どこへともなく運ばれていったと聞いていた魔獣の数は百以上である。

だとしたら、どこか別の場所に配置されているか、はたまた隔離されているのではないか。そんな予想を基に探したところ見事に的中した。

断崖の門の奥には数百メートル四方はある広大な空間が広がっており、そこにはまだまだ無数の魔物や魔獣が保管されていたのだ。

「む？　これは拘束されている……というよりは封じられているといった方が正解かのぅ」

そう、保管である。囚われているのとは違う。そこにいる魔物や魔獣は暴れもせず抵抗もせず、じっとしているだけで動く気配もなかった。ただ、黒いロープのようなものが首に巻かれているだけだ。

きっとそれによって、制御しているのだろう。

他にも多くの黒いロープが床に散らばっている。何かしらの信号で外れるようになっているのか。そうして再び動き出した魔物と魔獣が、先程のように出撃していったというわけだ。

「魔獣を大人しくさせられるとは……これは、とんでもない術具じゃな」

ミラは、一切暴れる事なく待機している魔物や魔獣達を見回しながら、そこに見える可能性に息を呑む。

全ての生物の敵である魔物と、災害にも匹敵する魔獣。これを制御出来るようになるとしたら、未来の在り方が大きく変わるかもしれない。

だが、こういったものを研究して更なる厄災に見舞われるというのもまた、物語ではよくある展開だ。

（まあ、可能性を残しておくくらいならば……）

研究するにせよしないにせよ、とりあえずといった手つきでミラは床に落ちていた黒いローブを数本回収した。

『さて、アイゼンファルドや。全力ドラゴンブレスの準備開始じゃ！』

これでもう、気になるものはない。いよいよ作戦開始だと、ミラは遠くのアイゼンファルドにそんな指示を出した。


『わかりました、母上！』

ミラから全力ドラゴンブレスの準備開始という指示を受けたアイゼンファルドは、そう答えるなり、そのままひらりとキャッスルゴーレムの城壁内へと退避した。

「集中を始めるので、よろしくお願いします！」

そんな言葉を口にしたアイゼンファルドは、早速ドラゴンブレスのチャージを開始した。これまでに放ってきたドラゴンブレスとは違う。限界まで力を集束させて放つ、最強の一撃だ。

だがその準備において、大きなデメリットがあった。

「ああ、わかった」

「あいよ、任された」

勝手知ったるソウルハウルとルミナリアは、アイゼンファルドが準備に入るや否や、素早く配置を入れ替えた。これまでアイゼンファルドが防衛していた裏門側に戦力を割いたのだ。

「あ、始まったみたいね」

更に、離れた場所をピー助で飛び回り敵戦力を分断していたカグラも反応する。その動きに気づくと一通り魔物を薙ぎ払い足止めしてから、ソウルハウル達に合流する。

「うわぁ、始まったか。にしても、とんでもないな、あれ」

存分に暴れ回っていたゴットフリートもまたアイゼンファルドが準備を開始すると共に、残る魔物達を無視してキャッスルゴーレムへ戻った。

「えーっと……確か、皆が動いたら戻る、だったネ！」

天性の勘ともいうべきか。状況が変化した事を察したメイリンは、正面の魔物達を軽く片付けてから、そのまま皆の集まる場所へと向かった。

「次の作戦が開始しましたか」

同じく変化に気づいたヴァレンティンも、周辺一帯を一気に焼き払った後、そのまま皆の許へと走る。

そうして一気に警戒が厳重になったキャッスルゴーレム。その城壁の中でチャージを続けるアイゼンファルド。

大きなデメリットとは、そのチャージにある。

とてつもない破壊力を誇る全力ドラゴンブレスだが、その準備には五分という時間が必要だった。

しかも極度に集中しなければいけないため飛翔しながらでは難しい。ゆえに地上で無防備を晒す事になる。

加えてエネルギーが膨れ上がるほどに、移動自体が制限されていくというデメリットもあった。

しかも莫大なエネルギーが集中するため、直ぐに魔物達に気取られる。そして本能でその危険を察するのか、一様にアイゼンファルドを狙い始めるのだ。

「これまた、一目散だな」

ルミナリアは上空を氷の雨で埋め尽くしながら、魔物の集まり具合に苦笑する。しかも、射程内にまで踏み込まずに知略的な動きをしていた複数の魔獣もまた、目の色を変えて襲い掛かってきた。その準備が終わったら最後であると、わかっているからであろう。

ゆえに、そんな猛攻を防ぎきるための配置というものがあった。

キャッスルゴーレムは、より守りを固める。全ての大砲の弾は散弾に変更され、近距離を徹底的に掃射する。

ルミナリアとカグラは、アイゼンファルドに近づこうとする空の魔物をメインに撃ち落としていた。その弾幕に隙の一つも存在しない。

ゴットフリートもまた、裏門前での防衛戦を始めた。若干頭は足りないが、彼の振るう特大剣の威力は抜群だ。嵐の如く魔物達を薙ぎ払っていった。

そんな彼と並び立つのは、メイリンである。彼女が繰り出す拳に仙術が合わされば、素手でありながら特大剣に匹敵するほどの威力を発揮する。

二人が守る裏門は、そこらの王城の正門よりも堅牢だろう。

しかしそれでも圧倒的な数というのは、それだけで脅威だ。これだけ善戦していても、幾らかの撃ち漏らしが出てしまう。

それら全てに対処するのが、ヴァレンティンだ。結界と白黒の炎を巧みに操り、抜け出した魔物を確実に仕留めていた。

「しかしよくもまあ、これだけの魔獣を集めたもんだよな」

クレーターにて、複数の大型ゴーレムと押し合いへし合いしている複数の魔獣を見据えながら、ルミナリアは感心気味に呟く。

魔獣というのは災害に近い存在であり、本来ならば出遭う事のないようにしたい相手だ。だが同時に希少でもあり、探したところで簡単には見つけられない存在でもある。

そんな魔獣が、見える範囲に十体近くいる。更に幹部達から訊き出した情報によって、この島にはこれの数十倍もの魔獣が運び込まれていると判明していた。

それだけの数を島に移送するとしたら、いったいどれだけのコストがかかるのか見当がつかないほどだ。防衛用の戦力にするとしても、いささか過剰過ぎるようにすら感じられた。

「防衛するだけなら、その費用で傭兵でも雇った方が効率的よね」

簡単に計算しても、魔獣の移送費用以下で、それ以上の戦力を有する傭兵団を雇う事が出来るだろう。しかも傭兵団の方が言葉も通じるため尚良しだ。

そのような言葉を口にしたカグラは、それでも魔獣や魔物を配置したのには、何らかの理由がありそうだと予想する。

単純に、徹底した秘密主義なのか。それとも人を信頼していないのか。魔獣や魔物の愛好家なのか。もしかすると、それ以外にも何かあるのか、と。

「そういうのは終わってからでいいだろ」

魔獣や魔物を集めた理由。その事でルミナリアとカグラが盛り上がり始めたところに、ソウルハウルが釘を刺す。

「それも、そうだな」

「そうよね、張本人に訊けばいっか」

現状は、まだ何が起こるかわからない戦場の只中だ。更に危険なレイド級の魔獣が現れる可能性だってある。そう気を引き締めた二人は、防衛戦に集中し直した。

「ウェーブ戦の最中みたいな状況で雑談が出来るのは、術士だからか、それともあいつらだからか。どっちなんだろうな」

次から次に押し寄せてくる魔物を片っ端から斬り伏せていくゴットフリート。彼は城壁の上から聞こえてくる賑やかな声を少しだけ羨ましく感じながらも任務を順守し、ひたすらに魔物を屠っていく。

その隣には、ここぞとばかりに修行を始めるメイリンの姿があった。

〈8〉

敵の本拠地にて、ルミナリア達は迫りくる魔物の大群と魔獣を相手に、その猛攻を凌ぎ続けていた。

「お、いよいよレイド級のお出ましだぞ」

上空の魔物を一通り落とし終えたところで、それを目にしたルミナリア。

激戦地となったキャッスルゴーレムの周辺。そこへ、のそりのそりと近づいてくるのは体長二十メートルはあろうかという猿型の魔獣『トーメントリッジ』であった。

「楽しくなってきたヨ！」

「こいつは大物が来ちまったな……！」

更にテンションを上げていくメイリンとは逆に、ごくりと息を呑むゴットフリート。この場でメインを張れるヴァレンティンは、現在別の魔獣複数を相手に奮闘していた。ゆえに、その絶大な攻撃力をどのように凌ぐべきかと心配な様子だ。

さながら怪獣映画に出てくる猿の王のようなその魔獣は、怪力だけでなく魔法までも操る難敵である。たとえ九賢者といえども、容易くはいかない相手だ。しかもアイゼンファルドを守りながらとなれば尚更だった。

と、そんな時である。

「ありがとうございます、準備出来ました！」

開始から約五分。全力ドラゴンブレスのためにチャージをしていたアイゼンファルドから、完了の合図が届いたのだ。

「ナイスタイミングね。行っちゃって、アイゼン君！」

その準備は大変なものの、山一つを消し飛ばしてしまうほどの威力を誇る、全力ドラゴンブレス。その力をもってすれば、レイド級の魔獣であろうと無事では済まない。防御力の程度によっては一撃すら有り得る。それがアイゼンファルドの全力ドラゴンブレスだ。

これならば盾役は必要なさそうだ。一撃で終わらなかったところで、満身創痍となるのは確実。残りは、自慢の特大剣で決めてしまえばいい。そう考えたゴットフリートは、いつでも飛び出せるようにと構えた。

「はい、行きます！」

いざ、特大の一撃が炸裂する。その衝撃に備えたゴットフリートは次の瞬間に「え？」と、そこで起きた事を理解出来ずに間の抜けた声を上げた。

何故なら、チャージを完了して、いよいよ発射というタイミングで消えてしまったからだ。そう、アイゼンファルドが忽然とその場からいなくなってしまったのである。


大量の魔物と魔獣が控える部屋にて、ミラはその合図が来るのを待っていた。

『準備出来ました！』

アイゼンファルドから届いた、チャージ完了の合図だ。

『うむ、ではゆくぞ！』

それを受けたミラは今一度、位置取りを確認する。更にワーズランベールと密着するほどに身体を寄せてから右手の指にちらりと目を向けると、最後に召喚術士の技能である《退避の導き》を行使した。

瞬間、ミラの目の前にアイゼンファルドが現れた。離れた召喚体を傍に呼び戻す技能を併用する事によって、移動の出来ないフルチャージ状態のアイゼンファルドを、強制的に移動させたのだ。この、無数の魔物と魔獣が待機する部屋に。

そう、ミラが標的にしていたのは地上で暴れる魔獣ではなく、この部屋に集められている待機戦力だった。

「よし、薙ぎ払え！」

「はい、母上！」

ミラの指示を受けたアイゼンファルドは、一切の加減もせずにその力を解放した。

宙を貫いていく、真っ白な閃光。凝縮された破壊の力は、それでいて部屋の端から端までを丁寧に、だが数瞬で撫でていった。

直後、空間は白一色に染まり、僅かな音すらもかき消していく。

訪れたのは静寂。だが刹那の後、その場は絶対的な暴虐による破壊の波に覆い尽くされた。そして強烈な衝撃波が空間そのものを激しく震わせ粉砕していく。

「ふむ、首尾は上々じゃな！」

山一つを吹き飛ばせるほどのエネルギーが、室内で炸裂した。その威力は圧倒的であり、部屋で待機していたほぼ全ての標的は跡形もなく消し飛んでいた。

また、それはアイゼンファルドも同様だ。その破壊力ゆえに近距離どころか中距離でも炸裂させれば、味方側も壊滅的となるのが、この全力ドラゴンブレス最大のデメリットといっても過言ではない。

そのためアイゼンファルドは、全力ドラゴンブレスを放ち終えたところで送還済みである。

「いやはや、あの光景を前にした時は、生きた心地がしませんでしたね……」

ワーズランベールはミラの背後にぴったりとくっついたまま、引き攣った表情を浮かべる。

全力ドラゴンブレスによってもたらされたものは、生きる者ならば誰もが死を直感するであろう破壊の光だ。

けれど驚く事に目の前に広がる部屋は、まだギリギリ原形を留めていた。相当に頑強な金属材を基礎として使っているようだ。壁は崩れ天井は落ちて全体的に酷く歪んではいるものの、まだ部屋としての形はギリギリ保っている。

しかし外側に面する壁は、厚さが足りなかったらしい。見事にパノラマな海原が見通せるようになっていた。むしろ炸裂したエネルギーの大半がそこから放出されたからこそ、この程度で済んだのかもしれない。

そんな被害に見舞われた部屋の只中にありながら、ミラとワーズランベールはまったくの無傷でそこに残っていた。

「しかし本番は初めてじゃったが、とんでもない効果じゃな、これは」

そのような奇跡を成したのは、かつて古代地下都市にてマーテルから貰った『空絶の指環』の力によるものだ。

空間自体を歪めて絶対の防御とするその効果は、アイゼンファルドの全力ドラゴンブレスですら完全に防ぎきる程の性能だった。

ただ、その分大量のマナを消費してしまうが、今のミラならば、まだ二回は発動出来るだけの余裕がある。

周辺に与える被害を考え、今までは正面の敵を狙う事すら叶わなかった全力ドラゴンブレス。だがこの指輪があれば、自爆を気にせずに幾らでもそれを実行する事が出来ると証明された。

その効果をしかと体感したミラは、ここから広がっていく可能性に打ち震える。

「これを連携技とすれば……ふむ、面白くなってきたのぅ！」

弱点の一つである長いチャージ時間は、今回のようにソウルハウルのキャッスルゴーレムで守ってもらえば十分に稼げる。

そして《退避の導き》による強制移動と、空絶の指環での防御。この組み合わせによって、反則級の不意打ちが可能となったわけだ。

その結果に大満足のミラは、検《あらた》めるようにして周囲の状況を確認してみた。

「ほぅ、あれに耐えるとはのぅ……」

あまりにも無慈悲な一撃だった。けれど今回は、広大な空間に並ぶ魔物と魔獣をまんべんなく吹き飛ばそうと薙ぎ払ったために、多少威力が分散したようだ。あの破壊の嵐に呑まれながらも、まだ数体の魔獣が生き延びていた。

ただ、魔獣を制御していたと思われる黒いローブは消し飛んでいた。ゆえに魔獣達も動き始める。

とはいえ、流石に五体満足とはいかない。その被害は甚大である、ほぼほぼが瀕死の状態だ。

よって今のうちに、莫大なマナと生命力によって回復してしまう前に止めを刺してしまいたいところである。

手負いとはいえ、決して油断出来る相手ではない。むしろ手負いの方が厄介な事が多いというものだ。

加えてどれもがレイド級の魔獣だった。本来ならば、上位プレイヤーが数十人と集まって戦うような相手だ。流石のミラとて、それら八体を一人で相手にするのは、些か困難といえた。

「さて、せめて合流するまでは邪魔するとしようかのぅ」

落ち着いて回復させないため。そして、他のチームの邪魔をさせないために、ミラはその場にて魔獣達との決戦を開始した。

マナ回復薬をぐいっと飲み干すと、再びアイゼンファルドを召喚する。更にイリスの護衛についているシャルウィナは残したまま、他のヴァルキリー姉妹をこの場に召喚。加えてサポートのレティシャと、虹精霊トゥインクルパム。最後に、巨大な魔獣に対抗するため、こちらも巨体な楽園の守護者ロッツエレファスと、大蛇ウムガルナを投入した。

そうして始まったのは、戦闘というよりは乱闘に近いものだった。

ミラ側は、アイゼンファルドを筆頭にロッツエレファスとウムガルナが、正面からそれぞれ大型の魔獣を足止めしている。その間にヴァルキリー姉妹らが、間隙を縫って魔獣に肉薄し、猛攻を仕掛けていった。

それら前線を支えるのが、サポートのレティシャとパムだ。

不思議な力を秘めた歌で仲間達を鼓舞するレティシャ。そしてパムもまた蓄積された膨大な知識と知恵、虹魔法で様々な援護を行っていく。

ミラもまた、ワーズランベールを送還した後、前線にて奮戦する。

部分召喚を巧みに操り相手の死角から攻めつつ、己も武装召喚にて強化した身体能力を駆使し、戦場を駆け回る。

「これでどうじゃ！」

ウムガルナによって、ぎりぎりと締め上げられている一体の魔獣。けれどその膂力は健在であり、あと幾らかで自らその縛を解いてしまうだろう。

そこへミラが真っ直ぐに突っ込んでいった。見事に隙を突いて拘束にまで至ったウムガルナの奮闘を勝利とするために。

ミラが纏うのは、《セイクリッドフレーム》。その背に浮かぶのは二本の光剣。その一本を右手に宿したミラは、もがく魔獣の腹に照準を定めて拳を繰り出した。

必殺の《光剣パンチ》だ。迸る閃光が破壊力となって、魔獣の腹に炸裂する。

それは《セイクリッドフレーム》によって底上げされたミラの身体能力に加え、聖剣サンクティアの固有能力、光剣が奇跡の融合を果たした必殺技である。

その威力は、レイド級の魔獣に対しても通用するものだった。先程まではウムガルナの拘束から抜け出そうともがいていた魔獣だが、今はもう身動き一つしない。見事に、それが止めとなったのだ。

「ふむ、これも悪くないのぅ！」

いざという時は、近接戦での切り札にもなり得そうだ。ミラは光剣パンチの威力と実用性を実感しながら、そのままウムガルナと共に別の魔獣へと向かっていった。

そして部分召喚などでサポートしつつ、うまい事ウムガルナが再び魔獣を拘束したところで光剣パンチを炸裂させる。

大型魔獣ですら幾らか拘束出来るウムガルナとの相性は、すこぶる良さそうだ。通常時ならば決して狙えないであろう魔獣の頭に直撃した光剣パンチは、遺憾なくその威力を発揮した。

「いずれは、光剣キックにも挑戦したいところじゃな！」

倒れ伏す魔獣を見据えながら、次の目標を立てるミラ。今はまだ右手のみにしか光剣を宿せないが、いずれは足でも出来るようにしたいと。

戦いの最中にあっても先の実験について考えつつ、ミラは迫りくる魔獣相手に戦い続けた。

とはいえ、相手もやるものだ。レイド級の魔獣というのは、やはり生半可な存在ではない。学習していた。

これまでは僅かにミラ達側が優勢であったが、ある時点を境に拮抗し、削り合いの状況へと変化する。

そのある時点とは、共闘だ。個別に暴れていた魔獣達が、ミラ達を共通の敵として手を組んだのである。

巨体を誇るだけでなく、単純な力や魔法も人の上をいくレイド級の魔獣達。アイゼンファルドの全力ドラゴンブレスで深手を負っているものの、その戦闘力は、まだまだ健在だ。

それでいて見事な連携をとるというのだから、極めて厄介だった。

「ふーむ……完全にアイゼンファルドが抑えられてしもうたな……」

残る魔獣は六体。うち三体の魔獣に囲まれてしまったアイゼンファルド。現時点での最高戦力は、三体の魔獣にかかりきりとなっていた。幾ら皇竜のアイゼンファルドとはいえ、相手もまた上級を超える魔獣三体だ。防戦一方である。

だが、それはもう一方で、アイゼンファルドが三体もの魔獣を引き受けているともいえた。

「やはり、もう警戒されておるのぅ」

ウムガルナとのコンビネーションは、既に学習済みのようだ。魔獣達は素早く相互に支援して、もはや拘束すら出来ない状況だった。

ともなれば、光剣パンチを決めるのもまた難しそうだ。多少の近接戦は出来るものの、流石のミラとてレイド級の魔獣が相手では圧倒的に不利だからだ。武装召喚によって二、三回は打ち合えるかもしれないが、それにも限度がある。

ならば、もう一つの切り札であるフェンリルを召喚するべきだろうか。

神獣フェンリル。今はまだ一日に一回、しかも十分程度しか召喚していられないが、その潜在能力はアイゼンファルドをも超える。かの者ならば確実に今の不利を打開出来るであろう。

しかし、それだけ強力な切り札である。この先、他にもどのような敵が現れるかわからず、何よりもカグラが名を挙げた大魔獣『エギュールゲイド』が確認出来ていない。

ゆえにミラはフェンリルを温存すると決める。だが、いざという時も考え、マーテル経由で備えておいてほしいとフェンリルに伝えてもらった。

『いつでも万全だそうよ！』

マーテルから心強い言葉が返ってくる。どのような緊急事態に陥っても、フェンリルならばこれを覆してくれるだろう。

『おお、頼もしい限りじゃのぅ！』

そしてその言葉はミラの心に多大な安心感を生み出してくれた。ミラはその心強さを胸に残る三体の魔獣を見据え、司令塔としての役割に徹した。

ヴァルキリー姉妹とロッツエレファス、そしてウムガルナが魔獣と激しくぶつかり合う中、ミラはダークナイトやホーリーナイトで足りない部分を補っていく。更には状況、状態に合わせてレティシャとパムにも指示を飛ばし、その場に最適な支援を実行していった。

と、そのように戦い始めてから、二十分弱が経過した時だ。

戦況は、拮抗。共に決定打を打てず、徐々に削り合うだけになっていたところで状況が一転する。

突如として背後の巨大門に穴が開き、そこから援軍が到着したのだ。

「これはまた、厄介なのが残っているな」

「にしても数千の魔物と百はいただろう魔獣が、もうこんなもんか」

「お疲れ様、おじいちゃん。表はだいたい片付いたよ」

ソウルハウルとルミナリア、そしてカグラが合流したのだ。三人は、そこで繰り広げられている怪獣バトルを見回した後、そのまま何ともなしに戦線へと加わった。

対してメイリンは我先に「ワタシにもやらせてほしいネ！」と息巻いて突入していく。更にゴットフリートもまた、「止めは俺がもらったー！」などと雄叫びを上げながら突撃していった。

悪の犯罪組織『イラ・ムエルテ』の本拠地に乗り込むなり、ミラ達がド派手に大暴れしていた頃。

丁度、大部屋にて全力ドラゴンブレスが炸裂した時だ。

断崖の外側にて待機していたノイン達にもまた、その衝撃の余波が届いていた。

「そこそこ離れているはずが、ここまで響いてくるのか。とはいえ、どうやら作戦通りに進んでいるようだね」

正面には断崖絶壁。背後には大海原。ノイン達のチームがこのような場所にいるのには理由があった。

断崖にへばりつき足場となっているエリュミーゼのゴーレム。そんなところでノイン達が待機していたのは、目立たずに侵入するためだ。ミラ達が大暴れする事で、十分に注目を集めたであろう頃合いを見計らっていたのである。

「それじゃあ、近くに寄せる、ね」

エリュミーゼの操作によって、ゴーレムはまるでリフトのように断崖を上がっていく。

だがその途中にて――

「よーし、いよいよ行動開始だな！」

「うむ。あの一撃が炸裂した今こそが、一番の好機でござるな」

予定の場所まで上がり切るより早く、ラストラーダとサイゾーが動き出したのだ。

今回、作戦実行にあたり二手に分かれたのには意味があった。

ミラ達第一チームは、陽動だ。存分に暴れて敵戦力を削ると共に、どこかに潜むボスの注意も引き付けるのが役目である。人選もまた、それがゆえだ。

そしてノイン達のチームの役割はというと、秘密裏に潜入して、どこかに潜むボスを見つけ出すというものだった。

「あらあら、焦りは禁物よ。しっかりと用心していきましょうね」

さっさと断崖を登ってしまおうとした二人の首根っこをむんずと捕まえたアルテシアは、そのまま引き戻すと共に聖術を行使した。持続回復や守備上昇など様々な強化聖術のてんこ盛りだ。

そしてその間、見事に転がされたラストラーダとサイゾーは、逸る気持ちを抑えてアルテシアの言いつけ通りに強化が済むのを待った。ここで逆らうという選択肢は、二人に無いのだ。

ともあれ、ゴーレムが目標地点に到達した。だが、その目の前にあるのは、これまで見てきた断崖の岩壁だけだ。

「にしても、よくもまあ見つけたものだ」

どんなところでも、先行するのは鉄壁の護りを誇るノインの役目だ。

ノインは感心したように呟きながら、その断崖の岩壁に歩み寄っていく。そして次には、そのまま壁の中へと入っていった。

そう、そこにあったのは、断崖の一部として術的にカモフラージュされていた隠し通路だったのだ。

しかも一見どころか、じっと観察しても違いが判らないような代物である。

だが先行調査にて、カグラが一目でそれを看破した。

よもや、これほどわかり辛い場所から侵入されるとは思うまい。といった予想を基にノイン達は、この場所からの潜入となったわけだ。

かといって、絶対は有り得ない。

「よし、これといって怪しい術式は仕掛けられていないな」

「罠の類も、近くにはなさそうでござる」

本拠地に踏み込むなり、ラストラーダとサイゾーは素早く周辺を調査した。その結果は問題なしだ。積極的な二人であるが、その辺りの慎重さはしかと持ち合わせている。ゆえにサイゾーのみならず、ラストラーダもこちらのチームなのだ。

「よし、進もうか」

そうして注意と警戒を怠らず、それでいて今が好機と見定めて、ノイン達は敵本拠地の捜索を開始した。

番犬代わりだろうか。敵本拠地内部にも、ところどころに魔物の姿があった。しかもただの魔物ではない。Aランク相当の強力な魔物ばかりだ。

とはいえノイン達はAランクすらも凌駕する実力者揃いである。そのためAランクの魔物といえど、その進行を止める障害にはならなかった。

徘徊する魔物らは、ラストラーダとサイゾーの手によって静かに手際よく片付けられていく。

「内部は少数精鋭といった配置でござるな」

魔物が吠えるよりも先に口を塞ぐ。魔物が魔法を使う兆候を見せたなら迅速に封じる。そして気づかれるより前に首を落とす。

潜入工作におけるサイゾーの腕前は、ここにいる誰よりも優れていた。その技は、正しく皆が思い浮かべる忍者のそれである。

「とはいえ広さの問題か、大型の魔物は見当たらないな。その分、強力な個体を置いているとみた！」

離れた位置から眠らせた後に、そっと息の根を止める。蜘蛛の糸で搦めとってから的確に急所を貫く。そして証拠すら残さず塵に還す。

ラストラーダの術の中にも、隠密行動に適した種類が沢山あった。もはや戦闘の痕跡すら残らぬ鮮やかさで、魔物達を葬っていく。その姿はまるで奇術師のようだ。

(やはり凄い。流石としか言いようがない。ここまできても気づかれる要素は皆無だ。サイゾーさんは当然として、ラストラーダさんもこんなに凄かったのか。アルカイトでは諜報を担当していたって聞いていたけど、ここまでの手際だとは)

二人の手腕を目の当たりにしたノインは、その熟達した技の数々に舌を巻く。

見た目からして忍者を意識しているサイゾーの技はもちろんの事、あの熱血ヒーロー馬鹿っぷりには似合わぬラストラーダの工作員スタイルに、もはや感動すら覚えている。

(あの召喚爺やルミナリアさんにメイリンちゃん、ゴットフリート君がこっちだったら、絶対にこうはいかなかったな!)

そう彼は強く思った。きっと間違いなく、その内の一人でも潜入チームにいたら、既にド派手な痕跡を残していただろうと。

だからこそ、このチーム分けは完璧だったと、これを提案したカグラに感謝するノイン。

潜入調査チームは、そのようにして順調に『イラ・ムエルテ』本拠地の探索を進めていく。

ここはまるで、迷宮のような造りとなっていた。加えて、それらを構築しているのは石とも金属とも知れない素材だ。壁も床も天井も、不思議な光沢のある赤黒い何かで出来ているのだ。

しかも細い通路と小部屋、そして無数の階段が至る所にある。複雑に入り組んでいるだけでなく似たような場所も多いため、注意していても現在地を見失いそうになるほどだ。

だがここで、ラストラーダの降魔術が光った。迷宮蝙蝠から獲得出来る降魔術によって、概ね全体像を把握出来るからだ。

更にサイゾーもまた、無形秘術による位置確認が可能だった。

もはや二人が揃えば、マップ要らずである。初見の迷宮ですら初手で全体像を把握出来てしまうだろう。

加えてアルテシアの聖術による強化が加わっているものだから、二人の技の冴えは一段と鋭くなっているときたものだ。

ノインは安心して守りにのみ集中出来ていた。だが、それでいて彼の脳裏には、ちらりちらりと出発前に見たミラの姿が浮かんでは消えていく。

（くっ……惑わされるな、俺！）

外面がどストライクなだけで中身は好みとは別物だと自分に言い聞かせながら、ノインは瞼《まぶた》の裏に浮かぶミラの下着姿を振り払った。

「あら、お人形さんね」

数体の魔物を闇に葬り、更に進む事暫く。遠く前方向。そこにふと現れたのは、獰猛な魔物ではなく不気味な等身大の人形だった。

まるで操り人形のようにカクカクと不自然に動く姿は、極めてホラーチックだ。そして、その気味悪さの通りというべきか、それはステアパペットという不死系の魔物だった。

怨念が宿った人形、ステアパペット。精神系の魔法を使うほか、呪いという厄介な力も持つ。だが、その戦闘力はさほど高くない。Aランクの魔物ばかりと遭遇する中で、明らかに数段格落ちする相手だ。

しかもここには、呪いを祓えるだけでなく、不死系に対して特効性のある聖術を操るアルテシアがいる。

だが、ノイン達に緊張の色が増した。戦闘能力的には遥かに見劣りする相手だが、なぜそのような魔物がこの場所に配置されているのかを誰もが理解していたからだ。

理由は、ステアパペットの持つ能力にある。

それは警報だ。魔物以外を見つけると、警報を発して魔物を呼び寄せるのだ。今回、魔物が集まる事はさほど問題ではないが、その事で侵入がばれてしまうのは避けたいところだった。

「あれは、任せて」

そう告げて前に出たのは、死霊術士のエリュミーゼだ。彼女は生み出したマッドゴーレムをすぐさま液状化させて、地面を這うように進ませていった。

じっくりと周囲を見回すステアパペット。泥溜まりは、その足元に集まり徐々に広がっていく。そして、ステアパペットが次に移動しようとした直後だ。

地面から一気に伸び上がったマッドゴーレムが、あっという間にステアパペットを包み込んでしまったのである。

するとどうだ。襲われれば直ぐに警報を鳴らすはずが、うんともすんとも言わぬではないか。

「これは、お見事」

安定していてなお、静かな仕事ぶりに称賛を送るノイン。

最後に近寄って、短剣でマッドゴーレムの上からステアパペットを貫いたエリュミーゼ。その一撃によって、あっさりと決着した。

「楽勝」

ちょっと得意げなエリュミーゼは、いったいどうやったのかというノインの質問に答えた。

ステアパペットが警報を鳴らさなかったのは、マッドゴーレムに《霊縛》が付与されていたからだそうだ。ゆえに、このマッドゴーレムに閉じ込めてしまえば、不死系の魔物が持つ特殊な能力の大半を封じられるという。

(繊細な操作と、確実な戦略。流石はエリュミーゼさんだ)

きっとミラ達ならば、警報を鳴らす前に跡形もなく消し飛ばしてしまえばいいなどと言う事だろう。そんな光景をありありと思い浮かべながら、ノインはエリュミーゼがいてよかったと安堵する。

見事なチームワークで魔物を片付け、奥へ奥へと潜入していくノイン達。そうしてまた、これまでと似たような小部屋にやってきた時だった。

「むむ、待つでござる。この部屋、どうにも違和感があるでござるよ」

見た目も何も見分けのつかないその部屋を見回しながら、サイゾーが警戒を促したのだ。

「違和感？　――見たところ、これまで通りだが……」

足を止めて注意深く部屋を見回すノイン。一見、これといった変化は見られない。とはいえ、潜入調査のプロフェッショナルであるサイゾーの直感だ。その能力は確かである。

ともなれば、何かがあるのかもしれない。

「よーし、一先ず探ってみるか！」

サイゾーが言うのならと、直ぐにラストラーダが行動を開始する。《目明しの鱗粉》という降魔術を使い、光の粉を周囲にまき散らした。

それは微細な圧力、更にはマナの変化といったものに反応して明滅する特性を持つ。目に見えない敵や、蚊ほどにも満たない小さな対象の動きを捉えるために役立つ術だ。

また、もう一つ便利な使い道があった。それが、隠し扉といった類の発見だった。隙間などから漏れ出たりする些細なマナ圧の変化に反応するのである。

ただ今回は少々、いつもとは反応が違った。

「おっと、こいつは尋常じゃないな」

部屋の片隅。ラストラーダはその壁を見据えて眉を顰めた。更にノインらもまた、それを前に困惑の色を浮かべる。

光の粉が輪郭を浮かび上がらせて、そこに隠し扉がある事を示していた。だが本来は、扉と壁の境界線に沿って微かに明滅する程度のものだ。しかし今はどういうわけか、そこの一部が強烈に明と暗を繰り返しているではないか。

つまり、その先から漏れ出てくるマナが異常だという証拠だ。

ラストラーダは言う。この先に待ち受けているのは、確実に日常とはかけ離れた状況だと。

「あらあら、大変そうだわ」

「嫌な予感しかしない」

アルテシアとエリュミーゼは、そこから直感的に禍々しさを感じ取ったようだ。警戒した様子である。

「さて、調べてみるとしようか！」

明らかに尋常ではない。けれども隠しているという事は、それ相応の理由があるはずだ。しかも、巧妙に隠されたこの島の中で更に隠された場所だ。

この隠し扉の先には何があるのか。それを確かめるためにラストラーダはすぐさま扉を開ける方法を探し始めた。

きっとそこにあるのは、相当にろくでもないものだろう。しかし、虎穴に入らずんば何とやらだ。

もしかしたら、この先に『イラ・ムエルテ』のボスが潜んでいるかもしれない。そんな期待を胸に周辺を探っていくノイン達。

それから少しして扉を開ける方法を見つけたのは、やはりともいうべきか、サイゾーであった。

「どうやら鍵となる術具に反応して開く仕組みのようでござるな。かなり上等な代物でござる。けれども拙者の手にかかれば――」

仕組みを見破ったサイゾーは、続けて後は任せろと隠し扉の前に立った。

そしてサイゾーがかさこそとし始めてから一分弱。カタンという音と共に隠し扉が開いた。

「流石、サイゾーさん。術式による鍵も開けられるんですね」

余程のものでない限りは、物理的な鍵よりも術式による鍵の方が破り辛い。だが、その違いなど感じさせないほど鮮やかに開錠してみせたサイゾーの手腕を絶賛するノイン。

そんなノインに対して、サイゾーは自信満々に答えた。「アトランティスの魔導技術はぴか一でござるよ！」と。

サイゾーが手にしていたもの。それは忍術だ忍具だといった類ではなく、極めて高性能な術式解除用の術具であった。

便利なものは何でも使う。それがサイゾー式忍者道なのだ。

「これは……臭うでござるな」

僅かに開いた隠し扉の隙間。そこから微かに空気が漂ってきたところでサイゾーが顔を顰めて後ずさる。

「確かに、これはきついな……」

どれどれと寄っていったノインもまた、隙間から漏れ出てくる臭いを感じた途端にその場を離れた。

そんな中で一人、その臭いの正体について口にした者がいた。

「これは、死臭」

エリュミーゼだ。死霊術士という事もあってか、そういった臭いに触れる機会も多いのだろう。ずばりと言い切った彼女だが、それでいて浮かない顔だ。

「死臭って……つまりこの先には……」

何かの死体、またはゾンビといった類の魔物がいる。そう察したノインは、あからさまな嫌悪感を表に出していた。彼はグロテスクなものが苦手であったのだ。

「あら、どうしましょうね……」

「この臭いからして、なかなか……」

とはいえ、そういった類が得意という者は珍しいだろう。ノインのみならず、アルテシアにサイゾーも気乗りしないといった表情だ。

そして唯一耐性のありそうなエリュミーゼは――「私は、ここを見張っている」などと、頑なに拒絶するような目で告げた。死に触れる機会は多いが、かといって慣れたという事もないようだ。

「まあ、ようやく見つけたんだ。行ってみるしかないな！」

この先には、明らかに生理的嫌悪感を催すものが待ち受けている。臭いからして直感出来るそれを前に、一切揺るがなかった者はラストラーダであった。ここまで探し回って、ようやく出会えた魔物以外の手掛かりを前にして満面の笑みだ。

悪の組織の秘密基地に隠された、秘密の扉。その先から漂って来る不浄の臭い。そこに彼のヒーロー魂がビンビンに反応したようだ。是非とも追及したいと全身で語っていた。

「行くしかないかぁ……」

事実、ラストラーダの言葉はもっともだと心を決めるノイン。入り口が隠されていたという事は、この先に、そうするだけの何かがあるともいえる。調査する以外の選択肢などないのだ。

とはいえ死臭の満ちる場所にそのまま無防備に踏み入るような真似はしない。臭抗薬を飲むだけでなく有毒ガスが発生している事も考慮して、アルテシアに清浄な呼吸が可能となる聖術を掛けてもらった。

「よし……行くぞ……」

準備は万全だ。万全になってしまった。けれど、この先にはきっと見たくもない光景が広がっていると予想される。ゆえにノインが踏み出した一歩は重かった。

ただ、肝心の一歩目さえ踏み出せれば、二歩三歩と続けられるものである。そうしてノイン達は隠し扉を越えて、その奥へと進んでいった。

「無理、こういう雰囲気、ダメ」

エリュミーゼが真っ先に音を上げた。

進めば進むほどに嫌な臭いは纏わりつき、得体の知れない何かが迫ってきているような気配が漂って来る。

臭抗薬で堪えられてはいるものの、精神的にきつくなるような臭いだ。加えてノインとサイゾー以外の術士組は、その先に渦巻く淀んだマナをも感じ取っていた。

「これは確実に何かあるな。悪の研究場か、それとも邪悪な大幹部のお出ましか！」

間違いなく、自然には有り得ないマナの淀み。ラストラーダだけは、その存在を前にしても一切揺らいだ様子はない。むしろ絶好調なほどだ。

そのようにして長い通路を進む事、百メートルと少々。いよいよ隠されていた部屋にまで辿り着いたノイン達は、そこに広がる光景を前にして絶句した。

「何だ、これは……」

「まあ、酷い……」

嫌悪感を露わにするノインと、沈痛な面持ちで俯いたアルテシア。

そこは、この拠点で見た中で一番広い部屋であった。高さにして二十メートルはあるだろう。幅も五十メートルは超えるのではないかというくらいに広い。大きな倉庫とでもいった場所である。

そんな部屋にあったのは、夥《おびただ》しい数の死体だった。

大量の魔物のみならず、野生動物の他、ところどころに聖獣の類までもがそこには転がされていた。

いったい、ここは何なのか。墓か、それとも処理場か何かだろうか。そのような思いが僅かに浮かんだものの、そういった優しさのあるものとは違うとノインは直感する。

「見たところ人の姿は……無さそうだ」

千を超える死体の山を前に皆が怯む中、前に出て状況を確認するのはラストラーダだ。様々な死体に埋め尽くされた部屋を一望するなり、思い付く最悪にまではなっていないと告げる。少なくとも、見える範囲の死体の山に人の類はないと。

「正に、悪の所業でござるな」

この場所は何なのか。どういう意図で、このような場所が造られたのか。それを調査する事が先決だ。

サイゾーは、あまりにも悪趣味な光景に眉を顰めつつも、その目的を探るべく動き出す。

ただ死体を集めただけ、などとは考え辛い。ただの死体置き場だというのなら、わざわざ隠し扉の先に造る必要などないからだ。

何かしら秘密があるはずだ。その考えを基に、ノイン達は手分けして部屋の調査を進めていった。

「これは不思議ね。どれも傷一つないわ」

多くの魔物の死体を見て回ったアルテシアが、一つの共通点に気づく。

それは、死体の状態だ。見て取れる限り全ての死体に、目立った傷というものが一切見られなかったのだ。

つまり、争いや外傷が原因で命を落としたというわけではないという事。加えて腐敗しているものも多いため、素材などが目的で狩られたわけでもなさそうである。

果たして、この部屋の意味は。更に探る事暫く。「皆、こっちに来てくれないか」というラストラーダの声が響いた。

「なんだ、これは……」

ノインはラストラーダが見つけたそれを前にして息を呑み、慎重に歩み寄っていった。

無数の死体が転がる広い部屋の片隅。特に大きな死体の山の奥側。そこにあったのは、何かの装置染みたものと、そこに設置された二つの大きな器だった。

「なんだか、邪悪な儀式とかやってそう」

パッと見て感じた印象をずばりと口にしたのはエリュミーゼだ。

彼女の言う通り、その装置のようなものには複雑な術式が刻まれており、いかにもといった怪しさがあった。

見ると石段で上れるようになっていて、その先には棺桶のような石造りの箱が置かれている。そして、その箱の下部より、器の上に向かって細い導管が延びているという形だ。

「拙者としても、儀式だと願いたいところでござるが……これはしかし……」

見た目のまま判断するならば、それは圧搾機《あっさくき》に近かった。つまりは上の箱に何かを入れて、何かを抽出するといった仕組みだ。

また、術式が刻まれている事からして、果汁を搾るなどといった優しいものではないだろう。そして、このような場所にあるという時点で、これがどのように使われるものなのかという疑問に自然と答えが出てしまう。

「この黒いのは、血……ではなさそうだな」

あまり気分のよくない想像が脳裏を過り、目を逸らし気味のノイン達。だがラストラーダは、左の器の底に残っていた真っ黒なそれに注目した。

液体のように見えるそれは、まるで闇を煮詰めたのかというくらいに深い黒色で、見ていると怖気《おぞけ》立つような不気味さがあった。

おおよそ、血などといった単純な物質ではないと思わせる何かを秘めたものだ。

「こっちの透明なのは……水……のはずはないな」

ラストラーダは続き、右の器の底に目を移した。そこにも僅かながらに透明なものが溜まっていた。

一見するならば、ただの水だ。けれども、やはりそれからは得体の知れない何かが感じられた。

けれども先程の黒いものとは違い不気味な印象を受ける事はなかった。かといって感じられるものについて名状出来るような言葉がないほどに、それは不思議な透明だった。

10

「あら……この感じは覚えがあるわ」

正体不明の装置。そして器の底に残った黒と透明の何か。はて、それの正体は。これは何のためのものなのか。そんな疑問が浮かぶ中で、そっと黒い方を確認したアルテシアがそんな言葉を口にした。皆の視線を集めたアルテシアは、それでいて「えっと、なんだったかしらねぇ」とマイペースに考え込む。

器の底に残る、得体の知れない液体のようなもの。アルテシアがそれをじっと見つめてから暫く。固唾を呑んで見守る皆の集中力も途切れかけたところで、その答えが出た。

「そう、思い出したわ。これは魔の属性力よ」

すっきりした顔で、ぽんと手を打ったアルテシア。彼女が言うには器の底に溜まった黒い何かからは、魔の属性と同じような力を感じるそうだ。

属性力。それは自然界を構築する要素の一つである。主だったところでは、火、水、風、地、雷、氷、光、闇からなるものだ。

だが、それらとは別にもう二つ。特別な属性として、聖と魔があった。

主に天使や聖獣といった、神域に近い存在が有しているのが聖属性。

対して魔属性は、悪魔や魔物が多く有している。また、野生の動物などが魔獣へと変貌してしまうのは、この魔の属性力が過剰に蓄積された結果でもある。

それらの事からして、総じて魔属性というのは負のイメージが強く、またそのイメージ通りに多くの厄災の原因ともなってきた。

そんな魔の属性力が、目に見えるばかりか物質化してしまっている。きっと、それほどまでに凝縮してあるのだろう。器にあるそれは、明らかに異常であった。

「つまりこいつは、魔属性を抽出して集めるためのもの、って事になるのか。で、こんなの集めてどうするのか……」

ノインは、器の上の方へと視線を移していく。そこにあるのは、圧搾機のような謎の装置。それが大量の魔物から魔の属性力を搾り出すためのものだと考えれば、確かに納得のいく答えにもなる。

ただ、同時に更なる疑問も生まれた。

一つは、この抽出した魔属性をどうするつもりなのかという点。

そしてもう一つは、その隣にある器だ。

「ものがものでござるからな。悪事や悪巧みに使うのでござろう。けれども、この透明なものの方は別物にしか見えぬでござるよ」

右側の器。その底に溜まっているのは透明であり、左側に溜まった魔属性とは違い、怖気立つような不気味さといったものは感じられなかった。間違いなく別物である。

「魔属性に対して、こっちは聖属性――……って感じでもなさそうだな」

ただ単純にその反対、というわけでもないようだ。

この部屋には、大量の魔物や魔獣だけでなく、少ないながらも聖獣や霊獣といった類の死骸もある。

だからこそと考えたノインだったが、確認のためアルテシアに顔を向けると、違うという答えが返ってきた。

聖属性を扱う術の多い聖術。その使い手である九賢者のアルテシアが否定するのだ。それはつまり、間違いなくこの透明な物質は、まったくの別物という事だ。

では、何なのか。考え込み、またじっくりと観察するノイン達であったが、こちらの正体は皆目見当もつかなかった。

「こんなところにあるんだから、ろくでもないものだと思うんだけどなぁ。不思議と嫌な感じがしないのは何でだ？」

右の器の透明な液体。それはこのような場所で、更には怪しげな装置より抽出されたと思われるものだ。

魔属性同様に厄介な代物だと考えるノイン。けれど見る限り、感じる限りでは、それが忌避すべきものには思えず困惑する。

「そうでござるな。魔属性は、一目見るだけで寒気がするほどでござるが」

「うん。こっちはなんだか元気になれそうな気がする」

サイゾーとエリュミーゼもまた同意見のようだ。あまり悪いもののようには思えないと口にする。と、そうして透明な液体が何なのかを探っていた時だった。

「ん？　何かが近づいてくるな」

念のためにと入り口付近に仕掛けていた蜘蛛糸が何者かを感知したと、ラストラーダが報告する。

「徘徊していた魔物か？」

ここに来るまでに、拠点内を徘徊する魔物と何度も遭遇した。それがここにも来たのだろうかと考えたノイン。

だが、そこにラストラーダが疑問を挟む。「こんな隠し扉の先のどん詰まりにまで来るとは考え辛いと思わないか？」と。

「確かにそうでござるな」

隠し扉は、抜けた後で元に戻しておいた。つまりここまで入ってくるには、隠し扉の存在に加え、それを開ける方法を知っていなければならないわけだ。

対して遭遇した魔物は、今のところ強さだけが優秀な個体ばかりであった。そんな魔物が隠し扉の仕掛けを解けるだろうか。

「まずは様子を見よう。エリュミーゼさん、壁を」

少なくとも、隠し扉を理解する知恵のある相手だ。もしかしたらボスが出張ってきたという可能性すらもある。そうでなくとも、魔の属性力と透明な液体の正体を知る切っ掛けになるかもしれないとして、ノインは観察を優先した。

全員でその場から急いで離れると、器が目視出来る少し離れた壁際に寄った。するとそんなノイン達を、マッドゴーレムが覆い尽くすようにして広がっていく。

そのマッドゴーレムには、《擬態》の力が付与されていた。そのため、みるみるうちに周囲と同化していき、瞬く間にノイン達の存在は周囲の背景に溶け込んだ。余程疑いを持って調べなければ見分けられないであろう仕上がりだ。

(近づいてきているな……)

僅かに響く足音に集中するノイン。

やはり、ここにある抽出装置が目的なのだろう。この部屋にやってくるなり、何者かは真っ直ぐこちらに向かって来ていた。

いったい、その正体は。そして、あの禍々しい魔属性をどうするつもりなのか。

声を潜めて、そこに現れるのを待っていると、やがてはっきりと足音が聞こえるようになってきた。

(何だ、この音は……やけに軽いな)

ひたり、ひたり。近づいてくる足音は、おおよそ大人のそれとは違っていた。更に付け加えるならば靴の音というにも違和感がある、そんな足音だ。

何者がやって来たというのか。皆が固唾を呑んで見守る中、いよいよそれが姿を現した。

「嘘だろ……」

思わずといった顔でノインが呟く。またサイゾーやエリュミーゼらも、それを目にして緊張を浮かべた。

「あらあら、これは大変そうねぇ」

いつも微笑を浮かべているアルテシアであったが、今回ばかりはそうもいかないようだ。じっと相手を見据えたまま囁く。

「なるほど。思えば確かに、こういう可能性もあったな」

大陸最大の犯罪組織である『イラ・ムエルテ』。その四人の最高幹部を統括するボスの正体として浮かぶ、存在の一つ。それを示す要素が現れたとして、ラストラーダは納得したように苦笑する。

ノイン達の脳裏に、かの存在を想起させた者。黒い表皮に、枯れ木を寄せ集めたような身体。顔は残忍さを凝縮したように歪んでおり、おおよそ気味悪さしか感じられない外見をした者。

それは、レッサーデーモンだった。そしてレッサーデーモンのいるところには黒悪魔の影が在るという事を、ノイン達は嫌という程に理解していた。更には黒悪魔が、どれだけの厄災を振りまくかまで重々承知の上だ。

「悪魔の考え……いや、黒悪魔だったでござるな。その考えからすれば、確かにこれも一つの手でござるか」

人類に災厄を。それを目的とするのが黒悪魔である。ともなれば犯罪組織に関わっていても、それを組織したとしても何らおかしくはないというもの。

ここにきて『イラ・ムエルテ』のボスの正体の筆頭として、黒悪魔の存在が浮上した。

と、その事にノイン達が沸き立っている間にも、レッサーデーモンは何かしらの作業を始めた。

山から魔物の死体を引きずり出しては、器の上にある石の箱に入れる。そこから更にもう二体ほどを放り込むと、真っ黒な板で蓋をした。

するとどうだ。石の箱に刻まれた術式が仄かに輝き出したではないか。

その輝きは、じわりじわりと石の箱全体に広がっていく。そして全体にいきわたったところで、その音が響き始めた。砕き、すり潰すような、非常に気味の悪い音だ。

あの箱の中は、どのようになっているのだろうか。想像もしたくないそれが行われている間に、器の方に変化があった。禍々しい魔属性の液体と透明な液体が流れ落ち、器に溜まっていくのだ。

予想通り、その装置は魔物などの死体から魔属性を抽出するためのもので間違いなかった。とはいえ透明な方については、未だにわからずじまいだ。

レッサーデーモンは、その抽出作業を何度か繰り返したところで、器から両方の液体をそれぞれ小瓶に汲み取った。そして用が済んだのかその場を離れ、出口のある方へと歩いていく。

「よし、追いかけよう」

重要そうに思える二種類の液体。それを持ってどこへ向かおうというのか。きっとその先に何かあると直感したノインは、レッサーデーモンの追跡を提案する。

「ああ、行こうぜ！」

これには皆も同意見だったようだ。ラストラーダが答えるなりカモフラージュ用のマッドゴーレムは溶けて消え、ノイン達は全員で追跡を開始した。


ところ変わってミラ達陽動部隊は、一つ大きな戦闘を終わらせていた。

ルミナリアが放った魔術を受けて、巨大なレイド級の魔獣が地に伏せる。魔術の余波として、強烈な火花が飛び散る中で周囲を一望するミラ。

「ふむ、今ので魔獣は最後じゃな」

アイゼンファルドの全力ドラゴンブレスを受けて尚立ち上がった、複数のレイド級魔獣。本来ならば、一体に対して十数人規模で当たらなければいけない相手だったが、手負いという事もあってか、駆け付けたルミナリアらの戦力が加わった事で形勢は逆転。レイド級の魔獣全ての討伐に成功した。

「にしても、あれだけの手負いで、これだけ暴れるってんだから堪ったもんじゃねぇな」

さしものルミナリアとはいえ、レイド級を七人で相手するのは骨だったと愚痴をこぼす。特にレイド級の魔獣ともなれば最後の足掻きというのは、筆舌に尽くしがたい程に激しいものだ。

「うむ、まったくじゃな」

愚痴の一つも言いたくなるのは当然だと、ミラも同意する。それほどまでに、六体同時は苛烈な戦いであった。

「ただ、もっといたのを不意打ちでほぼ壊滅させる事が出来たのは良かったわね」

アイゼンファルドの全力ドラゴンブレスがなければ、万全のレイド級のみならず、無数の魔物や魔獣ともやり合う事になった。それらと真正面から戦っていたとしたら、それこそ日が変わっていたであろうとカグラは続け、安堵したように笑う。

「一気にこれだけ片付けられたのは、かなり大きいですね。これで懸念していた相手側の戦力の半分以上は潰せたでしょう」

魔物と魔獣で埋め尽くされていた部屋を見回しながら、もう跡形もないその様子に苦笑するヴァレンティン。それらが健在であったなら、どれだけ面倒だっただろうか。そして、それほどの数をほとんど葬った全力ドラゴンブレスの何と恐ろしくも頼もしい事かと。

と、概ねは攻略が捗ったという意見であったが、メイリンは、どことなく消化不良気味だった。

「出来れば、万全な状態で戦ってみたかったヨ」

複数のレイド級魔獣と同時に戦えたら、どれだけの修練になっただろうか。それはもう流石の九賢者にも困難な挑戦と言える。だがメイリンの不満顔は、本気のそれであった。

「わかる！」

しかもメイリンだけならばまだしも、それに同意する者がいた。ゴットフリートだ。良いところを全てミラに持っていかれたのが原因のようで、こちらもまた暴れ足りないといった表情だ。

事実、レイド級の魔獣を相手にしながらも、彼はまだ必殺技を一つも繰り出してはいなかった。手負い相手には必要なかったというわけだ。それでいて魔獣の首を切り落としたのだから、ゴットフリートの戦闘力は格別である。

「まったく、頼もしいのぅ」

一人では難しい事も二人三人と集まれば、出来る事が飛躍的に増えていく。ミラはルミナリア達を見回しながら、困難に挑戦し続けていたかつての時代を思い出して微笑んだ。

そして更に振り向けば、そこにもまた頼もしい仲間達がいる。

今回は、そんな仲間達に少し無理をさせてしまった。背後に控えるヴァルキリー姉妹らは、疲労困憊の状態だ。アイゼンファルドもまた、幾らか消耗気味である。

それもそのはずで、魔獣一体ずつに戦力を集中させて撃破していく間、残りの魔獣を抑えていたのが召喚勢だからだ。

正面きって防いでいたヴァルキリー姉妹の消耗具合といったら相当だ。加えて、その大きな体躯を活用して魔獣を押し留めていたロッツエレファスとウムガルナは、満身創痍とでもいった様子だった。

それでいてアルフィナは最前線にいたにもかかわらず、きりりとした姿勢を保っていた。それどころか見事に指示をこなせたためか、それはもう誇らしげな佇まいだ。疲れなど何のそのといった表情をしている。

そんな中でレティシャの歌が、まるでBGMのように流れ続ける。疲れを癒す和やかな歌だ。その情景からして、どこかエンディングのワンシーンのようであった。

それは頼もしくもあり愉快でもある自慢の仲間達だ。

「皆、ようやってくれたのぅ。ロッツとウムガルナよ、ご苦労じゃったな。ゆっくり休んでくれ」

ミラは、ここぞと甘えてくるパムを抱きとめながら、継戦は難しいだろうと判断した両者を労い先に送還する。そして続けて、ヴァルキリー姉妹らにも目を向けた。

カグラと行った下調べでは、ここ以外の魔物や魔獣の待機場所は確認出来なかった。他にもまだある可能性は残っているが、それでもここを潰した今、敵側の戦力を相当に削ったのは間違いないはずだ。

だからこそ疲れ果てている彼女達にもまた、休んでもらってもいいだろう。

「護衛に続き魔獣戦と助かった。お主達も休んでくれ」

そう考えたミラは、続けてヴァルキリー姉妹を送還しようとした。するとそこでアルフィナが「主様！」と声を上げる。

瞬間、その声に最も反応したのはアルフィナの後ろに整列していた姉妹達であった。体力が限界の彼女達は、いったい何を言い出すつもりなのかと戦々恐々といった顔でアルフィナを見やる。

「魔獣を打倒したとはいえ、未だ戦中のご様子。不肖ながらも、このアルフィナ。まだ余力がございます。何卒、主様のお傍にいさせてください」

そう言ってアルフィナは、ミラの前に跪いた。一段落はしたものの戦いが続いている以上は、主の剣としてこの場に残りたいと。

「ふむ……わかった。ならばアルフィナはこのまま、わしと共に行くぞ。エレツィナ、フローディナ、エリヴィナ、セレスティナ、クリスティナ、ご苦労じゃった。このまま休むとよい」

見れば確かに、妹達に比べてアルフィナにはまだまだ余裕が窺えた。ゆえにミラは、アルフィナを残し送還するべく構える。

するとエレツィナらも「主様、私達も」と口にした。けれどミラは、その声に首を横に振って応える。アルフィナとは違い、限界に近い彼女達である。このまま戦闘を継続するのは難しいだろうと判断したからだ。

けれども、大物はこれで終わりとは限らない。ゆえにミラは更に言葉を続けた。

「状況が状況じゃからな、もしかしたらまた皆の力を借りる事になるやもしれぬ。その時のために、一度戻ってゆっくりと休んでおいてくれるか」

多くの魔物と魔獣の殲滅には成功した。けれど、だからといって油断は出来ない。相手の手の内を全て見切れているわけではないのだ。優秀な彼女達に頼る場面が訪れる可能性も十分に残っている。だからこその一時送還だ。マナに満ちたヴァルハラに戻った方が回復も早いというものである。

このミラの言葉にエレツィナ達は、「全力で休みます！」と力強く答えた。

「それまでの間、我ら姉妹の誇りは私が預かりましょう」

妹達が送還されていく際に、そう告げて見送ったアルフィナ。その姿たるや、実に頼りがいのある堂々としたものだった。

〈11〉

レイド級魔獣殲滅後。各自が次の準備や点検などを行っている中で、ソウルハウルは魔獣の死骸を調べていた。

「やっぱりあったな。こいつが制御術式ってわけだ――」

九賢者とて楽に勝てる相手ではない、レイド級の魔獣。それは決して番犬のような存在に成り下がるものでもない。ではなぜ、このような場所で大人しくしていたのか。

その原因であろう一つを突き止めたソウルハウル。いったい誰が、それを行ったのか。どのようにして、このような業を構築したのか。

ソウルハウルは、魔獣の心臓に刻まれた術式を読み解き始める。

「なるほど、生命を媒介にして焼き付けたのか――」

魔獣を支配するなど容易な事ではない。ゆえにその術式は、多大な犠牲を伴うものだった。だが、それゆえにソウルハウルは心を躍らせる。

「そうか、これは面白い。つまり、犠牲があれば強大な魔獣だろうと意のままってわけだ」

犠牲。それさえ用意出来るのならば、レイド級の魔獣であろうと駒になる。それを体現してみせた術式を前にして薄らと笑うソウルハウル。

現時点においては、彼の実力をもってしてもレイド級の魔獣を死霊術で操る事は不可能だった。けれど今、ここに可能性が示された。それは犠牲を必要とするものだが、ソウルハウルにとってそれは些細な事でしかなく、研究のし甲斐があると術式を写し始める。

神命光輝の聖杯という代物を完成させた反動か、これまで退屈そうな目の色をしていたソウルハウル。

だが今は、違う。その目は、新しいおもちゃを与えられた子供のように輝いていた。

そんなソウルハウルとは、また違った視点で魔獣を見つめる目があった。

「しかし、あれだけの大物揃いじゃや。全てから素材を回収出来ていたのなら……」

瓦解しかけた広間を見回しながら、もったいないと悔やむ貧乏性なミラ。

この部屋にいた魔物と魔獣は、八体分を残して全て消し炭となった。戦略的には、そうする事が最も確実で安全な方法だったのだが如何せん膨大な数が焼失した。

言葉通りに全てを回収出来たとしたら、それこそアルカイト王国の国家予算の半年分にすら届くのではないかというほどの金額になったであろう。

そのためかミラばかりでなく、ルミナリアも「そうだなぁ」と少し惜しそうな顔だ。

「外でも幾らか倒していたのが僅かな救いね」

またカグラも同意するように答えた。五十鈴連盟という組織の長だけあって、やはり資金繰りには悩んでいるようだ。その大切さをかみしめるようにして、広間に転がる魔獣の死骸を見据える。この場に残ったのは僅かだが、幾らかは素材を回収出来ないかといった目だ。

それはレイド級魔獣を倒し切り、次はどう動こうかと話し合っていたところだった。

「にしても、きりがねぇな」

まるでシューティングゲームのように魔物を撃ち落としながら、愚痴をこぼすルミナリア。

大半の戦力が集まっていた広間は壊滅させた。けれどこの拠点には、まだまだ巡回の魔物が残っている。

レイド級魔獣との激戦の音に誘われたのか、その魔物達が集まり始めていた。どれもが知力よりも戦闘力に秀でるAランク相当であり、しかも休みなく襲って来るときたものだ。

魔物側の戦力は、高名な冒険者グループを複数集めた同盟チームでも耐え切れないほどに高く、戦意も激しいものだった。現状は油断などしている暇もなく休む事も出来ない、インターバル皆無なウェーブ戦となっていた。

だが、この場にいる七人は一国を背負う国家戦力ばかりである。頭数は一グループだが、総戦力は複数のグループの集まりである同盟チームをも軽く凌駕していた。

「ところで、あちら側の状況はどうじゃろうな。そろそろボスの居場所の特定が出来た頃合じゃろうか」

適当に灰騎士をばら撒いた後はアルフィナらに任せ、箱状の術具をちらちらと確認し続けていたミラ。

その術具は、双方のチームで連絡が取れるようにと用意されたものだ。ボスの居場所を特定出来たら連絡が入る予定である。だが未だに発見の報告はない。

ミラ達の役目は、敵側の注意を集める事。これだけ盛大に大暴れし、魔物や魔獣を大量に討ち取ったのだ。きっとノイン側は相応に動き易かったはずだろう。

けれど連絡は、まだこない。

「うーん、随分と謎の多い造りだから流石にもう暫くはかかるんじゃない？」

カグラも式神に自動迎撃をさせながら、片手間でピー助を飛ばして周辺の調査を行っていた。

迷宮のように入り組んだ内部構造だ。あちら側には専門家のサイゾーがいるとはいえ、そう簡単には進まないだろうというのがカグラの予想だ。

「何にしても、どんな奴なんだろうな」

ボスに会うのが楽しみだと不敵に笑うのは、ソウルハウルだ。複数のゴーレムで魔物を倒しては、倒した魔物を死霊術で操り次を仕留めて、また操るを繰り返す。まるでゾンビ映画のシーンにも似た光景が繰り広げられる中で、彼は研究ノートに何かをひたすらに書き込んでいた。

「これだけの用意が出来るような者となると限られそうですよね。可能性として思いつく点もありますが、それにしては気配がないので何とも……」

その場から動かず、ただ結界を展開しては閉じ込めて焼き尽くすのはヴァレンティンだ。彼は、ここまでの組織を作り上げられる存在について、幾らかの予想を立てていたようだ。

しかし、その予想を裏付けられるような痕跡が、今のところ見つかっていないとの事だった。

「……あれでやる事やっているってんだからなぁ」

のんびりとした様子のミラ達を、ちらりと目端に映しながらぼやくのはゴットフリートだ。戦場を駆け巡り魔物を斬り捨てていく彼は、楽そうな面持ちの術士二人と、一見したらサボっているようにしか見えない使役系三人に不満顔だ。己の肉体をもってしてぶつかり合う事こそが戦いだというのが彼の信条である。

そして、そんなゴットフリートが絶賛するのが暴れ回るもう一人だ。

「さあ、次ネ！　温まってきたヨ！」

魔物の波など何のそのと、向かってくる端から蹴散らしていくのはメイリンだ。

仲間すら踏み台にして襲い掛かってくる魔物は、あらゆる方向、あらゆる死角から迫ってくる。それを紙一重で躱し、また打ち据え受け流すメイリンのそれは、正しき武闘の粋とでもいうべきほどに洗練されていた。

好戦的という点で共通する、メイリンとゴットフリート。だが、その戦闘スタイルはというと正反対だ。

「負けちゃあいられないな！」

剣技に加え、圧倒的な破壊力で魔物を薙ぎ払っていくのがゴットフリートの戦い方である。

そして――

「むむ、勝負ネ？　私も負けないヨ！」

突出した拳技と、巧みな術捌きによって魔物をねじ伏せていくのがメイリンだ。

二人は数を競うようにして、集まってくる魔物達を片っ端から打ち倒していった。そして次の敵、次の敵と取り合うあまり、そのまま競うように外へと飛び出していく。

「まったく、元気じゃのぅ」

それを見送ったミラは、そっと前方に視線を移し「こっちもまた元気じゃのぅ」と嘆息する。

ミラの前方。そこには、人化の術で人の姿となったアイゼンファルドがいた。見惚れてしまいそうになるほどの技を見せつけていったメイリンとゴットフリートに感化されたのか、人の技というのに憧れを抱いたようだ。

竜の姿では出来ない……というよりはその圧倒的なパワーゆえにさほど必要のない技を、見様見真似で練習し始めていた。

「見てください、母上！　どうですか!?」

敵はAランク相当の魔物だ。けれどアイゼンファルドの蹴りが炸裂するなり、ひしゃげて吹き飛び、そのまま死霊術で操られている魔物を巻き込んでいった。

流石にまだまだ見様見真似である。それはまだ技という域ではなく、純粋なアイゼンファルドの膂力による一撃だった。

「うむ、よいぞよいぞ！　見事な蹴りっぷりじゃった！」

それでいてミラは、手放しで褒めた。皇竜という優れた生まれに慢心せず、技を身に着けようと頑張る息子の成長ぶりを、ただただ喜んだのだ。

そしてアイゼンファルドはというと、そんなミラの言葉を聞いて、ますますやる気を漲らせていった。

「おいおい……」

ソウルハウルはこつこつと増やしていった支配下の魔物が次から次に巻き込まれ破壊されていく、その光景を前に苦笑する。けれど、あの親バカに言ったところで無駄だとわかっているため、アイゼンファルドの周辺から支配下の魔物を遠ざけるだけに留めた。


それぞれが好き勝手に魔物達を倒し続けていった結果、遂に魔物の波が止んだ。

周辺には数百という魔物の死骸が転がっている。また、ソウルハウルが操っていた分は片隅に綺麗に並べられてある。素材採取がし易い状態だ。

「やり尽くしたか？」

これで、この島に集められた魔物を殲滅し終わったのだろうか。もう後続はないのかと、通路の先に目を凝らすルミナリア。

「お、何だよ、こっちにもいないのか」

「むぅ、これでは勝負がつかないネ」

周辺も殲滅し尽くしたようで、魔物を巡って飛び出していったゴットフリートとメイリンもまた戻ってきた。ここに魔物が残っている事を期待していたようだが、いないとわかり揃って落胆気味だ。

「うん、この周辺一帯は、もう何も残っていなそうね」

カグラが、そう断言した。ピー助を飛ばして周辺を索敵した結果、魔物の姿は影一つ残っていないとの事だ。

「ふーむ、どうしたものかのぅ。まだ連絡は入らぬからのぅ」

陽動は、やり尽くした。だが、肝心のノイン達からは未だに連絡がこない。

もしや、何か不測の事態でも起きたのか。そのような考えが過るものの、その可能性は低いとミラは思い直す。

あちら側には絶対防御を誇るノインがいるのだ。何かあったところで、緊急の連絡を入れる時間くらいならば幾らでも稼げるはずだ。

「どうしたもんだろうな。いっその事、俺達も捜索を始めるって手もあるが、その手のプロがいるあっちのチームに比べて――」

陽動作戦も一段落した今、集合し直したところで一つの案を提示したルミナリア。だが次の瞬間には、このメンバーでは相当に無理がありそうだと苦笑する。

ノインチームには、調査捜索において右に出る者なしともされる実力を持つサイゾーがいる。そんな彼がいながら、未だ発見の連絡がこないのだ。ここで捜索力に劣る陽動チームが動いたところで、何の足しにもならないだろうというのがルミナリアの考えだ。

「何を言うか。わしにも、その道のプロである団員一号とワントソ君がおるぞ。相手がサイゾーだろうと負けはせん！」

両者が合わされば後れはとらない。サイゾーに張り合うようにして主張したミラ。すると、「そうね、団員一号君なら十分に可能性はあると思う！」とカグラが大いに同意を示した。そして、さあ早く召喚をとミラを見据え、その表情を期待で染める。

「いや、ちと難しいかもしれぬな……」

そういえばカグラがいた。団員一号を召喚したところで直ぐにカグラに捕獲されてしまうため、その能力が半減する。これではサイゾーに対抗出来ないというものだ。

加えて団員一号は、イリスの護衛として置いてきている。

警備が万全な巫女の部屋に加え、イリスを狙う一番の理由となるユーグストを確保済み。更にはシャルウィナも一緒だ。

ゆえに、イリスの遊び相手という面が強いが、それもまた大切な事である。

「じゃあ次は、破壊工作とかでどうだ!? もしかしたら飛び出してくるかもしれないぞ！」

魔物はもういない。ならば、この島を巡って手当たり次第に破壊していけば、業を煮やしたボスが出てくるのではないか。

まだ暴れ足りないのか、そんな事を言い出したゴットフリートは、周辺を見回しながら特大剣で素振りを始める。事実、彼の力ならば、かなりの被害を与えられる事だろう。

と、そんな事を話し合っていた時である。

静かな広間が僅かに揺れると共に何かが崩れるような、何かが壊れるような音が遠くから響いてきた。

思わずといった様子で、ゴットフリートを見やるミラ達。すると彼は、何か用かとばかりに振り返ってから、集まっていく視線を前にして「いや、まだ何もやってねぇから！」と弁明を口にした。

どうやらゴットフリートが何かしらの技で破壊を始めたわけではなさそうだ。

では何の音か。耳を澄ましていると、その音は立て続けに聞こえてくる。しかも徐々に近づいてきているようにも感じられた。

『そちらに合流する！』

唐突に通信用の術具から、そんな声が届く。しかも、どことなく早口であり、目標は見つかったのかと問うても返事はなかった。よほど慌てている状態とでもいうのだろうか。

「つまりこの音は……」

近づいてくるのは、ノイン達ではないだろうか。そう直感したミラは、その音が進む先へと先回りするように動き出した。

「随分と盛大にやらかしているようだな」

ルミナリアもまたミラに続く。一方的な連絡と、響いてきた戦闘音。状況からして、ノイン達側に何かがあって合流を余儀なくされたのだと受け取れる。

「この感じ……いやでも、やはり違う。何かが混ざって……？」

爆発に次ぐ爆発。破壊に次ぐ破壊。音が近くなるほどに、その激しさもまた明瞭になっていく。音の様子からして、相当な戦闘が繰り広げられている事が窺えた。

それでいてヴァレンティンは、近づいてくる気配に集中する。知っているような、けれどよく知るそれとは違う不確かさを覚えて眉を顰めた。

「強敵の予感がするネ！」

「さて、何とやり合っているんだろうな！」

ノインチームもまた、ミラチームと並ぶだけの戦力を有している。場合によっては、ボスを見つけ次第確保してしまうという作戦もあった。それでいて合流するために撤退しているともなれば、相手は何者なのか。

そこに可能性を見出したのだろう、メイリンとゴットフリートもまた飛び出していった。

「落ち着く暇もないな」

「敵地なんだから当たり前でしょ」

研究ノートを手にうんざりした顔をするソウルハウル。そんな彼の背を押すようにして、カグラはミラ達を追った。

ノインから入った合流という連絡の内容からして、彼らが来るのは島の中央にある荒野で間違いない。事実、響く音はそちらに向かって進んでいる。

いったい、ノイン側はどのような状況になっているのか。ミラ達が荒野の中程にまで戻ってきたところで、それは現れた。

少し離れた岸壁での爆発。大きな穴が開いたところからノイン達が走ってくる姿が目に入る。

サイゾーを筆頭にゴーレムを駆るエリュミーゼ、アルテシアを抱えたラストラーダと続き、殿《しんがり》にノインだ。炎弾だ何だと降り注ぐそれをノインが防ぎつつの撤退戦である。

「これまた、どういった状況じゃ？」

見るとノイン達は、大量の魔物に追われていた。ミラチームに魔物が流れてくるのが止まったのは、代わりにノインチームへと流れていたからだったようだ。

とはいえ見えるのは、先程までと変わらぬ魔物達ばかりだ。ノイン達ならば、難なく撃破出来るだろう相手である。

ゆえにミラは首を傾げた。ただ傾げつつも、灰騎士とアイゼンファルドに加え、氷霧賢虎ジングラーラとウンディーネを新たに召喚して援護に向かわせた。

体長にして四メートルを超えるほどに大きな体躯のジングラーラ。雪のように白い毛並みと、氷刃のような爪が特徴の大虎だ。

また、その力はウンディーネとの相性が抜群である。ウンディーネが放つ水弾は堅固な氷刃となり、魔物を悉《ことごと》く斬り裂いていった。

そしてそれを皮切りに、メイリンとゴットフリートが我先にと群れの中に突撃していく。更にルミナリアとカグラ、ソウルハウルも援護を始めたところでノイン達も踵を返し、そのまま前線を形成した。

「ノインや、いったい何事じゃ？　ボスは見つけたのか？　それとも魔物に見つかってこうなったか？」

現状はいったいどのようになっているのか。ミラはすぐさまノインのもとに駆け寄り、詳細な報告が無かった理由について問うた。

「あーっと、それは——」

そう口にした直後にノインは素早く盾を構える。そして鋭い速度で飛んできた炎弾を防ぎ、強烈な爆炎が巻き起こる中で緊張気味に「——半々、ってところか、な」と続けた。

ノインが警戒気味に向ける視線は、迫りくる魔物の群れの更に奥側へと注がれていた。炎弾が飛んできた方向へ。

「なん、じゃと……」

何事かとそちらに視線を移したミラは、それを目の当たりにしてまさかと息を呑む。

そこには、更に大きな魔物の群れが迫っていた。だが問題は、そこではない。それを統率するものの姿が、そこにはあったのだ。

「おいおい、マジかよ」

「そう、そういう事ね……」

ルミナリア、そしてカグラも、かの者の姿に気づいたのかその顔を緊張に染める。またソウルハウルは「なるほど、面白い」と、研究ノートに書き込んだ術式を見つめ不敵に微笑んでいた。その魔獣を操る術式は、かの存在の仕業である。それを知り、ますます興味を抱いたようだ。

「これは……！　なるほど、それで気配まで歪んでいたわけか」

その可能性は確かにあったが、それはヴァレンティンがよく知る気配ではなかった。しかし最近になって、その変質について知ったばかりだ。

ノイン達だけではない。ミラ達にもまた緊張が走るその相手。

それは、黒悪魔であった。禍々しい角に黒い羽、漆黒の身体。その顔は、この世の悪を凝縮したかのように歪んでいる。

見間違えるはずもない、黒悪魔の姿そのものだった。

〈12〉


「よもや、このような場所で遭遇するとはのぅ……いや、このような場所だからこそじゃろうか」

悪魔という存在については、ヴァレンティン達との出会いによって幾らかわかってきている。かつて悪魔は、天使と共に人々をよりよき未来へと導く存在であったという事。

しかし魔物を統べる神の剣によって、悪魔を変異させる力が拡散。その結果、人類の絶対的敵対者となったのが目の前にいる黒悪魔だ。

しかも今回は、ただの黒悪魔ではなかった。

「ちなみに、公爵二位だ」

ついでのように告げたノインは、そのまま成り行きについて短く簡潔に報告した。

ノインの話によると、調査の結果、謎の部屋にてレッサーデーモンと遭遇。それを追跡した先に、この公爵二位がいたとの事だ。

その様子からして『イラ・ムエルテ』のボスは、この者で間違いない。そう直感したノインだったが、流石は公爵二位というべきか。居場所を見つけたと連絡しようとした矢先に気づかれてしまい、そのまま今に至るとの事だった。

「どれだけの悪党かと思えば、ここにも黒悪魔が絡んでおったとは……」

その事実に驚きながらも、一方で納得するミラ。黒悪魔にとってみれば、敵である人類同士で潰し合うほど愉快な事はないだろう。ともなれば、こうして犯罪組織を作り人間を束ねるのも十分にあり得る話だ。

今回の件、然り。キメラクローゼンの件も然り。他にも規模の大小関係なく、黒悪魔が関係している犯罪組織がありそうだ。

「厄介じゃのぅ」

公爵級悪魔を相手にするだけでなく、今後はそのあたりも考慮していかねばならないと嘆息するミラ。

とはいえ、まずは目の前の相手だ。

以前にキメラクローゼンの件で、その発端を作り出した公爵級と戦闘を繰り広げた事がある。最近にも共闘した彼、今ではヴァレンティンの仲間となっている元黒悪魔のバルバトスだ。

ただ当時やり合ったバルバトスは、公爵級といえども神器の反動によって相当に力を削がれた状態にあった。その戦闘力は、どうにか侯爵一位に届くか程度のものだったのだ。

だが今回遭遇した公爵二位は、万全の状態。つまり、以前の戦いとはまったくの別物だろう。

「それと――……ああ、来たみたいだ。もう一つ、面倒そうなおまけもいる」

迫りくる魔物の群れと、降り注ぐ火球。容赦なく襲ってくるそれらを巧みに凌ぎながら説明してくれたノインは最後にそう告げて、ある一点を指し示してみせた。

「なんと、あれは……！」

魔物の群れの奥、それを操る公爵二位の更に後ろ。ノイン達が突き破ってきた岸壁の穴から、どす黒い巨大な何かがのそりと這い出てくるのが見えた。

「ひぇ……何よあれ……」

「おいおい、ここに来て更なる怪物の登場か!?」

見ただけで悪寒が走るほど不気味なその姿に、ぞくりと背筋を震わせるカグラ。対してゴットフリートは、明らかに尋常ならざる敵の登場に更なる闘志を燃やし始める。

「あの姿……そして気配……。なんとなく感じていたこの悪寒の正体は、あの者でしたか」

そしてヴァレンティンはというと、それを目にすると同時に悲しみと悔しさを噛みしめるような表情を浮かべた。

「ふむ、やはりそうか」

ミラもまた、そんなヴァレンティンの反応から全てを察する。

どす黒くて巨大なそれと似たようなものを、以前に見た事があった。

たまたまヴァレンティンの仲間であるバルバトスと出会い、そのまま共闘するに至った事件の時だ。

魔物を統べる神の剣に施された封印の保護者であった、悪魔マルコシアス。そんな彼と初めて出会った部屋で戦った異形の悪魔もどき。

今のそりと這い寄ってくるそれは、正にその悪魔もどきをより強力に進化させたような存在であったのだ。

「動きは遅いですが、このまま戦列に加わられたら、かなり危険ですね」

多くの魔物を一撃で焼き払いつつも、ヴァレンティンは悪魔もどきに最大の警戒を向けていた。あれがどれだけ厄介な相手か、よくわかっているからだ。

「そうじゃな。あの時の奴よりも手強そうじゃからのぅ。あれと公爵二位は分断するのが得策じゃろう」

ミラもまた、その事態だけは避けた方がいいと判断する。そして「お主だけで、どうにか出来そうか？」と続けた。

悪魔もどきの対応に戦力を割くとした場合、これに当たるのは戦った経験のあるミラかメイリン、そしてヴァレンティンが妥当なところだろう。

だが現時点において戦力的には、公爵二位だけでもギリギリだ。ここから三人も抜けるわけにはいかない。しかも相手は前回とは比べ物にならぬほど巨大であり、目に入るだけでもその異様さが伝わってくる。

ゆえに、この三人の中で最も確実に対応出来そうな一人を当てるとするならば、退魔術士のヴァレンティンしかいないわけだ。

ヴァレンティンが公爵二位との戦いに残れば、相当な優位性を確保出来るはずだ。しかし、脅威がもう一つ出現してしまった今となっては仕方がない。

「大丈夫でしょう。少なくとも公爵二位との分断は確実に実行出来ます。なんなら援軍もありますしね」

ヴァレンティンは、ミラの考えに同意しつつ前線に目を向ける。

そこには、魔物の群れを相手に暴れ回るメイリンとゴットフリート、アルフィナの姿があった。加えてルミナリアの魔術による攻撃とキャッスルゴーレムからの砲撃によって、敵の数は順調に減ってきている。

「後は、どう突破するかですね……」

だが、その上空。公爵二位は、まるでこちらの前線の戦力を見極めるかのように佇んだまま全体を見張っている。このまま動いては、こちらの策が直ぐに見破られてしまいそうだ。

「それについては、任せるがよいぞ」

自信満々に答えたミラは、そのままキャッスルゴーレムの内部に駆け込むなり、こいこいと手招きをする。そして、こそこそする事においては右に出る者なしと豪語しながら、静寂の精霊ワーズランベールを召喚してみせた。

「……ちょっと気になる言い回しですが、気づかれない事についてはお任せください」

出来れば、『こそこそ』ではなく『隠密行動』のような言い回しがよかった。そんな表情をしつつも、どんと胸を張るワーズランベール。

「これは心強いですね！」

以前の騒動の際に顔合わせは済んでいる双方。ゆえにワーズランベールの能力について把握しているヴァレンティンは、その力を借りられるのなら確実だと納得する。

「では、接近して分断しますので、後は頼みます」

ワーズランベールの隠蔽効果によって姿を隠したヴァレンティン。公爵二位の位置と距離をしかと確認してから、そのまま悪魔もどきのいる方へと移動を始める。なお今回は目を欺く相手が公爵二位であるため、手加減なしの完全隠蔽だ。

「では、少し派手に動いて注意を引かぬとな」

真正面から見ても気づかない完全隠蔽だが、相手が相手だ。念を入れておくべきだろうと、ミラは陽動に動き始めた。

公爵二位と悪魔もどきが並ばぬように。ヴァレンティンの分断作戦を支援するため、見ごたえのある戦列でも並べてみよう。そう考えたミラは、ここでこれまでの研究と特訓の成果を遺憾なく発揮した。

既に召喚枠は限界。けれどミラは、そこからサラマンダーとガルーダを追加で召喚してみせたのだ。

召喚術士の頂点となっても慢心せず、更なる高みを目指し続けた事で至った限界突破である。

「これでもまだ先は見えぬが、精進あるのみじゃな！」

実戦投入は初めてだが、安定したまま維持出来ている。その手応えを噛みしめながら、ミラは戦場を見渡した。

遠くから徐々に迫ってくる悪魔もどき。そして上空に留まったままの公爵二位。こちらの様子を窺っているように見えるが油断は出来ない。仕掛けられる隙を狙っているのかもしれない。

ミラは、どのような状況でも迅速に動けるよう戦闘は仲間達に任せ、脅威となる両者を見張り続けた。

そうこうして、魔物の群れが半数以下にまで削れた頃だった。相手側も色々な戦略を駆使してくる。中でも魔獣の一体が自爆したのは、なかなかの威力だった。中心から周囲に向けて強烈な衝撃と爆風が吹き荒ぶ。

それでいて仲間達の被害はほとんどなく、戦闘は直後に再開される。

だが、唯一影響した点があった。それは暴風によって広範囲の大地の表面が均され、魔物や魔獣達の足跡で踏み荒らされていた地面が、ある程度なだらかになった事だ。

そして、そんな地面を歩けばどうなるのかといえば——。

『対空、迎撃！』

瞬時にミラが指示を飛ばした瞬間、アルフィナ達召喚勢が一斉に反応した。

対象は、公爵二位。それはもはや、事故のようなものであろう。悪魔もどきに向かって進むヴァレンティン達の足跡に公爵二位が気づいてしまったのだ。

また同時に、何を狙っているのかも察したようだ。もう少しで悪魔もどきを結界に閉じ込められる距離に入る直前で公爵二位が動く。

瞬間、その動きを妨害するべくアルフィナ達が立ち塞がった。

鮮烈でいて的確な剣の一閃は、その進行を微かに押し止める。そこへ間髪を容れずに仕掛けたのはガルーダだ。暴風を纏った突撃によって相手を大きく弾き飛ばす。

その直後に、ジングラーラとウンディーネによる合わせ技が炸裂した。超巨大な氷塊による一撃だ。圧倒的な質量を伴うとあって、その衝撃は公爵二位とて影響無しとはいかない。更に大きく引き離す事に成功する。

それでもやはり体勢を整え直すのは早く、稼げた時間は僅か数瞬。

しかし、その数瞬があれば十分。仲間達の連携によって十分なまでに力を込める事が出来たアイゼンファルドは、最後に立ち塞がると共に強烈な一撃を公爵二位に叩き込んだ。

流石の公爵二位とて、アイゼンファルドの一撃ともなれば効かぬはずもない。その身体は遠くにまで吹き飛んでいった。

これにより、更に時間を稼ぐ事が出来た。そしてそれは作戦を成功させるために十分な時間となった。

もう隠れている意味はない。完全隠蔽を解除したヴァレンティンは詠唱を紡ぐと共に一気に術式を展開して悪魔もどきに迫っていく。

そして正面に捉えたところで、一つ目の術を発動した。

【退魔術：拒絶する銀の杭】

たちまちのうちに白い退魔の炎が渦巻くと、それは巨大な白炎の杭となって悪魔もどきを真正面から打ち据えた。

途端に炸裂する白炎と轟く爆音。そして同時に強烈な衝撃が響き渡ると、悪魔もどきの巨体を大きく後方へと押し戻していく。攻撃よりも衝撃と制動を重視したその一撃は、悪魔もどきを主戦場から大きく引き離す事に成功する。

だがヴァレンティンの術は、そこで終わらない。

【退魔術：封じられた王墓の守り人】

続けて詠唱していた結界術を発動させると、打ち込んだ巨大な白炎の杭が砕け、結界へと再構築されていき、そのまま悪魔もどきを閉じ込める事にも成功したのだ。

「では、そちらは頼みます！」

その言葉を残して結界内へと飛び込み、悪魔もどきとの決戦に挑むヴァレンティン。

「これで気兼ねなく、こちらに集中出来るというものじゃな」

退魔術の中でも特に強固なその結界は、公爵級といえども簡単に破壊出来るものではない。ゆえにこうなれば、やるべき事はただ一つ。分断に成功した今、大役を果たしたワーズランベールを送還したミラは、残る脅威——実に不機嫌そうな公爵二位をじっと見据えた。

「それで、どうするよ」

第一波となる魔物の群れは概ね片付いた。だが、いったいどこに隠していたというのか。公爵二位は更に二陣目となる魔物の群れを呼び寄せた。ルミナリアは、その様子を見やりながら、前線で暴れ回っていたメイリン達に向けて集合と声をかける。

次の戦いは、各々自由では厳しいと判断してだ。

それというのも、公爵二位の悪魔は正しく別格の実力を持っているからだ。ノイン達が合流を選びここまで引き返してきたのは、悪魔もどきもいたからだけではない。公爵二位単体でも、ノインチームだけで相手をするのは厳しいという判断があってこそだ。

公爵二位がどれほどの強さかというと、上級プレイヤー数十人が必要とされるレイド級の魔獣を軽く凌ぐほどである。

それよりも更に上位。九賢者や十二使徒のような最上級トッププレイヤーを十数人と揃えて挑むのが当然とされる難敵、グランデ級に相当するのが公爵二位という存在だ。

なお先程片付けた魔物達は、そんな悪魔の猛攻に耐えながら撤退している最中に絡んできたものだったそうだ。

対して次に相手をするのは、公爵二位がわざわざ呼び出した魔物の群れ。もっと効率よく戦わなければ、無駄に時間がかさんでしまう事だろう。

「ここは一つ、戦力を分けるべきじゃろうな」

じわりじわりと追い込むかのように迫ってくる公爵二位と魔物の群れ。警戒を保ったまま皆が集合したところでミラが提案したのは、極端な戦力の分散であった。

勝てない相手ではない。だがヴァレンティンが抜けた今、ミラ達の人数は十一人。グランデ級である公爵二位を相手にするとしたら、ここにいる全員で挑んでどうにかという数だ。

しかし、かの悪魔は更なる魔物の群れを率いている。見たところ、直接の配下とでもいった存在なのか、強力な個体ばかりが揃う。

しかも何か細工でもしているようで、これまでの魔物達に比べ、明らかに異質な気配を纏っていた。鎧袖一触《がいしゅういっしょく》に出来るような存在ではないと、ミラはその肌で感じる。

「よって魔物どもは、わしらが引き受ける」

アルフィナにジングラーラとウンディーネ、ガルーダ、サラマンダー、そしてアイゼンファルド。その前に立ったミラが告げた作戦は、その一言だけだった。しかしここにいる誰もが、ミラの一言に了解の意を返して行動を開始した。

「何者かは知らぬが、よくもここまで荒らしてくれたものだな。しかも折角の実験を台無しにして。この報いは、その命で償ってもらうぞ」

怖気立つほどに不気味な声が響く。

ミラ達が動き出すと同時に、公爵二位もまた大きく動いた。いよいよ、配下の魔物達をけしかけてきたのだ。

黒悪魔の能力か、はたまた別の何かか。魔物達は猛り狂うようにして突撃してくる。しかも、それに加えて無数の炎弾まで降り注ぐ。その光景は、まるで地獄そのものだ。

「さて、始めるとしようかのぅ」

「ああ、始めるか」

皆が公爵二位との戦闘に備える中、魔物の群れを前にミラ達とノインだけが残った。

降り注ぐ炎弾をノインが防ぐ。その間に、ミラは一息に術式を組み上げていく。

仙術士の技能である《仙呪眼》。周囲のマナを自身のものとして、ミラは軍勢をここに召喚した。

ミラ達の後方を埋め尽くすようにして広がっていく無数の魔法陣。そこから次々と姿を現していくのは、総勢千体にも及ぶ灰騎士達だった。

しかも、それらはただの灰騎士ではない。

弓、長槍、戦斧を持つ灰騎士が二百体ずつ。残りの四百体は、全て聖剣サンクティアで武装していた。そう、新生した軍勢の実戦投入である。

「うー……わぁ……」

後方に威風堂々と立ち並び、圧倒的な威圧感を放つ軍勢の姿。それを前にして過去のトラウマでも蘇ったのか、引き攣《つ》った笑みを浮かべるノイン。

すると、その直後に公爵二位が跳んだ。そこに現れた軍勢を脅威と感じたのか、魔物の群れを飛び越えて先制攻撃を仕掛けてきたではないか。

「おっと、お前の相手は俺だ！」

より凶悪になっていた軍勢。また試合をする事になってしまったらどうしようなどと考えるよりも、公爵二位を相手にしている方がましだといった調子でノインは黒悪魔を迎え撃った。

相手が手にする黒い大剣。ノインは、灰騎士の軍勢に向けて振り抜かれたそれを大盾で受け止めると共に、《鎖縛の楔》でもって無理矢理に公爵二位を一対一の状態へと引き込んだ。

その圧倒的防御力によって、必要な時間を幾らでも稼ぐ。これこそがノインの真骨頂と言っても過言ではない。

「ふん……勇ましいな、人間」

不可思議な強制力によって、ノイン以外への攻撃を封じられた公爵二位は、それでいて冷静に黒い大剣を構える。そして容赦なくノインへと斬りかかった。

その猛攻は苛烈を極め、武装召喚で守りを固めたミラであろうと、ほんの数秒で斬り倒されたであろうほどだ。

しかしノインは、それを真っ向から受けてなお耐えている。ただ大盾を構え、全ての斬撃を受け止めた。これぞ真の聖騎士の姿であるといわんばかりの、ずば抜けた盾役ぶりだ。

「それに比べ、どうしてソロモンはああなってしまったのじゃろうな」

同じ聖騎士とは思えない。そんな感想を抱きつつも、ミラは軍勢を完成させる。

「また大仕事となるが、頼んだぞ」

そう声を掛けたミラの前には、灰騎士の軍勢を率いるヴァルキリー姉妹達がいた。

弓隊をエレツィナ、戦斧隊をセレスティナ、長槍隊はイリスの護衛につくシャルウィナに代わり、アルフィナが受け持っている。

そして残る聖剣持ち四百体を担当するのは、フローディナ、エリヴィナ、クリスティナだ。

あれから姉妹達は幾らか休息出来たようだ。「お任せください！」と、それはもう気合十分に答え、そのまま魔物の群れに向かっていった。

すぐさま横に並んだ灰騎士聖剣隊と、魔物の群れが衝突する。

大盾でもってその勢いを抑え込む灰騎士。直後アルフィナの号令のもと、長槍隊が隙間より鋭く穂先を通して前線の魔物を貫いた。

けれども、それだけで勢いの収まる相手ではない。凶暴さを増した魔物は、仲間の死骸を踏み台にして飛び上がる。

「今ね、撃って！」

ここだと合図を出したのはエレツィナだ。長槍すらも飛び越えた魔物達に向けて斉射された矢は、それらを悉く射落としていく。

無数の魔物が、そのまま力を失って地に落ちる。するとそれらは、長槍隊の背後に降り注いだ。中には、まだ仕留めきれていないものも残っている。

「こっちと、これも。うん、問題ないわね」

「えーっと、もう大丈夫です！」

撃ち漏らしに止めをさしていくのは、エリヴィナとクリスティナだ。聖剣隊は、ほとんどフローディナに任せて、二人は数体の灰騎士を伴い遊撃として動いていた。撃ち漏らした分や抜けてきた魔物を正確に始末していく。

流石は、ヴァルキリー姉妹である。見事な連携でもって凶悪な魔物達の足止めを成し遂げていた。

加えてアイゼンファルドと、ジングラーラ、ウンディーネの連携も健在だ。上手い具合に両サイドから魔物の群れを攻めて敵戦力を削っていく。

更に空から攻めるガルーダと、広範囲を制するサラマンダーの相性も抜群だ。敵がまとまっている場所がわかれば、そこに炎弾を叩き込む。

なおアイゼンファルドは、人の姿で暴れ回っていた。

今度は、エリヴィナやクリスティナの戦い方に興味を持ったようだ。近くにいたフローディナに予備の剣を貸してもらうと、それを手に大立ち回りを始めている。

「うむうむ、流石はわしの息子じゃ。剣の腕も天下一品じゃのぅ！」

豪快に殴り斬っていくアイゼンファルドの姿を誇らしげに見つめていたミラは、次に振り返ると「さて、あちらもそろそろ大丈夫そうかのぅ」と後方を確認した。

そこには、大きな城壁を構える城が聳えている。ソウルハウルのキャッスルゴーレムだ。しかも完全版である。

本城に加え、沢山の砲台を備える城壁は、それこそ最終決戦とでもいった様相を呈している。こちらもまた圧倒的な迫力を有した光景だ。

後衛部隊は安全な城内にて、援護の準備を済ませた。レティシャとパムもまた、支援を開始する。

それを確認したミラは手を振って合図を送ると、そのまま戦列に加わり遊撃役を担った。

休憩したとはいえ先程まで激戦を繰り広げていたヴァルキリー達だ。その負担を少しでも減らすため、ミラもまた奮闘する。

「ふむ、これならば多少は武器も扱えそうじゃな！」

いや、それは本当に彼女達のためだろうか、それとも自分の実験のためなのかもしれない。アイゼンファルドに触発されたという節もありそうだ。

セイクリッドフレームを身に纏ったミラは、剣や長槍、戦斧を手に駆け回る。

武装召喚のアシスト効果によって、それなりに武器が扱えるようになったミラは、今が好機といった様子でその性能を確かめていた。

「暫く見ないうちに、ますます近接寄りになってないか？」

キャッスルゴーレムの最上階。そこから魔物の群れの様子を確認していたルミナリアは、率先して前線に突っ込んでいくミラの姿を目にしてぼやく。

「おじいちゃんってば、またあんなに前に出て……」

本来、召喚術士は近接戦が不得手だ。というより、むしろ弱点といってもいい。だが、それを克服したミラは、自然と前に出て行く傾向にあった。

「まあ、あれが片付いたら戻ってくるだろ」

これといって気にする必要もない。そう淡々と告げたソウルハウルは石棺を前にして、あれやこれやと作業中だ。彼にとっての嫁であり、最大戦力の一つ、イリーナを悪魔戦用へと換装しているのだ。

ただ、その絵面は女性の死体を使って着せ替えを楽しんでいる変人にしか見えず、カグラ一同、それはもう引き気味の表情であった。

「よし、そろそろ準備はいいか！」

暫くの後、黒悪魔の一撃を凌ぎつつノインが声を上げる。迫ってきていた魔物の群れは、ミラ達の活躍によって随分と押し返せていた。これならば公爵二位との戦いの中で魔物が乱入してくるような事にはならないだろう。

それを見極めた今、いよいよ本格的な戦いが幕を開ける。

「待っていたネ！」

「よっしゃ、いくぜ！」

「燃え上がる正義を、とくと味わえ！」

ノインとの一対一に強制されていた公爵二位。そこへメイリンとゴットフリート、ラストラーダが参戦し、勢いのまま痛烈な一撃を打ち込んだ。

「忌々しい鎖が消えたな。よかったのか？　これでは俺を止められんぞ」

三人の一撃を両手で防ぎ切った公爵二位は、その腕の隙間より赤い目を覗かせて笑う。

三人が加わった事によって条件が崩れ、《鎖縛の楔》の効果が解除されたのだ。

そうなれば敵は自由である。公爵二位は四人を払いのけるように翼を打ち広げ、戦闘力の低い相手、優先的に排除するべき対象を見極めて一足飛びに駆けていった。

公爵二位が初めに目を付けたのは、厄介な補助を行うレティシャとパム、及び近接の苦手な後衛陣だった。

圧倒的な膂力によって払いのけられたノイン達はその体勢を立て直すも、既に防御が間に合わない距離にまで公爵二位は距離を詰めている。

「まずは、そこの二匹だ」

城壁を越えて天守へと差し迫る公爵二位は、冷たい眼差しでレティシャとパムを見据える。

公爵二位に狙われたとあっては、補助特化な二人ではどうする事も出来ず、防ぎようもない。

その直後だ――

「そう簡単にはいかせられないな！」

ラストラーダが張り巡らせた蜘蛛の巣が公爵二位を捕らえた。

柔軟であり極めて細いそれは、《空蜘蛛の剛糸》。目に見えぬほどに細く軽いそれは、地面から空へと巣を張る事が出来た。

とはいえ、公爵二位ほどの力があれば、これを引き千切るのは難しくない。

ただ、そこには僅かながらの手間が生じる事になり、これを生み出すのがラストラーダの狙いだった。

蜘蛛糸を振り払う公爵二位。そこへ一息で飛び込んだラストラーダは、これ以上ないほどのタイミングで華麗な跳び蹴りを決めた。

「ライダーストライク！」

誰もが夢見る特撮仕込みの必殺技、ライダーストライク。勢いののった一撃は、そのまま公爵二位を城壁外へと押しやっていく。

「効かん！」

だがしかし、あくまでも術士であるラストラーダの体術には、限界というものがある。次には足を掴まれて、そのまま地面に投げ落とされてしまった。

公爵二位は再び、城壁を飛び越えて一直線に後衛陣へと迫る。

その軌道に重ねるようにして、下方より閃光のように閃く刃が放たれた。

ぎりぎりまで視界に入らない位置と角度で投じられたそれは、手裏剣だ。城壁の後ろにサイゾーが隠れていたのである。

「伏兵か！」

完璧なタイミングで投じられた最速の手裏剣。けれど、これ以上ないくらいの一撃であったが、その奇襲は失敗した。それほどまでに公爵二位の反応が速かったのだ。

公爵二位は弾丸のような速さで迫るそれを紙一重で躱してみせた。しかもそればかりか次には器用に身体を捻り体勢を整えつつ、ついでに炎弾を投じたではないか。

瞬間、地上にて獄炎が炸裂し辺りを焼き尽くす。

公爵二位が上空で手裏剣を躱してから一秒もない。それこそ瞬く間にサイゾーは灰となってしまった。

「御免、でござる」

まずは一人――などと、ほんの僅かに生じた公爵二位の慢心。そこを突いたサイゾーは、更に上空からの一撃をお見舞いした。忍者刀による渾身の斬撃をその背に叩き込んだのだ。

「……面白い」

鮮烈に鳴り渡ったのは、金属同士がぶつかったかのように甲高い音。その次には、公爵二位の声。

ただ、驚きというよりは感心とでもいった響きの含まれた声だった。

大木をも切断するほどの斬撃であったが、その身体には僅かな痕が残るだけ。公爵二位に焦りはない。

「っ……流石に硬いでござるな！」

打ち合った反動を利用して更に高く舞い上がったサイゾーは、中空で般若の面を被ると刃を収め、左手で印を結ぶ。

【忍法：現身闘斗《げんしんとうと》】

内から闘気が膨れ上がると、次にはサイゾーが五人に増えていた。

忍者であるサイゾーが扱う《闘術》は独特であり、分身などもその一つだ。

そして何よりも、サイゾーは実体の伴う分身が得意であった。

「そうか。さきほど灰にしたのは偽者か」

公爵二位はサイゾーの五連撃を両腕で受け止めながら、相手の技を理解する。手裏剣を放った時には、既に本体は上にいたのかと。

その分身は、かなり高度な技だ。そう分析しつつも、公爵二位はにたりと笑った。

再び反動で宙に舞い上がる五人のサイゾー。

忍者刀ではなく徒手空拳ながら、その一撃は重い。それでいて、サイゾーの拳では公爵二位の身体に傷一つつけられなかった。

「速いが軽いな。その程度では――」

公爵二位はその事実から、さほど脅威ではないという目でサイゾーを見やった。

その直後だ。

「ぐっ……！」

サイゾーの拳を防いだその両腕が爆炎に包まれたのである。

【忍法：朱天陽華《しゅてんようか》の印】

それは、触れたところに印を刻み爆砕するという忍者の技だ。

「少しは効いたようでござるな。今のは拙者の得意技。その印は、刻めば刻むほどに威力を増すでござるよ」

今回は、分身を利用して同時に五つを刻んだ形である。

その技は、上級の魔物すら即死させられるだけの力を秘めていた。

「なるほど、忍者とは厄介だな」

公爵二位は、爆炎の中で笑っていた。その腕は健在であり、大きな被害は見てとれない。

とはいえ、一切効果がないというわけではなかった。そこには、些細な傷が刻まれている。

「隠れるばかりが忍者ではないでござるよ！」

多少なりともダメージは通る。それを見極めたサイゾーは、そこから一気に猛攻を仕掛けた。

何も空を駆けるのは、仙術士の専売特許ではない。中空を蹴り敵に肉薄するのは、分身を交えた五人のサイゾーだ。

巧みな連携で格闘戦を繰り広げていく。

真偽を織り交ぜながらの空中戦。しかも高速で展開するそれは、正に達人の域ともいえる攻防であった。

四方八方より一撃一撃を狙っていくサイゾー。けれども公爵二位は、それを見切り受け流し、更には機敏に躱していった。

印を警戒しているのか、決して触れさせないようにと公爵二位は動いている。

次は五つではなく、十、いや二十、五十と印を重ねたのなら、その威力は公爵級とて、無視は出来ないだろう。

けれど、だからこそ公爵二位はサイゾーの両腕の動きをつぶさに見極めて、これを回避していた。

手裏剣の他、幾つかの牽制を仕掛けるものの公爵二位の集中力は途切れない。サイゾーが印を刻もうと動いた時には、既にそれを把握し対処を開始する。

印には公爵二位にダメージを与える可能性があるものの、当てられなければ意味がなかった。

背後より分身が特攻を仕掛けるが公爵二位の反応は早く、その手が届く前に打ち払われる。

「こっちでござる！」

裂帛《れっぱく》の声と共に、二体の分身が左右から公爵二位に迫った。それは背後に注意を逸らした瞬間の隙を突いた、完璧なタイミングである。

「甘い！」

公爵二位は、それにすら対応してみせた。翼で大気を打ち据えて衝撃波を生み出し、僅かに分身のタイミングをずらしたのだ。

そして公爵二位は、その一瞬を突いて左右を薙ぎ払った。

斬り裂かれた分身が霧散していく。

けれどサイゾーの奇襲は、それで終わらない。背後と左右。そのどちらも、相手の注意を引くためのもの。

サイゾーは静かに、だが迅速に下方より迫っていた。

僅かな時間差で繰り出すのは無音の一撃、《逢魔覆滅《おうまふくめつ》》。暫くの間、傷を負った事にすら気づけないという闇の暗殺拳だ。

「そこだ！」

サイゾーの拳が届く刹那。ギラリと光った公爵二位の目が、下方から迫るサイゾーを捉えた。

直後、黒い波動がサイゾーを襲う。

「ぐっ……！」

すんでのところで気づかれたサイゾーは、黒い波動をぎりぎりで回避すると、苦し紛れのように手裏剣を投げつけた。

公爵二位は笑みを浮かべながら、その手裏剣をいとも容易く弾き落とす。

その直後――。

巨大な氷塊が上空より、隕石の如く降ってきて公爵二位に直撃した。

公爵二位は氷塊と共に地面に叩きつけられる。その圧倒的質量と速度は、耐えるなどという選択を許さぬ一方的な暴力であった。

「よし、命中！」

大地を揺らし大気を震わせる衝撃が広がっていく中、ガッツポーズと共に口端を吊り上げるのはルミナリアであった。

そう、それは極大魔術による痛烈な一撃だったのだ。

そして、この一撃を決められたのは、サイゾーが注意を引いていたからこそといえる。

あえて印という手の内を明かし、そこに警戒を向けさせるだけでなく、分身によって意識を分散させる事で、ルミナリアの仕込みに気づかせないように仕向けていたわけだ。

「流石はルミナリア殿でござる。これだけの威力を出すために、拙者はどれだけの印を重ねなければいけないのでござろうか」

亀裂が奔り砕け散る氷塊。その一撃が穿ったクレーターの如き穴を前にして、サイゾーは苦笑する。

しかも着弾した際に砕けないほどの強度の氷なぞ、どれほどのマナを凝縮させていたのか。その計り知れない威力を途方も無いと感じるサイゾー。

それはレイド級の魔獣ですら、ただでは済まないだろう威力であった。けれど、クレーターの中心部が僅かに震えると共に、ぬらりと起き上がる影が一つ。

「おのれ、人間風情が……」

かの公爵二位とて、今のは効いたようだ。その身体には幾つもの傷が見て取れた。そして顔には、冷たくも燃え盛るような怒りが露わとなっていた。

〈13〉


「どうだー、人間風情に傷をつけられた気分はー」

砕けた氷塊の下。憤怒する公爵二位に対し、大声で挑発するように呼びかけるルミナリア。

すると途端に、クレーターの中心が破裂した。

否、それは公爵二位が跳躍した反動によるものだった。とてつもない脚力で跳び上がった公爵二位は、そのまま一直線にルミナリアを狙う。

砲弾をも超える速度で迫る公爵二位。しかもその突進力は凄まじく、迎え撃つサイゾーを豪快に弾き飛ばした。

しかも、すれ違いざまにサイゾーが刻んだ印を起爆したが怯む様子もない。

「俺を忘れてもらっちゃ困るな！」

そんな主張と共に公爵二位と肉薄するのは、ゴットフリートだ。城壁の上に立ち、向かって来る敵に対して真正面から剣で挑む彼は、公爵二位に勝るとも劣らぬ速度で跳ぶ。

稀に見る剣士の空中戦。公爵二位の剣とゴットフリートの特大剣が交差する。

だが、その攻防は一瞬で決着した。僅かに角度をつけて受け止めた公爵二位が、そのままゴットフリートを受け流したのだ。

相手と違い翼を持たぬゴットフリートは、そのまま放物線を描き飛んでいく。

とはいえ、軽くあしらわれたままでは終わらない。公爵二位の気を引いたほんの一瞬にて、ルミナリアが次の魔術を完成させていた。

『――彼方より満ちて、未来を照らせ！』

【魔術：白日の大火】

白く燃え盛る炎の球が放たれた。

凝縮された熱エネルギーが白く輝く。おおよそ人の扱える限界を超えた炎の力によって、周囲一帯が急激に熱せられる。チリチリと肌を焼く炎。それが球となって空を貫く。

「それがどうした！」

回避を許さぬタイミングで放たれたそれに、公爵二位は正面から突っ込んでいった。

そして豪快に剣を振るうと、まさか炎の球が真っ二つに斬り裂かれたではないか。

「おお、やるな！」

身体を焼かれながらも最短最速で抜けてくる敵の姿に、一歩下がるルミナリア。

「さあ、これを受け止めてみろ！」

それほどまでに氷塊の一撃が効いたのであろう。公爵二位の怒りは全てルミナリアへと注がれており、動揺した様子を見せた事に愉悦の笑みを漏らして斬りかかった。

公爵二位の剣が振り下ろされる。

その鋭く激烈な一撃は、ルミナリアを……その幻影を斬り裂いていた。

幻影を残す回避技能の《ミラージュステップ》だ。ルミナリアほどの術士が使った場合、初撃初見において、それは公爵級すらも謀《たばか》る可能性を秘めたものだった。

しかもルミナリアのそれは、あまりにも鮮やかであり、幻影を斬った事すら一瞬感じさせないほどだ。

ゆえに、公爵二位がルミナリアを再認識して今一度斬りかかるまでに微かな隙が生じた。

そして、カグラがその隙を見逃さなかった。

【式神招来《しきがみしょうらい》・七星老花《しちせいろうか》】

瞬く間に式符が悪魔を囲うと、五角錐の結界を形成した。

だがそれは、檻ではない。

「貴様……！」

悪魔が剣を振るうたびに、結界に綻びが生じていく。あと二、三撃で破壊されてしまうだろう。

けれども、カグラ達の方が一歩早かった。

「ソウルハウルさん！」

「ああ、出番だよ、イリーナ」

カグラの合図と共に悪魔へと飛び掛かるのは、対悪魔兵装で固めたイリーナだ。《英霊再誕》によって蘇った彼女が持つ戦斧には、式符が張り付けてあった。

『破軍一星、理を示せ。これに与えるは、破魔の一撃』

カグラのその言葉と共に式符が虹色に輝き、結界と呼応する。

イリーナが戦斧を振り下ろした。大木すらも両断出来るだろう力の篭った一撃だ。

そして戦斧が結界に触れた時、その力の全てが解放される。

武具の性能を極限まで引き出す《七星老花・破軍》。その効果によって増幅されたのは、対黒悪魔用にソウルハウルが見繕った戦斧。その効果は、さしもの公爵二位とてただでは済まなかった。

「ぐっ……」

イリーナの一撃は凄まじく、役目を終えて結界が砕け散ると、公爵二位はその衝撃の余波によって宙に弾き飛ばされていた。

相手は、見てわかるほどの傷を負っていた。黒悪魔特効というだけあってか、ルミナリアの氷塊よりもダメージを与えられたように見える。

「そうか、そういう事か。貴様らは天人の類だったか……」

けれど、それでも公爵二位には、まだ十分な余力が残っていた。翼を広げて急制動をかけると、そのままゆっくり地面に降り立ち、どこか落ち着いた様子でルミナリア達を見回した。

加えて、何がどうなったのか雰囲気が変わっている。先程までならば、ますます激昂していそうなものだが、むしろ彼の者の声には確かな冷静さが秘められていた。

「さて、本番だな」

「ええ、本番ね」

様変わりした公爵二位を確認して、ルミナリアとカグラは警戒度合いを最大にまで引き上げた。

ソウルハウルもまた、その変化を前に色々と戦場の調整を開始する。

城壁の砲台を開き砲手ゴーレムを配備、更に各所の砲塔を展開して最終決戦モードへと移行させていく。

「気を引き締めていくぞ」

「おうよ！」

公爵二位の正面に回り込んだノインとゴットフリートは、次の動きに対応するべく構える。

そんな中、メイリンが一歩前に出た。

「次は、私ヨ！　私が相手ネ！」

相手は、格上でもある公爵級の黒悪魔だ。

だからだろうか、堪らずといった調子で名乗りを上げたメイリン。けれど今は流石に、そういった状況ではない。

「メイリンさん、今はチームバトルですからね。わかりましたね？」

釘を刺すようにノインが言うと、メイリンは「……わ、わかっているヨ！」と動揺気味に、また心なしか残念そうに答えつつ一歩下がった。

過去にソロモンやダンブルフに何度か叱られた事もあって、彼女も一応その辺りは学習しているのだ。チームバトルと言われたら、チームバトルなのだと。

「一人でも全員でも構わない。さあ、果たし合おう！」

公爵二位は、余裕たっぷりに言い放った。

人に害をなす事を目的とする黒悪魔は、その一方で人を見下す傾向にある。特にそれは、爵位が上がれば上がる程に顕著だ。

だが戦闘において相手の実力を把握し、それを認める事で態度が変わる。

相手を対等な実力者と認識した黒悪魔は、戦士としての一面を表す。たかが人と侮らず、また驕らず、相応しい敵としてこれを打倒する。完全な戦闘モードとなった黒悪魔は、これまで以上に手強くなる。

爵位持ちの黒悪魔との戦いは、ここからが本番なのだ。


時は少し遡り、魔物の群れとの戦闘を繰り広げるミラは、最前線にて拳を振るっていた。

剣だ長槍だと使っていたものの、やはり素手が一番しっくりくると実感した結果だ。

翻るローブの裾もなんのその。しっかりと穿いておいた（穿かされた）スパッツに全幅の信頼を寄せて飛び回る。これならば、きっとカグラとアルテシアに叱られる事はないだろうと信じて。

「ふむ、上出来じゃな」

武装召喚と仙術の相性は抜群だ。

様々な組み合わせを確かめたミラは、満足げに周囲を見回す。

凶暴さを増した魔物の群れは、これまで以上の爆発力を秘めたものだった。

ただ力任せに暴れ回るだけだが、その破壊力は小国を一晩で滅ぼせてしまえるほどだ。並大抵の兵士では、どれだけ軍略が優れていようとも強行突破されてしまうだろう勢いがあった。

けれども、そんな魔物の群れに対するは、より洗練された戦術を学んだヴァルキリー姉妹と、軍としての運用に適応した《軍勢》だ。

これらから成る軍は今まで以上の作戦遂行能力を有していた。凶暴な魔物の群れが相手であっても、これを封殺してしまうほどに。

「総員、防御構え！」

フローディナが指示を出すなり、聖剣隊が前面に大盾を揃えて衝撃に備える。

そこへ突撃してくる魔物達。その突進力は相当なもので、強靭な灰騎士であっても幾らか陣形を崩されてしまった。

しかしヴァルキリー姉妹達に統率された《軍勢》は、どのような状況においても最大限の力を発揮する。

すぐさま後列より補助が入り、陣形を立て直していく。

続けて長槍隊と弓隊も、順調な活躍を見せている。ルミナリア達と公爵二位が戦う場には一匹たりとも通しはしない鉄壁のラインが形成されていた。

「ふむ、順調そうじゃな」

防衛ラインよりも先では、セレスティナ率いる戦斧隊が活躍中だ。大型で足が遅い代わりに、極めて頑強な魔物達を相手に善戦している。

壁となるような魔物は、全て彼女達によって封じられている状態だ。

とはいえ魔物達とて、一筋縄ではいかない個体がところどころに交ざっており、これがなかなかに厄介であった。

それらを相手に奮闘していたジングラーラとウンディーネだが、スタミナとマナを大きく削られたために送還となる。

またガルーダも同時に還した。空の魔物の全てを一手に引き受け、これを壊滅させるほどの仕事ぶりとあってか消耗も激しかったためだ。

今はミラとアイゼンファルド、サラマンダーが、中心地で盛大に暴れている状況だ。

「さて、こちらもぼちぼち片付いてきたのぅ」

見れば戦闘を始めた頃より、魔物の数は半数を下回っていた。既にそれだけの魔物を屠っているわけだ。

それでいてミラ達の勢いは止まらない。

更にここにきて加速するべく、ミラはロザリオの召喚陣を展開した。

『円環より参れ、漆黒の破壊者よ』

【召喚術：ロンサムバロン】

輝き出した召喚陣。だが次には黒く染まっていき、そこに闇の如き穴を生み出した。

その穴より現れたのは、黒い毛に覆われた巨躯の牡羊。

聖獣ロンサムバロン。立派な体躯に黒い顔、そして猛々しい真っ黒な角を戴いた姿は、そこいらの羊とは一線を画すものだった。

羊というと、どことなく温厚そうなイメージが浮かぶが、バロンを見てそれを感じる者など誰一人としていないだろう。

バロンの印象は、まるで暴君のそれであり、戦う姿は印象通りに苛烈なものだった。

「さて、バロンや。大いに暴れてよいぞ」

ミラがゴーサインを出すや否や、バロンは盛大に魔物達を蹴散らかしていく。

傷を負う事をいとわない戦い方であるため長期戦は不得手だが、あと一息といった戦況において、バロンは最高効率といえるほどの爆発力を発揮する仲間だ。

その突進は重戦車の如く、数体の魔物を一度に吹き飛ばしていった。

また、体長にして六メートルを超えるバロンは、やはり目立つようだ。幾らかの魔物の注意がそちらに向かう。

すると聖剣隊を突破しようとする魔物の数も減り、取りこぼしを処理していたエリヴィナとクリスティナが前線へと出る機会が生まれた。

「今ならいけるわね！」

「あ、私も行きまーす！」

二人は、ここぞとばかりに最前線に躍り出た。そして迫りくる魔物を一つ二つと斬り捨てて、バロンに群がる魔物達に挟撃を仕掛ける。

その戦果は上々だ。明らかに正気を失っているためか、魔物達は注意が分散してしまうような策に脆いようだ。

ド派手に暴れるバロンに襲い掛かるところにエリヴィナらが横槍を入れる。すると魔物達は反射的に抵抗してきた。

そこを更に突いてやれば、魔物達の包囲が崩れ始め、ここぞというところでバロンが豪快に突破する。

そして散り散りとなった魔物達を、じりじりと進行していく《軍勢》が呑み込んでいった。

そのようにして魔物の群れは着実に数を減らしていき、幾らかの後にミラ達は魔物達の殲滅を完了した。

「ふむ、上出来じゃな」

もう生き残った魔物はいない。その確認を終えたミラは、誇らしげに佇みながらも褒めてくれといった視線を向けてくるバロンを「ようやったぞ」と労う。

バロンは嬉しそうに足踏みをして嘶《いなな》いた。

ただ、そこで黙ってはいられないのがアイゼンファルドだ。「母上、母上！」と駆けて来るなり、期待に満ちた顔をする。

「う……うむ、お主もようやったのぅ」

人の形態のまま戦っていたが、流石はアイゼンファルドか。その戦果は、やはり優秀であった。

ただ、返り血などについては一切気にせずに暴れていたのだろう。全身血みどろな状態に加え、手にした血塗れの剣と笑顔も相まってか、一見すると悪夢に出てきそうな殺人鬼といった有様だった。

そんなアイゼンファルドが、母上に褒められたと喜んでいた時だ。

不意にバロンが動きを止めて振り向いた。

同時にアルフィナも「主様、あちらも始まったようです」という言葉と共に傍へとやってきた。

「ぎりぎり間に合ったといったところじゃな」

それはルミナリア達が公爵二位との激戦を繰り広げている、もう一つの戦場での事だ。

その敵が纏う雰囲気が、迫力が、威圧感が、そして何よりも一帯を覆うマナが変化していった。

いよいよ公爵二位が、本気になったようだ。これまでとは比較にならぬほどに空気が重くなっていく。

「さて……」

それを察したミラは、続けてもう一つの戦場にも目を向けた。ヴァレンティンと悪魔もどきがいる方だ。

（あちらは……お、これは問題なしじゃな）

結界の中、熾烈な戦闘が繰り広げられる様子を確かめたミラは、そこにバルバトスが来ている事も確認した。

援軍として結界内に直接転移してきたのだろう。悪魔もどきが相手となれば、バルバトスもまた適任者の一人だ。

もうあちらは、放っておいても大丈夫そうだ。

「さて、わしらも合流じゃな！」

敵は公爵二位。少しでも戦力は多い方がいい。それをよく知っているミラは、《軍勢》を率いて主戦場へと向かった。

その最中。主張するように足を踏み鳴らしたバロンが、熱い眼差しをミラに向ける。

「ほぅ、あれをやりたいというのじゃな」

バロンの仕草を見て、ミラは彼が何をやろうとしているのかを直ぐに察した。

というより、それは彼の趣味嗜好のようなものであり、考えずともバロンをよく知るミラにとっては、いつもの事なのだ。

「まあ、よいじゃろう。思いっきりぶちかましてやるとしようか！」

そうバロンに答えたミラは、次いでクリスティナに振り返り、「では折角じゃからな――」と笑顔で続けた。

〈14〉


「一人ずつ、確実に葬ってやろう」

黒い大剣を手に、じりじりと歩み寄ってくる公爵二位。

その正面に立つノインは「俺がいる限り、それは不可能だな」と答え、更に防御寄りに構える。

「いいぜ、やってみろよ」

挑発的に返すのは、ゴットフリートだ。特大剣を肩に担いだまま、かかってこいと笑う。

「望むところネ！」

むしろ一対一でもまったく構わないと希望するメイリンは、ギラギラとした目で公爵二位を見据えていた。

「このスタージャスティス、いつでも相手になろう！」

これでもかとポーズを決めるラストラーダは、いよいよマスクも被って決戦モードだ。

「ああ、素晴らしい気迫だ。だからこそ――」

立ち並ぶ猛者達を前にして闘志を漲らせていく公爵二位。その目が、戦士としての色に染まっていった――その時だ。

何かが微かに響いたと思った数瞬後に、それは激しい轟音を伴って公爵二位の背後にまで到達した。

「――ぬっ⁉　お、おおおおぉぉぉ！」

唐突に膨れ上がった気配に振り返った公爵二位は、目と鼻の先にまで迫ったバロンの角を咄嗟に受け止めた。

けれども、その重量と速度による衝撃は生半可なものではなかった。不意を突かれながらも、しっかりと腰を沈めて受けた公爵二位を軽く吹き飛ばしたのだ。

しかもそれだけでは終わらない。勢いの乗ったバロンは雄叫びと共に今一度突進していった。

その速度はバロンの巨体からは想像もつかぬほどであり、瞬く間に公爵二位に追いつき、次にはこれを角で突き上げた。

「おーおー、いつ見てもとんでもない暴れっぷりじゃのぅ」

バロンによる怒涛の猛攻。それは、守りだけでなく己すらも捨てた決死の特攻だった。

肉体の限界を超えた力を発揮すれば、そのリスクは全てが己に返ってくる。

だが、召喚時は別だ。術式に組み込まれた防護の力が、それらのリスクを肩代わりするからだ。

「何とも重い一撃だ……！」

次には手にした剣でその角を受け止めた公爵二位だが、勢いは殺しきれずに宙を舞う。

ただ、それでいて達人染みた反応を見せる。更に追撃をかけるべく宙へ跳んだバロンを受け流すと共に、強烈な斬撃を決めたのだ。

その一撃で防護を削られ強制送還となるバロン。それでいて彼は、とても満足げであった。

全力全開で暴れるのを好むバロンは、限界を超えるか途中で反撃を受けるなりして強制送還となるまでがいつも通りなのだ。

「まったく、愉快な獣よ」

光の中に消えていくバロンを見送り、好戦的なその気概は悪くなかったと公爵二位は笑う。

そんな、嵐が過ぎ去ったようにも感じられる僅かな間の事だ。

圧倒的な存在感を持つバロンの黒い巨体。だからこそ、それは同時に何かを隠すための壁にもなっていた。

「クリスティナスラーッシュ！」

強制送還の光の中より飛び出したクリスティナが、涙目で公爵二位へと斬りかかったのである。

それは、二段構えの不意打ちだった。迷彩マントをその身にまとい、静寂の力で隠した聖剣を背に、暴れるバロンの長い毛に潜んでいたクリスティナ。

何度も振り落とされそうになりながら必死にしがみつき耐え抜いた彼女は、その努力もあって、これ以上ないくらいに完璧な一瞬の虚を衝いた。

凝縮したマナが炸裂するクリスティナの必殺剣。その一撃は、クリスティナというイメージに反した威力を秘めたものだ。

振り下ろされた聖剣は、公爵二位を地へと叩き落とす。

その衝撃は鮮烈であり、公爵二位が地面に衝突すると周囲一帯が地面ごと揺れた。

ただ、強烈な閃光と膨れ上がったマナの爆発を伴う技であるためか、クリスティナもまた近距離で反動を受けて「あーれー」と空を舞った後、《軍勢》の近くに墜落していく。

バロンに続け負けるなといわんばかりの、特攻の一撃だった。

「ああ、流石はヴァルキリーか。なかなかの威力だ」

そのような言葉と共に、抉れた地面からむくりと起き上がった公爵二位。

見た目は、これといって何事もなかったかのようである。その態度には、まだまだ余裕が見て取れた。

「うっそーん……」

彼女にとって最大の技となる、クリスティナスラッシュ。それを以てしても掠り傷程度だった相手の姿を目にして、クリスティナは愕然とした顔で項垂れる。

「ふむ、クリスティナスラッシュを受けてなお、あの程度とは。まったく公爵二位ともなると、つくづく厄介じゃのぅ……」

悠然とした足取りで近づいてくる敵を見据えながら苦笑するミラ。

レイド級の相手にだって通用するほどの威力を秘めたクリスティナスラッシュ。しかも当時より更に研鑽《けんさん》が進んだ今のそれを受けてなお、平然としているときたものだ。

いったい、どれだけの攻撃を与えれば倒せるのか。やはりグランデ級は途方もないと、ミラは気を引き締め直しながらノイン達と合流した。

「まったく、魔獣がこっちに零れてきたと思って焦ったぞ。前にも増して酷い暴れっぷりだったな」

「しかしまた二段構えとは豪快な不意打ちだ。そのアウトローなヒーローぶり、俺は嫌いじゃないぜ」

「前より、どっちもまた強くなっていたように見えたネ。今度、手合わせさせてほしいヨ！」

合流するなり、バロンとクリスティナの奮闘ぶりに触れるノイン達。

ミラは、「さほどダメージはなさそうじゃがな」と肩を竦めながら答えた後、ちらりとクリスティナの方を見やってから「うむ、構わぬぞ」とメイリンに答えた。

メイリンとの手合わせ。それはそれは、よい訓練になるだろうと。

「これは驚いた。これほど早く、あの魔物どもが全滅するとはな」

公爵二位は余裕のある態度でミラ達の前に立つと、大量の魔物達の死骸が転がる方を確認しながら呟く。

ミラの実力を見誤ったと。ただ、それでいて公爵二位に焦ったような様子は一切見られない。

それどころか、都合がいいという態度ですらあった。

そしてその理由は、直ぐにわかる事となる。

「では、そちらも次の段階に移すとしようか」

そう言った公爵二位は、にたりと不気味に笑った。するとどうした事か。突如として、島全体が揺れ始める。

「何をするつもりかは知らぬが、簡単にはやらせぬぞ」

それは地震のような揺れであったが、相手の言動からして、かの者が何かをしたのに間違いはないだろう。

そう確信したミラは、だからこそ再び仕掛けた。

宙を奔《はし》ったのは、一筋の閃光。それは遠くより行進してくる《軍勢》の中より放たれた、エレツィナの矢だ。

特別な術式の施された矢は容易く音の壁を突破して、狙い違わず公爵二位の頭に直撃した。見て回避など出来ないだろうほどの完璧な一矢だった。

だが、その威力を証明するかのような衝撃音が響く中、ミラは眉根を寄せる。

エレツィナの矢は公爵二位の頭に突き立ったものの、僅かな傷を穿っただけ。その鏃《やじり》は表皮を貫いてはいなかったのだ。

直後にエレツィナの矢は、紅蓮の炎を伴って爆散する。

それが深くまで刺さっていたなら相当なダメージが期待出来たところだが、公爵二位の頑丈な皮膚の前には無意味であった。

「点の攻撃でも、この程度とはのぅ……」

どれだけ硬いのかと呆れるミラ。

特殊合金製の矢と、威力を底上げするための術式。それは現段階においてエレツィナの必殺技ともいえる一撃だったが、公爵二位が相手では、これもまた掠り傷程度のようだ。

「そう焦るな。ここからがいいところなんだ。わかるだろ」

公爵二位は無粋だと笑いながら、右手を振り上げる。

すると直後に、見える範囲のあちらこちらから黒い靄のようなものが浮かび上がった。

「なんじゃ、あれは……」

「あの黒いの、どこかで……」

「ん？　なんか見覚えがある感じだな」

いったい何事だとミラが警戒したところで、ノインとラストラーダが反応を示す。

徐々に湧き出てくる黒い靄。中でも特にミラが全滅させた魔物の群れがいたあたりは、もう真っ黒とでもいうほどに濃い靄が溢れていた。

その正体は何なのか。ミラが注意深く探っていたところで、ノインが一つの可能性を口にした。

「たぶん、魔の属性力だ」と。

「ああ、この感じは、あの場所にあったものと同じだ」

するとラストラーダもまた、同意するように答えた。その言葉からして、彼はそれに見覚えがあるようだ。

「魔……じゃと？」

魔の属性力。確信を持った様子の二人に、どういう事かとミラが問えば、ラストラーダがそれに答えた。

島の捜索中に見つけた謎の部屋。レッサーデーモンと遭遇したそこには、魔物などの死骸から魔の属性力を抽出する装置があったと。

その装置の器に残っていた、黒い物質。魔の属性力を凝縮したそれと、周囲に浮かぶ黒い靄から感じる気配が同じだそうだ。

「そのようなものを、これだけ集めて何をするつもりじゃ……」

それを吸収でもしてパワーアップしようというのか。

そのような方法もあるのではと思い付いたミラだが、見ると公爵二位はただ悠然と構えているだけだ。黒い靄をどうしようという素振りは一切ない。

また先程のような不意打ちを警戒しているのだろう。事が済むまでは守りに徹するつもりらしく、隙は見当たらなかった。

「なんだか、あっちに向かっているネ」

メイリンが言うように、漂う黒い靄は一定方向に流れていく。

「ふむ……思えば、あの場所だけ山になっておるな」

このまま放っておけば黒い靄が行き着くのは、島の西側。

岩壁によって閉鎖された島の中。荒野が広がるその西側にだけ、小さな山があった。

距離にして三百メートルほどの位置にある山。一見すると、これといった特徴もなく気になる要素など見当たらない、ただの山だ。

しかも高さは、五十メートルそこらといった程度の小山である。

そんなところに向かっていく魔の属性力。

それにどういった意味があるのか。凝縮してパワーアップでも図るのか。何か大規模な術の触媒にでもするのか。

詳細は不明だが、黒悪魔の企みである以上、ろくな事ではないのは確かだ。

(どれ、ここは一つ――)

わざわざ待っている義理もない。相手に隙がなかろうと、とれる手段はある。

と、そんなミラと同じ考えに至った者がいたようだ。次の瞬間に、城壁備え付けの砲塔全てが一斉に火を噴いた。

「ぬぉぉ!?」

公爵二位をどのように出し抜こうかと気を巡らせていたミラは、唐突に鳴り響いた号砲に思わず声を上げる。

それと同時に、公爵二位が忌々しげに山の方へと目を向けた。

ミラが何かをしようと企んでいる事を見抜き注意していたからこそ、まったく違う方向からの横槍に対応が遅れたようだ。

城壁より放たれた数十発の砲弾が小山に着弾すると、それは一斉に爆炎を上げた。

耳をつんざくほどの爆轟。そして衝撃。小さな砦ならば軽く消し飛んでしまうだろう一方的な破壊の力が炸裂した。

それは装置にしろ術具にしろ、何かあったところで跡形もなく消し飛んでしまうだろう飽和火力であった。

「なんじゃと……あれはもしや……」

もうもうと上る灰色の煙と粉塵。そこから僅かにちらつく隙間より覗くそれを目にしたミラは、そんなまさかと声を漏らす。

「おいおい、嘘だろ……」

ノインもまた確認出来た一部から、その正体を推察したようだ。頬を引き攣らせながら「勘弁してくれよ」と苦笑気味に呟く。

「まったく、無粋な。この美学を理解出来ないのか」

ため息とともにそんな言葉を吐いた公爵二位は、翼を一つ打って風を生み、煙と粉塵を吹き飛ばした。

晴れた視界に映るのは、崩れ吹き飛んだ小山と異形の姿。

そう、小山はただの地形などではなかった。それは公爵二位がとっておきと称する魔獣の隠し場所であったのだ。

「前に見た事あるヨ！　凄く凄く強かったやつネ！」

「これまた大物が出てきたな。いいぜ、ボス戦はこうでなくっちゃな！」

その姿を目にして、一気にテンションを上げるメイリンとゴットフリート。戦闘狂に片足を突っ込んでいる二人にとって、この状況は望むところのようだ。

だが残りの者達は、一様に顔を顰めていた。

それもそのはず。吹き飛んだ小山の下より現れたのは、数十メートルにも及ぶ巨体を誇る大魔獣、エギュールゲイドであったからだ。

打倒するには最上位級のプレイヤーを多く必要とする怪物、大魔獣エギュールゲイド。四本の足は大木のように太く、爪は岩のように巨大でいてそこらの金属よりも硬い。

姿は狼のように雄々しく、それでいてサイの如き角を持っていた。力を証明するかのような立派な角だ。

身体を覆うのは限りなく黒に近い青の体毛であり、夜の闇を想起させる事から、月影の支配者などと呼ばれる事もある。

その強さは巨体からしてわかる通りに圧倒的なグランデ級だ。

「何とも骨が折れそうじゃな……」

「ああ、一本や二本じゃあ済まなそうだ……」

公爵二位を相手するのにもギリギリだというのに、エギュールゲイドまでも加わってしまっては堪ったものではない。

状況によっては、撤退すらも視野に入れる必要があるだろうと身構えるミラ達。

ただ皆が緊張の面持ちでいたところ、メイリンがその違和感に気づいた。

「どうしたネ、動かないヨ？」

勝負だ勝負だと闘志を滾らせていたメイリンが、はてと首を傾げたところでミラもまたそれに気づいた。

「あれは……もしや死んでおるのか……？」

そう、崩れた小山の中から出てきたエギュールゲイドは、ただ露出した状態のまま動く気配がなかったのだ。

それはまるで、暴いた墓から死骸が出てきた、などという状況に近いものといえた。

「ああ、本当に無粋な。まったく……これでは絶望も半減ではないか」

もしや先程の砲撃で。などという考えがミラの脳裏を過ったところで、公爵二位が忌々しげに呟きながら城の方を睨む。

その様子からして、砲撃の事を言っているのは確かだとわかる。

ともなれば、やはり。そう思ったミラだったが、エギュールゲイドについてそれなりの知識があるゆえに、それはないと考え直す。

あの砲撃程度で倒せるような相手ではないからだ。

つまりはあのまま、エギュールゲイドは死骸のままそこにあったと考えるのが妥当だ。

単純に考えれば、ただの墓である。けれども思わせぶりな公爵二位の態度からして、何か秘密がありそうだ。たとえば、エギュールゲイドを動かすための秘密が。

事実、相手は演出を邪魔されて憤っているだけに見え、今も何かを待っているように感じられた。

加えて、未だ健在のまま、じわじわと集まっていく黒い靄。これで終わりなどという事にはならないと結論づけるには十分な材料だ。

「ノインよ、奴の足止めを頼む」

ともすれば、即ち現時点では、まだ企みの途中という事でもある。

つまりは公爵二位の企みを阻止出来る可能性が、まだあるわけだ。グランデ級二体同時などという事態を避けられる可能性が。

そのように考えたミラは、公爵二位の妨害を防ぐようノインに頼み、直ぐに動き出した。

「ん？　ああ、わかった」

急な頼みながら、ノインもまた可能性については考えていたのだろう、その反応は迅速だった。

ミラが動くと、それを警戒していた公爵二位も素早く動いた。

そこにノインが割って入ると、即座に《鎖縛の楔》で捕らえ一対一の状態へと強制的に引き込む。

「おのれ……また、これか！」

「ああ、もう一度付き合ってもらおうか」

ノインが健在である限り、遠くまで離れる事が出来ない。再びその状況に引き込まれた公爵二位は、苛立たし気に叫ぶや否や斬りかかってきた。

【聖騎士技能：鋼鉄の身体】

その場から動けなくなる代わりに、強靭な防御力を得る聖騎士の神髄ともいえる技能。それによってノインは、相手の猛攻に耐え続けた。

剣で、大盾で、時にその身体で受け止める。少しでも時間を稼ぐために。

〈15〉

「さて、どうすれば奴の企みを打ち砕けるじゃろうな」

正面に聳えるのはエギュールゲイドの死骸。三十メートルは超える巨体を見上げながら、直ぐにこれといった策は浮かばずにぼやくミラ。

動き出される前にエギュールゲイドを解体、ないし破壊し尽くしてしまう手もある。

だが対象は、死骸とはいえグランデ級だ。その堅牢な体毛や表皮は健在であるため、動けなくなるほどに破壊するまで、どれだけかかるかわからない。

「やはり、あちらをどうにかするのが一番かのぅ」

振り返ったミラは、ふよふよと集まってくる黒い靄の方に注目した。

ラストラーダが言うに、それは魔の属性力そのものだそうだ。

魔属性を秘めた代表というと、悪魔の他に魔物や魔獣が存在する。だが属性力そのものがこうしてはっきり見えるなど、これまでに一度もなかった。

『精霊王殿よ。こういう場合は、どうしたらよいじゃろうか？』

考え悩むよりも、まずは聞く。心強い味方のいるミラは、魔属性に有効な対処法はないかと精霊王に問うた。

『よりにもよって純粋な魔の属性力が、こうも溢れ出てくるとは。流石は黒悪魔の業か――』

精霊王曰く、魔の属性力がこれほどまで目に見える事は本来なら有り得ないのだそうだ。

けれど、目に見えるほどに具現化しているからこそ、その対処は簡単だという。

『魔属性というのは、簡単に干渉出来るものではない。だが今の状態ならば別だ。対となる聖属性そのものをぶつければ相殺出来るだろう。そしてサンクティアの力ならば、それを成せるはずだ』

それが精霊王の教えてくれた対処法だった。

具現化する事で干渉出来るようになった魔属性には、こちらもまた聖属性を具現化させればいいというのだ。

そして聖剣サンクティアには、その力があるらしい。

『なんとそのような力も……感謝する精霊王殿！』

礼を返したミラは、迫りくる黒い靄を前にして、すぐさま聖剣サンクティアを召喚した。

現状、その黒い靄がエギュールゲイドの死骸にどのような影響を与えるかは不明だ。けれど黒悪魔の企み事である以上は、阻止するのが得策というものである。

ミラは続々と集まってくる黒い靄に聖剣サンクティアで斬りかかった。

セイクリッドフレームによるアシスト効果によって、ミラが振るう聖剣は確かな軌跡を描き、黒い靄を斬り裂く。

一つ、二つ、三つ。エギュールゲイドの死骸に近づけさせず、次から次に聖剣を振るうミラ。

しかしミラは、そうしている最中に、ふと気づく。

「むぅ……どうにも減っている気がせぬのじゃが……」

聖剣の力によって、黒い靄は斬り裂かれると同時に霧散していく。

けれども、それはただ散り散りになっただけのようであり、少し経てば再び集まり黒い靄に戻った。

そう、今はただ追い払っているだけであり、相殺という状態には程遠かったのだ。

しかも未だに、あちらこちらから湧いて出てきているため、もう少しすれば追い払うのも間に合わなくなる事だろう。

これはいったい、どういう事か。

ただ、聖剣サンクティアを振るえばいいというわけではないのか。ミラが今一度問うたところ、魔属性を消滅させるにはサンクティアに秘められた真の力を引き出す必要があるとの事だった。

また、セイクリッドフレームとの相性でどうにかなるかと思ったが、見る限り難しそうだとも精霊王は続ける。

聖剣サンクティアの真の力を引き出すには、剣に通じる達人でなければならないそうだ。

(真の力か……それが出来たらどうなるのじゃろうな!)

まだ見ぬ力があると知り、研究熱を再燃させるミラ。

真の力とはどういったものか。それを引き出せたら、どう変わるのか。とても気になるところだ。

ただミラの力量は、あくまでセイクリッドフレームのサポートあってのものであるため達人には遠く及ばない。ゆえに己の力では、どうにもならないだろう。

とはいえ、この場には、それを可能としそうな者がいる。

その一人はノインだ。

公爵二位クラスの猛攻を防ぎ続けるだけあって彼の力は防御寄りだが、剣技も確かだ。けれど今は、相手の足止めに精一杯という状態である。

二人目はゴットフリート。

だが彼は術士の多いこの場にて、貴重な前衛陣である。いざという時のためにも、公爵二位の傍から離れさせるわけにはいかないというものだ。

「まあ、あの二人に頼らずとも、わしには強い味方がおる」

迫る黒い靄を追い払いながら、ミラは頼もしい仲間達へと目を向ける。

キャッスルゴーレムの門前。そこにはアイゼンファルドの他、城を護るようにして立ち並ぶ《軍勢》と、それを統率するヴァルキリー姉妹の姿があった。

そんな姉妹の中でもクリスティナは、何度かサンクティアを使った事もある。相性は良いはずだ。

加えてマナ操作が得意な彼女ならば、うまい事サンクティアの真の力を引き出せる可能性はあった。

唯一の不安点は、精霊王曰く、それを為すのは生半可ではないという事だ。

果たして日々の訓練に消極的なクリスティナは、その域にあるのだろうか。

(……ちょいと心配じゃな)

あのクリスティナである。大丈夫だとは言い切れないと苦笑するミラ。ただ、そう考えれば、最も相応しい者がいるという結論に辿り着く。

そう、アルフィナだ。

剣と真剣に向き合い己を磨き続ける彼女ならば、聖剣サンクティアに秘められた真の力を引き出してくれるだろう。

クリスティナでも、あれほどまでに扱えたのだ。アルフィナともなれば、それはもう確実とすら言える。

何より、ヴァルハラで一週間ほど生活していた際に、アルフィナには毎日サンクティアを貸していた事もある。

その時の上達ぶりを考えれば、むしろアルフィナ以外にないとすら思えた。

『アルフィナよ、ちとこちらに来てくれるか』

『畏まりました！』

ミラが呼ぶとアルフィナは即答の後に、風の如く跳んできた。

迅速に参上した彼女は、「如何なさいましたか」と跪く。

「うむ、実はじゃな――」

ミラは、エギュールゲイドと黒い靄についての推察を簡潔に話した後に、その対処法についても聞かせる。

そして、「お主に頼みたいのじゃが、やってくれるか」と告げながら聖剣サンクティアを差し出した。

「ああ、主様……！　何と、このような役目を私に……！」

主に頼られる事を至上の喜びとするアルフィナ。聖剣サンクティアを前にした彼女の反応は、これまでで一番と言ってもいい程の歓喜に満ち溢れていた。

「この命に代えましても、必ずや主様の意に沿う成果をご覧にいれましょう！」

そう答えたアルフィナは大きく深呼吸をしてから、恭しく両手を掲げて聖剣サンクティアを受け取った。

「いや、そこまではせずともよい……」

いちいち大袈裟なアルフィナに苦笑するミラ。だが次の瞬間、更に驚く事となる。

「ああ……遂にこの日が……」

戦場にて聖剣を下賜されたアルフィナは、感無量といった様子でむせび泣いたのだ。

彼女にとって戦場という場所にて主より特別な剣を賜るというのは、絶対的な信頼の証であり、最大級の誉れだった。

ゆえに、今日は特別な日となったわけだ。それはもう感涙止まず、感動に打ち震えるアルフィナ。

「あー……アルフィナや、早く……」

アルフィナは全ての幸福を手にしたといった顔で聖剣サンクティアを握っている。

ミラはそんな彼女に早く頼むとせっつく。そうしている間にも黒い靄が目前まで迫ってきているからだ。

「いざ――――！」

前方が真っ黒に染まっていく中で、悦に入《い》るアルフィナ。だが直後にカッと目を見開くと、それこそ目にも留まらぬ速さで聖剣サンクティアを振り抜いた。

一閃。

鋭く奔った太刀筋は、おおよそ尋常の域を超える。

アルフィナの万感の思いが込められた一振り。それは正に、澄み渡る蒼天そのもの。音すらも斬り裂いた斬撃は、その刹那に黒い靄を全て消し去っていた。

それから幾らか待機して様子を見たが、もう黒い靄が目に映る事はなかった。

そう、アルフィナは聖剣サンクティアの真の力を引き出すばかりか、目の前だけでなく、あちらこちらから湧き出てくる黒い靄をも根こそぎ消し飛ばしてしまったのだ。

「なんとも、段違いじゃのぅ……」

武装召喚で剣を使えるようになった事から、一端の剣士にでもなった気でいたミラは、その業を目の当たりにして思い知る。

本物の達人からすれば、あの程度は児戯《じぎ》にも等しかったのだろうと。

真の力を引き出すとはどういう事なのか。それをすると、それが出来ると何がどう変わるのか。もはやそんな事などどうでもよくなるほどに、アルフィナの剣閃は鮮烈で華麗で圧倒的だった。

「見事じゃ、アルフィナよ。もはやわしがどうこう言えるようなものではないが、素晴らしい一撃じゃったぞ。やはりお主に任せて正解じゃったな」

あまりにも卓越したアルフィナの剣技。その冴えを改めて目の当たりにしたミラは、それを表現するための言葉が浮かばず、ありきたりな称賛を口にするだけで精一杯だった。

「お褒めに与り、光栄でございます！」

だがアルフィナにとってみれば、そのような事などは一切関係無いようだ。主に褒められたというだけで、それはもう昇天してしまいそうな表情である。

と、そうして黒い靄を一掃したのも束の間。

「何かおるぞ……！」

ミラは、エギュールゲイドに近づく者の影を捉えるや即座に飛び出した。

そして勢いそのままに殴り飛ばした相手は、こそこそと暗躍するレッサーデーモンだった。

いったい何を企んでいたのかは不明だが、レッサーデーモンはそのまま岩壁に激突した後、続くアルフィナの剣によって迅速に葬られる。

「む、これは何じゃろうか？」

「お気をつけください主様。何やら不思議な力を感じます」

レッサーデーモンに止めを刺した際の事だ。アルフィナの剣は、何やらレッサーデーモンが持っていた小瓶も一緒に斬り裂いていた。

砕けた小瓶とその中身が、斬り裂かれたレッサーデーモンの死体に降りかかる。

はたして小瓶の中身はなんだったのだろうか。その小瓶で、何をしようとしていたのか。

ミラ達がレッサーデーモンの行動に疑問を抱いていたところ、何とその答えはレッサーデーモン自身より提示された。

「ググッ、ギギキッ……」

何が起きたというのか。アルフィナが完全に止めを刺したはずのレッサーデーモンが蘇ったのだ。

「なん、じゃと……」

「これはいったい……」

ミラとアルフィナは、その光景を前にして息を呑む。

術式が展開された様子はない事から、術の類とは違う。しかも蘇るなど、人が扱う術どころか世界に数多く存在する魔法でも不可能な事であった。

ただ、その状況から一つの可能性が導き出される。

あの小瓶には、復活の効果があったのではないかと。

「これまた厄介そうじゃな」

しかしながら無条件で復活出来るような代物とは考えにくい。死んだばかりだとかいった他に、何かしらの条件はあるはずだ。

とはいえ、その効果は絶大である。

ミラは復活したレッサーデーモンを即座に始末すると、エギュールゲイドの死骸に目を向けた。

きっとレッサーデーモンは、小瓶をエギュールゲイドに使い復活させようと企んでいたのだろう。

だが小瓶だけで復活出来るとしたら、黒い靄は何の意味があったのか。

最初の予想が間違っていたのかもしれない。そう考えたミラであったが、黒い靄は消滅しレッサーデーモンも止めた。加え、そのレッサーデーモンより生じた怨念体もサンクティアの一撃によって霧散する。

これで一先ず、エギュールゲイドが動き出す心配はないはずだ。

「じゃが、このまま放置も出来ぬじゃろうな」

そう結論付けたミラは、それでいて第二、第三のレッサーデーモンが現れる事を考慮して、クリスティナをこの場に呼び寄せる。

「……」

大急ぎで駆けてきたクリスティナは、ミラ達に合流するや否や、ぽかんと、まるで奇跡でも目の当たりにしたかのような顔でアルフィナを見ていた。

それはもう有り得ないほどに、聖剣サンクティアを手にしたアルフィナの表情が穏やかであったからだ。

他者からしてみると、それは微細な変化だった。けれど長い時間を共に暮らしてきたクリスティナからすれば、驚くような変化であった。

「お疲れ様です、クリスティナ。主様のお申し付け通り、この場の警戒を任せましたよ」

そのように告げるアルフィナの声もまた、クリスティナの耳には穏やかに響いていた。

「は、はい、お任せください！」

まるで怒りという感情だけが抜け去ったかのようだ。

それほどまでに、聖剣サンクティアを手に出来た事が嬉しかったのだろう。喜びが全ての感情を凌駕している。

公爵二位との戦いに戻っていくミラとアルフィナ。クリスティナは二人を見送りながら、ずっとこの状態が続いてくれればいいのにと切に願った。


「まさか、ここまで邪魔をしてくれるとはな。いっそ痛快だ」

エギュールゲイドの死骸と、その近くを見張るクリスティナを見やった公爵二位は、仕切り直すように下がりミラを睨む。

ミラが再び戻ったところ、戦況は少し落ち着いていた。

ただ矢面に立っていただけあり、流石のノインもかなり消耗気味だ。ところどころに傷が見て取れる事に加え、公爵二位の前に立つのはゴットフリートに代わっていた。

また側面にはメイリンとラストラーダ、背後にはサイゾーが構えている。

四人で包囲する事で、ミラ達の邪魔をするのを防いでいたわけだ。

そうして皆がやり合う最中にエギュールゲイド復活の芽を潰し切ったミラは、壮絶な戦闘があったのだろう痕跡を見やり感謝する。

「上手くいったようだな」

「うむ、これで一先ず、あれが動き出す事はないじゃろう」

公爵二位が余程暴れたのだろう、ミラはノイン以外にも幾らか傷ついている姿を確認しつつ答える。

公爵二位と一緒にエギュールゲイドとやり合うような事態は避けられたはずだと。

「なら良し。後は、目の前のこいつに集中だ」

アルテシアの聖術によって回復し終えたノインは、再び公爵二位の正面に戻り大盾を構えた。

それと同時に、今度はゴットフリート達の回復が始まる。

「まったく、面倒だ」

多少の傷を与えたところで回復していくノイン達。それを見て顔を顰めた公爵二位は、そう呟くと共に飛び出す。

その標的は、厄介な回復役であるアルテシアだ。

けれども、レイド戦グランデ戦を何十何百と戦い抜いてきたミラ達の布陣は鉄壁だった。

城壁の上空に並ぶのは、カグラの式神である《十人翁《じゅうにんおきな》》。陰陽術最強の結界術であるそれは、公爵二位が相手とて、そう簡単には破れない代物だ。

敵の進行を阻むようにして結界を展開する《十人翁》。そうして僅かに相手が動きを止めたところで、城壁の砲台が火を噴いた。

砲弾は、直撃せずとも公爵二位の傍で炸裂する。

そして爆炎に包まれる中、ルミナリアの魔術によって、その爆炎ごと全てを吹き飛ばす暴風が駆け抜けた。

「よっしゃ、おかえりってな！」

ゴットフリートは即座に、弾き返されてきた公爵二位へと迫り思い切り特大剣を叩きつける。

強烈な衝撃が広がり大気が震える中、直撃を受けた公爵二位のくぐもった声が僅かに響いた。

その直後、相手が放った蹴りによってゴットフリートが宙に舞い上がる。

しかしその間にもノイン達は再び包囲を完成させて、続く追撃をサイゾーが防ぐなり、ラストラーダが公爵二位の側面より奇襲を仕掛けた。

強力な酸の球を撃ち出すという降魔術。それを浴びた公爵二位の表皮が僅かに焼け爛れる。

そこへメイリンの炎を纏った拳打が突き刺さった。

「これが仲間、これが連携などというものか。つくづく厄介だ」

大型魔獣を容易く葬れるだけの攻撃を受けて尚、踏み止まり剣を振るって周囲を薙ぎ払う公爵二位。

その剣圧によって、大きく押し戻されるメイリンとサイゾー。ラストラーダも、その場で耐えるのがやっとな状態だ。

ゴットフリートはどうにか着地出来たようで、特大剣を背負うように構え、再び切り込む機会を窺っている。

ノインは、じっくりと距離を詰めていた。

公爵二位は、そうした周囲を一瞥すると、受けた傷を気にする素振りもなく笑い出す。

そして、「これは面白い、これは潰し甲斐がある」と不気味に微笑むその目が、徐々に赤く染まっていった。

「ふむ……これは……」

今までに感じた事のない雰囲気。本気となったはずの公爵二位だが、もしや更にその先があったというのか。

そんな予感を覚えたミラは、ここが限界だと察するなり後衛陣に合流する事を決めた。

「アルフィナは、このままノイン達の援護を頼む。わしは城まで後退するとしよう」

武装召喚によって、前衛陣にも負けない防御力は得られた。また攻撃力も得たつもりではあったが、アルフィナの剣を見た事で、それは慢心だったとミラは気づいた。

よってグランデ級を相手に無茶をするのはここまでだと、きっぱり悟ったのだ。

「畏まりました、主様。この私めにお任せください！」

聖剣の下賜のみならず、主に代わり最前線までも任されたとあって、アルフィナの返事はこれまでで一番と言えるくらいに力強く、やる気に満ち満ちたものだった。

〈16〉

その場より退避したミラがキャッスルゴーレムでの定位置に着く頃には、前線で苛烈な戦闘が繰り広げられていた。

ノインは後衛陣への進路を完全に塞ぐ防衛ラインとして、どっしりと構え敵の攻撃に耐えている。中でも特に強力な攻撃などは、全てノインが割って入り引き受けていた。正に盾役の鑑とも言える仕事ぶりだ。

ゴットフリートは、僅かな隙や攻撃終わりのタイミングなどを見計らっての一撃を叩き込んでいく。絶対的な安定感のある盾役がいるからこそ、彼もまた最大限の実力を発揮出来ていた。その一撃を警戒してか、公爵二位の攻撃に大振りなものがなくなったほどだ。

ゆえに、アルテシアの回復にも幾らか余裕が出てきた。

メイリンとラストラーダも昔取った杵柄とでもいうべきか、以前と遜色のない連携がとれている。

蜘蛛糸による行動妨害や幻影での撹乱、また時には護りの術など。ラストラーダがサポートする事によって、メイリンの攻撃力が最大限に発揮される。

加えてサイゾーも間隙を縫って相手の意識を散らしていく。

そこへ斬り込むのがアルフィナだ。

聖剣サンクティアとアルフィナの剣技が合わさった事により、それは公爵二位をも警戒させるだけの力となっていた。

嵐の如き剣戟を繰り出すアルフィナに対して、真っ向から受け返す公爵二位。

と、そこに生じる僅かな隙を決して見逃さないゴットフリートが、鋭く一撃を叩き込む。

続くのは、頃合いを見計らったルミナリアの魔術だ。

追い打ちをかけるようにして炸裂した光線は、一瞬にして爆発エネルギーへと変わり爆炎を上らせた。

「おー、こえー……」

一撃の後、即座に駆け抜けて退避していたゴットフリートは、その破壊力を改めて確認して苦笑する。

また、これだけの魔術を容赦なく放つルミナリアと、既に追撃を仕掛けているメイリン、ラストラーダ両名の慣れっぷりに呆れていた。

「今のところは順調じゃが、しかしそれでもグランデ級は油断が出来ぬからな……」

現状においては互角に渡り合えている。完璧に立ち回るノイン達前線組は、着実に敵の体力を削っていた。

とはいえ決して気を抜く事は出来ない。

常にアルテシアは回復と補助にかかり切りであり、カグラも状況に合わせての援護で手一杯だ。

どうしても生じてしまう後衛側への射線などは、全てカグラが潰している状態である。アルテシアとルミナリアを術に集中させるため、式神操作で大忙しだった。

ソウルハウルとエリュミーゼは、ゴーレムの運用によって戦場を有利に作り変えている。

相手が放つ炎から逃げるための塹壕や防壁、更にはラストラーダとサイゾーが奇襲し易いように身を隠せる遮蔽物と立体的に動くための足場など。次々と変化させていく。

しかも変幻自在なエリュミーゼのマッドゴーレムが全体に広がっているため、公爵二位がこれを利用しようものなら即座に反応して妨害するという仕組みだ。

更にパムは盾役のノインの強化に集中しており、レティシャも防御寄りの支援役として熱唱している。

そこまでのサポートもあって、どうにか互角というのが現状だ。予断を許さない戦況といえる。

「さて、こちらも――」

もしも前線のノイン達が崩れた場合は、立て直すための時間を《軍勢》で稼ぐ事になる。どのような状態になっても対応出来るように備えておくのがグランデ級での鉄則だ。

そのためにミラは《軍勢》とヴァルキリー姉妹達の防護の修復を行いながら、対黒悪魔用の陣形について話し合う。

その最中、「母上、母上！」という声が聞こえて覗き込んでみれば、城門前で待機しているアイゼンファルドが、是非とも前線に出たいなどと言い出した。

「いや、お主はじゃな……」

ミラの主力であるアイゼンファルドが前線に加われば、更に有利になりそうなものだ。けれど、こういった状況、ノイン達が奮戦しているような場面では、いつもアイゼンファルドは後衛陣の護りとしての待機が当たり前であった。

理由は、その巨体ゆえである。アイゼンファルドが前線に加わってしまうと、その体格ゆえにノイン達の邪魔になってしまうのだ。

（いや、思えば今の姿なら前のようにはならぬか？）

かつて意気揚々とアイゼンファルドを前線に投入したミラだったが、ソロモン以下前衛陣に邪魔だと言われて幾星霜。

今回もいつも通り後衛陣の防衛ラインにまで下がらせたが、今のアイゼンファルドは人化の術によって人の姿となっている。

竜の姿の時とは違いパワーなどは落ちてしまっているものの、前衛で戦えるだけの戦闘力はある。ならば、もしかして。そんな考えがミラの脳裏を過った時だった。

「おいおい、嘘だろ」

「あらあら、大変ね」

ルミナリアとアルテシアの声に振り向いてみれば、何とキャッスルゴーレムの裏手側へと向かって来る魔獣の姿が目に入ったではないか。

「何と……まだ残っておったのか」

現時点でも、相当な数を討伐したはずだ。それこそ、一日での討伐数として新記録となるくらいに。

それでいて島の奥から更に現れた。いったい、どれだけの魔獣をこの島に集めていたというのか。

現れた魔獣は三体であり、これまでに倒した数に比べれば、そう大したものではない。

けれど問題は、その種類だった。

レイド級とまではいかずとも、最上級プレイヤーが一人は掛かり切りとなってしまう強力な個体ばかりだったのだ。

「けれど見たところ、最後の隠し玉って感じだ」

ソウルハウルの視線の先には、三体の魔獣を先導するように歩くレッサーデーモンの姿があった。

ソウルハウルが予想するに、エギュールゲイドを潰された代わりとして、公爵二位がレッサーデーモンに連れてこさせたのではないかという事だ。

事実、これまでに遭遇した魔獣とは様子が違っていた。

まるで恐竜とでもいった姿の魔獣『バリアントレックス』。

全身を覆う装甲のような表皮が特徴の魔獣『ナイトロードディシス』。

そして十数本もの触腕を持つ異形の魔獣『ディグリーズロッチズ』。

三体とも見覚えのある魔獣だが、ところどころで相違があるのだ。

「改造魔獣、とでもいったところかのぅ」

「あの継ぎ接ぎに、どれだけの効果があるのか」

そう、ただの魔獣ではなく、その体には改造を施された形跡が見て取れた。

とはいえ緊急に動かしたのだろう、歪な接合部からは血が流れ出ている。

改造魔獣は、完成品というわけではないのかもしれない。だが、ここで出してくる事からして、それでも相応の戦力を有しているはずだ。

「おじいちゃん、どう分ける？　ピー助達ならそっちに加勢出来るけど」

「ふーむ、そうじゃのぅ……」

出来る事ならば公爵二位との戦いに集中したいところだが、無視出来る相手ではない。しかも改造によって、どの程度の変化があるのかも未知数である。生半可な戦力で対応しては痛い目を見るかもしれなかった。

「二人でどうにかしてみるとしようか。のぅ、ソウルハウルや」

最低でも三人、改造具合ではそれ以上が必要になりそうなところだが、ミラは一切の躊躇いもなく言ってのけた。

更にソウルハウルも、「ああ、それで問題ない」と答える。

「わかった、じゃあ二人に任せる」

「オッケー、頼んだ」

二人の力を信用してか、カグラとルミナリアは承知するなり主戦場へと意識を戻した。

「あまり無茶しちゃ駄目よ」

アルテシアもまた、この二人ならばと納得したようだ。

そしてエリュミーゼはというと、二人がどのように対応するのかを気にしていた。中でも特に同じ死霊術士としてか、ソウルハウルが気になる様子だ。

けれども前線は、一切の油断も出来ない戦況である。こうしている間にも、ノインの防御を突き崩した公爵二位がゴットフリートとラストラーダに痛烈な一撃を決めていた。

ゆえにエリュミーゼは、どこか不満顔で前線のサポートに戻る。

マッドゴーレムの妨害によって追撃を防いだ後、メイリンが正面を受け持った事により立て直しに成功。

そのように、現時点でもギリギリの状態だ。

だからこそ改造魔獣の対応に当たるのは最低限が好ましく、多少意識を外しても運用が利く使役系の二人こそがベストといえた。

「さて、ソウルハウルよ。初撃は頼んだぞ」

「ああ、任せとけ」

そう言葉を交わしながら、城の後方へと意識を向け直すミラとソウルハウル。

対するは、本来ならば二人だけでは対応しきれないような三体の魔獣。しかも改造されているとあって、そこに秘められた力は未知数だ。

更に迫る敵の中には、レッサーデーモン三体も存在する。

黒悪魔の従者として暗躍するレッサーデーモンもまた、何かと面倒な能力を持っている事が多い厄介な相手だ。

けれども使役系である二人が組めば、その不利を補える可能性は十分にある。術者本人が非力な分、それこそが使役系の強みともいえた。

なお、ミラは例外である。

「さて、始めるとしようか」

改造魔獣達との距離が残り百メートルを切ったところで、ソウルハウルの言葉と共に城壁の砲台が一斉に火を噴いた。

轟音を伴い放たれた砲弾は、そのまま改造魔獣とレッサーデーモンがいる辺りに着弾していく。

「では頼むぞ、アイゼンファルドや。全力でのぅ」

「さあ、行っておいで、イリーナ」

改造魔獣に対応するための《軍勢》は、その数ゆえに展開まで暫くかかるが、指揮をヴァルキリー姉妹に任せてあるため問題はない。

ゆえに最初の足止めとして、二人は初手より最大戦力を戦線に投入した。

もうもうとした爆炎の中から姿を見せる改造魔獣とレッサーデーモン。

その進行先に降り立つ、アイゼンファルドとイリーナ。

イリーナは対魔獣用装備へと換装されており、巨大な戦斧を手に佇む姿は、歴戦の魔獣狩りといった迫力があった。

その隣に立つのは、人の姿をしたアイゼンファルドだ。

完全武装のイリーナと並んでいるためか、軽装のアイゼンファルドは迫力に劣る。

けれど、ここから始まる戦いは、ほぼ足元を注意する必要のない戦いとなる。ゆえにミラから全力でと言われた今、アイゼンファルドは皇竜の姿へと戻った。

相手は二人だけ。そう思っていたのだろう、薄ら笑いを浮かべていた三体のレッサーデーモンは、突如として現れた皇竜の姿を前にして戦慄したように立ち止まった。

それは最早、迫力がどうこうというものではない。畏怖を孕む存在感の為せる業である。

そこへ一足飛びに迫ったのは、イリーナだ。そのまま戦斧を振り下ろして、瞬く間にレッサーデーモンの一体を斬り裂いていた。

更に残る二体もまた、アイゼンファルドが放った縮小版のドラゴンブレスによって直後に消し飛ぶ。

何かと厄介なレッサーデーモンだが、ミラとソウルハウルが誇る最強を前にしては為す術などなかった。

それから更に厄介な怨念体が出現したが呪えるものが近くになかったためか、そのまま消滅していった。やはり特殊なのか、改造魔獣は呪いの対象外だったようだ。

だが次の瞬間、三体の改造魔獣が急激にもがき始めたではないか。

どうやらレッサーデーモンが制御の役目を担っていたようだ。それが完全に失われた事で、これまで大人しくしていた改造魔獣が暴れ始めたわけである。

「成功じゃな」

「ああ、思った通りだ」

ただ暴走するまま、理性も制御も失った改造魔獣は闇雲に襲い掛かってくる。

それを前にして、にたりと微笑むミラとソウルハウル。どれだけ強い力を秘めていようと、理性や戦略がなくなってしまえば、対処も容易いというものだ。

そして二人は、そういった部分をレッサーデーモンが補っているのだろう事を予想していた。

その理由は、立ち位置だ。本来ならば強者の陰に隠れているレッサーデーモンが、改造魔獣の前方にいた。それはつまり、そのようにしなければ誘導が出来ないほどに、改造魔獣の思考力が失われていた証と言える。

だからこそ先制して頭脳役となっていたレッサーデーモンを倒した事で、改造魔獣の危険性を大幅に減少させられたのだ。

「さて、早めに片付けるとしよう。あの時よりは、ずっと楽じゃろうからのぅ」

「ああ、マキナガーディアンに比べれば、どうって事なさそうだ」

何よりもレイド級を二人で撃破したという実績と経験が、この場面で大きく活きた。互いを知っているからこそ、動きもまた見えてくるものである。

アイゼンファルドとイリーナ、そしてヴァルキリー姉妹が率いる《軍勢》は、暴れ回る改造魔獣を相手に激しくぶつかり合った。

制御が外れたとはいえ、その力はずば抜けたものがあり、改造魔獣の一撃は極めて重い。

アイゼンファルドの防護に加え、《軍勢》もまた百、二百と圧し潰されていく。

けれども、ミラ達の勝利は揺るがなかった。

見事に尻尾の一撃で改造魔獣の足元を崩したアイゼンファルド。そのまま伸し掛かるようにして押さえつけるなり、ゼロ距離でのドラゴンブレスを炸裂させる。

「よし、そこじゃ！」

地面が抉られ飛ぶと共に、頭部もまた消し飛んだ事でバリアントレックスの活動は停止。アイゼンファルドは、そのままイリーナの援護に入った。

「ああ、素晴らしいよイリーナ、もう立派な魔獣狩りだ」

小さな身体ながら、大型の改造魔獣ナイトロードディシスと互角に渡り合うイリーナ。

激しく打ち合うその姿は、鬼気迫るほどに力強く、それでいて儚さを帯びた美しさを内包していた。

ただ相当に外皮が硬いようで、イリーナの戦斧を以てしても斬り裂くまでには至っていない。

そこへ飛び込んだアイゼンファルドが、改造魔獣に意識外からの一撃を炸裂させる。

改造魔獣は余程イリーナに執着していたのか、その一撃はダメージ以上の影響を与える事に成功し、これでもかというくらいの隙を生じさせた。

そしてソウルハウルが、その一瞬を見逃すはずもなかった。

城壁の砲門より一発の砲弾が放たれると、それは改造魔獣の顔面に直撃する。

しかし、どれだけ面の皮が頑丈なのか、さして効いた様子はない。けれど、その衝撃によって大きく仰け反った事で首元が露わになった。

瞬間、イリーナが跳躍する。そして、その首筋目掛けて巨大な戦斧を振るった。

「何とも豪快じゃのぅ」

「そこがまた、イリーナの魅力さ」

小さな身体で振るわれる巨大な戦斧。その刃は鋭く、そして凄惨にナイトロードディシスの首を斬り落とした。

どすりと落ちる首と、噴き出す血飛沫。そして何事もなかったかのように、その中で佇むイリーナの姿。

さしものミラも苦笑するような光景だが、儚げなイリーナと惨劇のような場面が合わさるコントラストが堪らないのだと、ソウルハウルは語る。

彼が言うに、血と死と美女の組み合わせこそ完成した美しさの一つであるそうだ。

「ふむ、さっぱりじゃな」

その感性は理解出来ないと聞き流したミラは、最後に残った改造魔獣へと目を向けた。

ヴァルキリー姉妹と《軍勢》が相手にするのは、ディグリーズロッチズ。

改造の影響か、無数の触腕には本来なかった鋭い爪が生えていた。そしてその触腕を力任せに振り回し、《軍勢》を薙ぎ払っている。

生半可な攻撃では弾かれてしまうほどの勢いであり、接近すらも許さぬというほどに苛烈な攻防一体の暴れっぷりだ。

弓隊が放つ矢も、台風の如く暴れ回る触腕によって無造作に叩き落されていた。

そんなディグリーズロッチズを相手に、ヴァルキリー姉妹達はよく耐えているものだ。

耐えて耐えて、遂に反撃の時が来る。

城壁からの一斉砲火によって、半数の触腕が防御に回った。

そうして生じた僅かな隙間にイリーナの投擲した戦斧が入り込み、本体を直撃。その体勢ごと崩す事に成功。それと同時に触腕の動きが若干鈍くなった。

「クリスティナデストロイスラーッシュ！」

満を持して飛び出したのはクリスティナだ。

エギュールゲイドの死骸を見張っていた彼女だが、特別に合流。

見張り役をサラマンダーと代わったクリスティナは、ここが今回最後の活躍の場だと見極めるなり、ご自慢の必殺技を繰り出した。

その名は、クリスティナデストロイスラッシュ。はて、クリスティナをデストロイするのだろうか。

そのようにも聞こえてしまう技だが問題はない。

クリスティナが振るった剣から放たれた無数の光刃が、触腕をずたずたに穿つ。

するとディグリーズロッチズが叫んだ。痛みを訴えるかのように、そして怒りを露わにするかのように。

けれど、その叫びを聞く者はなく、クリスティナの後に畳みかけるようにして姉達が動いた。

「それでは、これを試させていただこうかしら」

僅かに動きの鈍くなった触腕。そこを穿った傷を抉るようにして、エレツィナの放った矢が突き刺さり爆散した。エレツィナが得意とする爆裂のエンチャント矢だ。

その効果は絶大であり、触腕の一本が千切れ飛ぶ。

そうして空いた防御の隙間に飛び込んでいくのは、エリヴィナとフローディナだ。

「クリスティナが起点とか、何だか釈然としないんだけど」

「そんな事を言っていないで行きますよ」

触腕の暴風圏を抜けた二人は、そのまま素早く最短で駆け抜けてディグリーズロッチズの両目を斬り裂いた。

再び響く叫び。それを合図にするかのように、今度はセレスティナが飛び出す。

「決めてみせます！」

その気配に反応したのか、触腕で迎撃を試みるディグリーズロッチズ。けれど目で捉えられないために正確性が乏しく狙いも曖昧になっていた。

だからこそセレスティナは容易にそれを躱し、すれ違いざまに数本を斬り落とすという芸当をやってのける。

しかもセレスティナの番は、まだ終わらない。

「私にも必殺技があるんだから！」

全ての武器を使いこなせるがゆえに、必殺技を必要としていなかったセレスティナ。

けれどクリスティナの活躍に負けてなるものかと特訓を重ねた末に、彼女なりの必殺技を編み出していた。

それは、ミラに相談したからこそ生まれた技だ。

「いきます！」

セレスティナは、より一層の気合と共に短剣を投擲する。

扱い易い小型の短剣は、目に見えぬほどの速さで空を切り、ディグリーズロッチズの中央部に突き刺さった。

ただ相手の体格に対して、短剣が与えた傷は軽微なもの。ほぼダメージなどないのか今度は叫び声も上げげず、触腕を振り回し続けている。

セレスティナは、時折迫る触腕を躱し斬り裂き、二本、三本と短剣を投げつけた。

そして五本目も突き刺さったところで身を翻して距離を空けると、そのまま高く空へと跳躍する。

ディグリーズロッチズの頭上、触腕の届く範囲よりも更にずっと高くまで舞い上がったセレスティナは、そこでいよいよ本命の武器を取り出した。

光の粒子が集まり形作るのは、巨大な斧。

いや、むしろそれはギロチンの刃の如くシンプルでいて、断つ事のみに特化した形の鉄塊といっても過言ではなかった。

セレスティナの背丈を遥かに上回るどころか、全長にして十メートルはあろうかという巨大な刃。巨人とて、武器として使えないだろう代物だ。

そのようなものを出してどうするつもりなのか。

ミラが期待するように見守っていると、セレスティナは、その刃の背の部分に足を乗せて言い放った。

「これが私の、真・巨獣狩りです！」

重力に引かれて落下すると共に加速したセレスティナの手には、何やら光の糸のようなものがちらついていた。

それは、先程投げた短剣に繋がる糸だった。

短剣は、ディグリーズロッチズの中心部近くに突き刺さっている。そして糸は、正確にその場所へと誘導するための導線であるわけだ。

糸を引く事で更に加速していく巨大な刃は、強靭な触腕の守りを容易に切断して、その中心部へと迫る。

そしてセレスティナの巧みな操作によって、見事にディグリーズロッチズの脳天よりその体を真っ二つに斬り裂いていった。

地面にまで刃が届いたところで、軽い地響きと共にディグリーズロッチズが、二つに割れて地に伏せる。もはや、確認すら必要ないだろうほどの即死ぶりだ。

「よもや真っ二つとは……とんでもない切れ味じゃのぅ」

その必殺技は、繊細でいて豪快。ミラは魔獣クラスがこうも綺麗に頭から割れるような事になるとはと驚き、同時に喜んだ。見事な必殺技を完成させたものだと。

「いかがでしたでしょうか、主様！」

完璧に決まった事もあってか、期待に満ちた顔のセレスティナ。

ただ、真っ二つになったディグリーズロッチズの間から出てきた彼女の姿といったら、それはもう酷い有様であった。

あっという間に斬り裂くばかりか、セレスティナはその刃と共にど真ん中へと突っ込んだのである。つまりは、返り血のシャワーの中にいたようなものだ。ゆえにセレスティナは、頭からつま先まで魔獣の血に塗れていた。

それでいて、はつらつとした様子なのだから猟奇的な印象すら覚えたところで仕方がないというものだ。

「う……うむ、実に素晴らしい一撃じゃったぞ」

とはいえ、かのディグリーズロッチズを一撃で両断したのはお手柄だ。

ミラはその点をしっかりと褒めた後に、付け足すようにして続けた。

「――じゃが、防護膜は悪性のもの以外は防げぬからのぅ。もう少し調整した方が良いじゃろうな……」

毒液などの類であれば召喚時の術式に組み込まれた防護膜が反応してくれるが、ディグリーズロッチズの血は無害だったために、セレスティナの全身に染みている。

本来ならば、魔獣を倒した英雄の凱旋といった絵面になるはずが、今はどこか悪役的な印象が強めだ。

「え……？　あっ！」

よほど必殺技をミラに見てもらいたかったのか、セレスティナは言われるまで自身の状態に気づいていなかったようだ。血塗れになった鎧や髪を見て驚くと共に、「嘘でしょー！」と叫びながら天を仰ぐ。

セレスティナの新必殺技。それは完成したばかりというだけあって、まだまだ改良の余地があるようだ。

〈17〉


三体の改造魔獣を処理し終えたミラとソウルハウルは、城の裏側より再び主戦場の陣営に戻りルミナリアらと合流した。

ヴァルキリー姉妹と《軍勢》は一度城内に入ってから整列し、残存戦力の確認中だ。

またアイゼンファルドはというと再び人の姿となり、ミラの隣でどんと構えていた。今度は、ソウルハウルの護衛として佇むイリーナに感化された様子だ。

「して、どんな状況じゃ？」

「変化はあったか？」

戦況はどうかと尋ねてみたところ、少々防戦寄りになっているとルミナリアは答えた。

「もともとギリギリだったからな。一気に斬り込まれないようにするのが精一杯だ。直ぐに支援してくれ」

そう言いながら魔術による援護射撃を行うルミナリア。ソウルハウルの砲撃に代わりルミナリアが援護する事で、どうにか敵の勢いを抑えていたようだ。

攻撃役であるルミナリアが援護に回ったため、その分の攻撃力が不足して攻め切れなくなったというわけだ。

ただでさえグランデ級を相手にギリギリか、少々不足といった人数である。一人が担う役割は相応に重かった。

そしてソウルハウルの的確な砲撃支援と陣地操作は、反撃のきっかけや態勢の立て直しにおいて重要な要素。ゆえに今は、相手が一気呵成《かせい》に攻め始めた勢いを断ち切れずにいる状況だという。

「ああ、直ぐに始めるとしよう」

手早くイリーナの換装を済ませつつ前線の様子を確認したソウルハウルは、言葉通りにすぐさま支援砲撃を開始した。

防戦一方のノインと、牽制されて近づけないゴットフリート。

果敢に攻めるメイリンとラストラーダにアルフィナだが、強力な公爵二位の魔法によって迎撃されている。

サイゾーもまた常に位置を把握されてしまっており、得意の隠遁技を使えない状態にあった。

「さて、反撃だ」

十分な砲撃支援さえあれば反撃の余裕も、接近する機会も生まれる。

ルミナリアが攻撃に注力出来たのなら、その強力な魔術攻撃に対抗するため、公爵二位は防御に魔法のリソースを割かなければならない。

また、砲撃の爆炎と轟音は、姿を紛れさせるのに丁度いい目眩ましとなった。

城壁より支援砲撃が再開されるなり、ノイン達は徐々に攻勢へと盛り返していく。

それぞれが担う役割がはっきりしているからこそ、それがぴたりと嵌った時の効果は目に見えるほどに表れるものだ。

しかし、優勢を取り戻したと思った数分後の事。

「ふーむ、ちと厳しそうじゃな……」

ルミナリアの攻撃支援。アルテシアの回復。カグラの遊撃と補助。ソウルハウルとエリュミーゼの地形操作と砲撃。そしてミラとレティシャ、パムによる強化。

後衛陣の支援は、全てが理想的に行き届いている状態だ。

しかし戦況に乱れが生じ始めていた。徐々にノインが押されだしたのである。

「あらあらノイン君、ちょっと疲れているみたい」

回復のためにノインを中心に見ていたからか、アルテシアがいち早くその変化に気づいた。

そう、スタミナ切れだ。常に公爵二位の正面に立ち、その猛攻を一身に受け続けていたノイン。

加えて、ミラとソウルハウルが改造魔獣と戦っている間、不足した戦力を補い仲間を守り通したのは、盾役のノインの尽力があってこそだ。

だが、そこまで踏ん張ったからこそ、彼は多くのスタミナを消費してしまった。

結果、ノインの守りが間に合わない事が多くなり、ゴットフリートとラストラーダへの痛烈な一撃が決まる。

ノインだけでなく、前線で戦う全員もまた消耗気味のようだ。

「少し休んでもらった方が良さそうね」

「うむ、そうじゃな」

カグラの言葉にミラもまた同意する。このまま戦闘を継続した場合、ノインに続き前衛陣も崩れてしまう事になると。

ゆえに一度、彼らを休ませる必要がある。中でも特にノインのスタミナ回復は必須だ。

だが彼の代わりに盾役を務められる者など、そうはいない。公爵二位が相手ともなれば尚更だった。

「お、少し様子が変わったな」

ふと、そんな言葉を口にしたルミナリア。

見ると、前線での立ち位置に変化があった。あちらでもノインのスタミナ切れを考慮したのだろう、彼に代わるようにして公爵二位の正面に立つ者が一人いた。

「さあ、勝負ネ！」

メイリンだ。仲間達の事を思ってか。それとも単純に公爵二位と真正面から戦いたかっただけか。それはもう、ここぞとばかりにタイマン勝負をふっかけていた。

こんな時でもメイリンは、いつも通りのようだ。

とはいえ今は丁度いい。売られた喧嘩は何とやらか、それとも爵位持ちの流儀とでもいうのか、相手がその誘いに乗ってきたではないか。

前衛陣を休ませる準備に加え、ゴットフリートとラストラーダを治療する時間も必要となる今、この展開は好ましい状況といえた。

後は、どれだけメイリンが時間を稼いでくれるかだ。

ミラはレティシャに歌ってもらう曲をスタミナ回復に変更してもらいつつ、ヴァルキリー姉妹に指示して《軍勢》を動かし始める。

メイリンに続く戦力の投入によって、より時間を稼ごうという算段だ。

「わりぃ、しくった」

「見事な反撃だったな！」

そうこうしている間に、ゴットフリートとラストラーダが戻ってきた。メイリンと公爵二位のタイマンが始まったところで、早々に撤退したのだ。

遠距離からの治療に定評のあるアルテシアだが、やはり近くにいる方がより効率が良いからだ。

「いいのよ、いいのよ。どれだけ怪我をしても治してあげるわ。だけど無茶はしちゃだめよ」

聖術によって二人の傷を癒していくアルテシア。

その腕前は大陸一であり、即死さえしなければ万全にまで治癒出来ると言われるほどだ。

とはいえ流石のアルテシアでも、一瞬でというわけにはいかない。特に深手ならば尚更だ。

(何ともまた、酷い傷じゃな。武装召喚がなければ、わしなど一撃かもしれんのぅ……)

強固な武具を身に着けたゴットフリートでも、先程の一撃で数本の骨を折られるほどの怪我を負っていた。

ラストラーダもまた、降魔術による防御が間に合ったにもかかわらず、片腕がぽっきりとやられている。

ただ、それでいて二人がケロリとしているのは、痛みを和らげるパムの新たな精霊魔法によるものだ。

「じんわりと痛む程度で済むってのはいいな。集中力を切らさずに済んだからな！」

「怪我の具合がわかり辛くなるのが難点じゃがな」

素晴らしい精霊魔法だと称賛するゴットフリートに、欠点もあると答えるミラ。痛みが鈍くなるというのは、それだけ身体の限界が計り辛くなるという事でもあると。

あくまでも、治療を受けに戻れるための保険というわけだ。

ミラは回復していく二人の状態を前にして公爵二位という脅威を改めて実感した。これだけの支援を重ねて、ようやく勝機が見えるかもしれないような相手なのだと。

ただ実感すると共に、内心でふつふつと燃え上がり始めてもいた。

(相手が相手じゃからな、全力を超えていくしかないじゃろう！)

今は、いつでもメイリンと代われるように、アイゼンファルドと《軍勢》を控えさせている。

だが相手は公爵二位だ。アイゼンファルドといえど、召喚時の防護によって幾らか力が抑えられてしまっている今では分が悪い。

ヴァルキリー姉妹が指揮する《軍勢》とて、公爵二位が相手ともなると、どこまで持ち堪えられるかは未知数だ。

果たして、ノイン達が万全になるまで回復し切れるだろうか。

そう考えたミラは、より強敵を想定して練っていた召喚術の運用のあれこれを出し切っても問題ない場面なのではないだろうかと、実験魂を疼かせ始めた。

既に検証は何度も行っている。後は実戦にて、どこまで通じるのかを確かめるのみという策が幾つもあった。

加えて、限定的ながらも十分は確実に稼ぐ事が出来る切り札もまだ残したままだ。

と、そうこう考えている間にもメイリンと公爵二位は激戦を繰り広げていく。

（いやはや恐れ入る。あやつ、数段と腕を上げておるな。修行だ何だと言うておるのも伊達ではないのぅ）

互いに引かず、数十、数百と打ち合う両者。よく見ても掴み切れないほどの技の応酬。さながら格闘漫画のような光景が繰り広げられているのを見つめながら、ミラはほとほと感心したように笑う。

技だけでもって、こうも公爵二位に拮抗出来るものなのかと。

そのようにしてぶつかり合うメイリンと公爵二位。ただ、その戦いにも終わりが近づいてきた。

ぶつかり合っては削り合い仕切り直すを繰り返す事、十四回。

共に次で決着だと悟ったのか、両者の間に漂う空気が急激に凍てついていく。

見合ったまま構える公爵二位と、深く息を吐き出すメイリン。

張り詰めた緊張の中、風すらも凪いだ一瞬。状況は、刹那のうちに動いた。

メイリンと公爵二位の姿が掻き消えたかと思った次の瞬間だ。幾重にも連なった衝撃音と振動が轟いた僅かの後、まるで立ち位置を入れ替えたかのように両者は背を向け合う形で姿を現したのだ。

「これは何とも……」

一瞬のうちに交差するという、かの名シーンをこの目で見る事になるとは。そう驚くミラは、それでいて緊張の面持ちで勝負の行方に目を凝らす。

「こんなに胸が躍ったのは久しぶりだったヨ……」

先に膝をついたのは、メイリンの方であった。相当な深手を負ったようで、嬉しそうに笑いながらも額に汗が滲んでいた。

「よもや人の身でありながら一人でここまで抗うとはな、恐れ入った」

対して公爵二位はというと、満足そうに立っていた。とはいえ、メイリンに撃ち込まれた一撃が相当に効いているようで、その顔には苦悶が浮かぶ。

しかもそれだけに留まらない。公爵二位が止めと振り返った時だ。その手にしていた大剣が真っ二つに折れたではないか。

ノインの盾を幾度と打ち付け、ゴットフリートの特大剣と斬り合った大剣。かなりの業物であったはずの剣が、見るとボロボロになっていたのだ。

「なるほど……してやられたか」

剣の柄を投げ捨てた公爵二位は、見事だとメイリンに賛辞を送った。

相手が行動不能になるだけの一撃を決める事は出来たが、攻撃の要ともいえる大剣を失った。ゆえに、この勝負は引き分けだと公爵二位は笑う。

「あの様子じゃと、支援を切っておるな」

決着を見届けたミラは、同時に呆れたように苦笑する。

公爵二位の一撃は余程だったのだろう、珍しくその顔に苦悶を浮かべているメイリン。

一対一で勝負をするとなった際、メイリンはそれこそ己の力のみで戦うために仲間からの支援効果を全て拒否する事があった。表情を見るに今回もまた、そのようだ。痛みを和らげるパムの魔法が効いていない。

だが今は、それでよしとも言える。

「さて、交代じゃ。続いては、わしらの出番といこうかのぅ」

メイリンと公爵二位の勝負は引き分けで決着したという事で、このまま下がってもらうべく《軍勢》を動かすミラ。

「うう……わかったヨ」

メイリンの事である。もしも痛みが和らいでいたとしたら、きっと第二ラウンドだといって再び挑み始めただろう。だからこそメイリンには、治療を受けさせるために痛みがあった方がいいというものだ。

「次は、お前達か。これだけの数による戦力をこうも容易く展開するなど、まったく予想外だった」

エリュミーゼのマッドゴーレムがそっとメイリンを運んでいく中、入れ替わるようにして前に出たのはヴァルキリー姉妹と《軍勢》だ。

数で押せるだけの量が揃っていた魔物達を相手に、真っ向から数を揃えて押し返した《軍勢》の存在は、公爵二位にとっても予期しえなかったようだ。

実際のところ、どこから連れてくるでもなく千もの騎士をその場に並べるなど、相手からしたら反則もいいところであろう。

だからこそ公爵二位は忌々しげに《軍勢》を睨むなり、そのまま戦闘を開始した。

「さて、今のうちじゃな」

たとえヴァルキリー姉妹に率いられた《軍勢》であろうと、公爵二位が相手では壊滅も時間の問題だ。

対して現状はというと、ゴットフリートとラストラーダは完治し、続きアルテシアがメイリンの治療を始めたところだ。

しかし傷は癒えたものの全員スタミナの消耗が激しく、まだ万全という状態ではなかった。もう幾ばくかの時間を稼ぐ必要がありそうだ。

「このあたりが限界かのぅ……」

ヴァルキリー姉妹が率いる《軍勢》と公爵二位との戦いが始まってから、三十分ほどが経過した。

一撃にて《軍勢》を薙ぎ払っていく公爵二位に対し、陣形と戦術を以て対抗するミラ達。

一体ではなく複数体で攻撃を受け止める事により突破を防ぎ、セレスティナらが波状攻撃を仕掛ける事で攻撃を分散。弓隊の一斉射で敵の勢いを削いでいく。

されども公爵二位の脅威は、留まるところを知らない。万全に構える《軍勢》を、その圧倒的な力でもってねじ伏せていった。

両雄の戦いは、さながら戦争そのものともいえるほどに激しいものだった。

そしてグランデ級にもなる公爵二位が相手だけあって、さしものミラとて戦線を維持し続けるには限界がある。

まだ八百近くは残っていたはずの《軍勢》は既に数えるほどとなり、奮闘しているヴァルキリー姉妹もまた満身創痍だ。

唯一、アルフィナだけが気丈に相対している状態である。

とはいえ、本来ならば最上位プレイヤー十数人で互角と言われる敵を相手にして、ここまで凌いだのだから十分な成果とも言えるはずだ。

事実、ミラ達が稼いだ時間によって他の仲間達が万全に整っていた。これならば切り札の方は、まだ温存しておいてもよさそうだ。

「もう十分だ。このまま俺が引き継ごう」

そう言ってキャッスルゴーレムより飛び出していくノイン。疲労など一切感じさせない足取りで駆けていく。

「司令官は休んでいてくれな」

「さて、作戦その二の開始だぜ」

「流石は軍勢殿。安心して休めたでござるよ」

続き、ラストラーダにゴットフリート、サイゾーが戦線に戻っていく。

体力だけでなく気力も充実した様子であり、その足取りは軽やかでいて力強いものだった。

「あの《軍勢》、今度、わたしも手合わせさせてほしいヨ!」

進化した《軍勢》の戦いぶりを見たからか、メイリンはそんな事を言い残して元気よく飛び出していった。

ノインを筆頭に、一度立ち会ったが最後、二度目以降の試合は拒絶される事の多い《軍勢》なのだが、メイリンにとってはやり甲斐のある相手のようだ。

「うむ、幾らでも良いぞ!」

そしてミラもまたそういった相手が少ない事もあってか即答である。

そんなメイリンに続いて『試したい術がある』などと言い出したルミナリアとソウルハウルに、

「あ、私もー」と便乗するカグラ。

かつてはそうして九賢者同士で実験的に試合を重ねて研鑽したものだ。

「構わんぞ、わしもじゃ」

これまでにも色々と試したが、まだまだ実験したい事は残っていた。だからこそミラもまた、最上級のマナポーションを飲み干すなり不敵に答える。

互いに互いを利用して高め合う。そんなマッド気質な一面を垣間見たエリュミーゼは、だからこそ九賢者は大陸最強と謳われ、銀の連塔こそが最大の研究機関とされているのだと理解する。

また同時に、喰らい合うかのようにも感じられる四人の雰囲気にドン引いてもいた。

〈18〉


「もう全回復といったところか……。これだから群れる人間というのは面倒だ」

僅かに残った《軍勢》を送還しヴァルキリー姉妹らも呼び戻したところで、ノイン達が入れ替わるように前線へと並ぶ。そんな彼らを前にして、公爵二位は嘆息するように呟いた。

個では公爵級に敵わずとも、数が揃えばこれを覆すだけの力を秘めるのが人間というもの。嫌というほどにそういった場面を見てきたと忌々しげにぼやいた公爵二位は、「だが、だからこそ潰し甲斐があるというものだ」と笑った。

ただ、そうして始まった二戦目はミラ達側の優勢で推移していた。

ミラが時間を稼いでいる間に傷も体力も完全に回復した事に加え、公爵二位を攻略するための作戦や道具類の準備なども整えられたからだ。

しかも、それだけではない。たっぷり落ち着けた事で、《軍勢》を相手に暴れる相手の動きを観察出来たのも大きい。

「おっと、そうくると思った！」

僅かな仕草から放たれた炎弾を素早く受け止めて弾き返すノイン。今のノイン達は、公爵二位の動きの癖や得意な技に魔法といったものまでも、しかと把握していた。

加えて、メイリンが大剣を折った功績も大きい。

それらが合わさった事で、遭遇と同時に始まった一戦目に比べてずっと戦い易そうである。

なお、それらの有利を得るために奮闘したヴァルキリー姉妹は、キャッスルゴーレム内にある一室にて休憩中だ。公爵二位を相手に消耗させただけあって、彼女達もまた限界と言ってもいいほどの消耗具合だった。

ただそれでいて、次に備え窓から敵側の観察もしているあたり、彼女達もなかなかに好戦的である。

そんなヴァルキリー姉妹の貢献もあり、完全復活したノイン。強力な魔法の前兆があれば割って入りこれを受け切り、更に後衛陣への攻撃もまた全てを防ぐ活躍ぶりである。非常に頼もしい盾役だ。

「もっと速く出来るヨ！　どうするネ？」

「ああ、いいぜ、ついていってやるさ！」

メイリンとゴットフリートは攻撃の要として、着実に公爵二位へダメージを与えていく。

また、公爵二位とて無視出来ない攻撃力を持つ二人だからこそ注意を引き付ける事が可能で、相手が集中出来ないようにと常に素早く動き回っては隙を窺っていた。

「こっちは四体だ！」

「拙者も四体でござるよ！」

ラストラーダとサイゾーも、より複雑なコンビネーションを発揮していた。

それでいて張り合うように幻影と分身を生み出しては翻弄し、隙を誘ってからの奇襲を仕掛ける。

相手にしてみれば非常に煩わしいだろう策で立ち回っていく。

更には、そのように前衛陣が巧みに気を逸らしたところで、後衛陣からの強烈な支援攻撃が降り注ぐという具合だ。

ミラ達は公爵二位という大物の黒悪魔を相手にしながらも、順調に戦闘を進められていた。

消耗具合は相手側の方が激しい。このままいけば、十分に押し切れるだろう。

しかし、かの公爵二位が現状のまま甘んじるはずもなかった。

「まったく見事だ人間ども。このままでは、こちらが敗北するのも時間の問題か」

数合斬り合ったところで大きく飛び退いた公爵二位は、自身が劣勢である事を冷静に判断するや否や、そう言って笑ってみせた。

それでいて負けを認めながらも勝ちは譲らぬといった態度で、どこかに隠し持っていたそれを取り出す。

「どれ、ここは一つ、今より不利となる前に切り札の一つを切らせてもらおうか」

公爵二位が手にしたものは、黒い液体で満たされた謎の小瓶だった。

「そいつはさっきの……!?」

ノインは一目見た瞬間に、それが凝縮された魔属性であると察した。つまり悪魔にとっては、力の源にも等しいといえる代物だ。

「あれは、もしや!?」

そして、それを目にしたミラの脳裏にもまた、ある可能性が過ぎっていた。もしかしたら、話に聞いたあの時と同じものなのではないかと。

それは、魔除けのお守りの騒動について、後にヴァレンティンから色々と聞かされた時の事だ。話の中に、それと似たようなものが存在していた。

あの騒動の最後。かの村にいた黒悪魔ライアフレーベンは、小さな瓶に入っていた黒い液体を飲み干し、莫大な力を得たという話だ。

もしも同じものだとしたら。何よりも公爵二位が、そのようなものを使ったとしたらどうなってしまうというのか。

ゆえにミラは瞬時に黒剣の雨を差し向けた。

更にノインも、公爵二位がそれを使うのを阻止するために飛び出す。続き状況を察したサイゾーとラストラーダも動き、カグラとルミナリアも妨害のための術を放つ。

だがここで、相手が大きく飛び退いていた効果が存分に発揮される。

公爵二位が黒い液体を飲み下すには一秒もあれば十分で、その一秒では間に合わないだけの絶妙な距離がそこに広がっていたのだ。

敵は、公爵級黒悪魔。油断など出来ない相手だからこそ詰め切らず、慎重に対応した結果生じた距離だった。

「────……」

黒い液体を飲み干した公爵二位がにまりと笑った直後に、黒剣の雨とサイゾーの手裏剣、更にはラストラーダの雷撃が直撃する。続けてカグラとルミナリアの術も炸裂し爆炎が上がった。

「間に合わなかったか……！」

どの攻撃も間に合わなかった。その様子をしかとその目で確認していたノインは、その場で立ち止まり素早く大盾を構え次の動向に備えた。

魔属性の液体を飲み込んだ公爵二位は、次にどうするのか。誰を狙うのか。どの瞬間に仕掛けてくるのか。

「さぁ……いつでもこい」

どのような攻撃がこようとも、この盾の後ろには通さない。そう決意して、もうもうと上がる爆炎を見据えるノイン。

またゴットフリートらも、いつ相手が飛び出してくるかわからぬ状況に緊張の色を浮かべる。

だが、公爵二位は攻撃を仕掛けてはこなかった。

爆炎に隠れた今こそ不意を突く好機だというのに、かの者はただその場に佇み、もうもうと舞う爆炎が風に消えていくまで待っていたのだ。

そして、いよいよ姿が見えたところで両手を広げ「素晴らしい！」と叫んだ。

「どうだ、わかるか人間よ。この漲る力が！　溢れるマナが！　何という充足感、何という高揚感。これほどの効果とはな！」

愉悦に歪んだ顔で笑う公爵二位の姿は、先程までとは違っていた。

その体格は一回りほど肥大して、更に表皮も一層厚くなったように見える。

加えて何よりも纏う雰囲気と、身体から滲みだすマナが、もはや尋常の域を超えているではないか。

そのプレッシャーは公爵一位に匹敵するのではとすら思えるほどであり、ミラ達の間に更なる警戒が奔った。

瞬間、公爵二位が踏み出したかと思えば、その拳は直ぐノインの目と鼻の先にまで迫っていた。

「とっ……！」

鋭い金属音が響くと共に、公爵二位の拳が止まる。

油断なく構えていた事もあり、ノインはその一撃を大盾で完全に防いでいた。

それは生半可な聖騎士ならば、盾諸共に殴り飛ばされていたであろう一撃だった。けれどもノインは持ち堪えた。むしろ彼でなければ、それを受け止めるなど敵わなかったであろう。

「な……に!?」

だが、それでいてその言葉を発したのはノインだった。

受け止めたはずの拳は、まだその力を失ってはいなかったのだ。徐々に、しかし劇的に公爵二位の拳が勢いを増していく。

ノインは、それに対抗して押し返す。けれども膂力と重量の差ゆえか、単純な力比べとなった今は分が悪い。

刻一刻と押されていくノイン。

その直後――

「こいつはどうだ！」

一足で踏み込んだゴットフリートが、公爵二位の首に特大剣を振り下ろしたのだ。ノインとの力比べで動かぬその首は、それこそ狙い易い的であった。

しかも、それだけではない。続けざまにメイリンの跳び膝蹴りが公爵二位の脇腹に炸裂し、ラストラーダの連射した鋼糸弾は背中、サイゾーの一太刀は両足の腱を的確に捉えていた。

まるで合わせたかのように決まった、完璧なコンビネーションだ。しかもそれぞれが、上位の中でも一握りに数えられる猛者達の一撃である。

どれだけ屈強であろうとも、これだけの攻撃を受けて無事なはずはない。

事実、装甲を増した公爵二位の身体には、しかと傷が穿たれていた。

けれども、それでいて相手の勢いは止まらなかった。

「ぬぅん！」

受けた傷など意に介さず、そのまま拳を振り切ったのだ。

「なっ――！」

それは拳撃というよりは、もはや投げ技に近いものだった。公爵二位が突き出した拳は、まるで押し出すようにしてノインを空へと突き飛ばした。

「さあ、どうする!?」

盾役が宙を舞う今、後衛陣への絶対の護りは失われた。

公爵二位はその両目を鋭く輝かせると、一切の迷いもなく次の一歩を踏み込んだ。

その一歩は大地を揺らすほどに激しく、またその衝撃はゴットフリート達の体勢をも揺るがせる。ゆえに誰一人として、その跳躍を止められる者はいなかった。

後衛陣へと迫る公爵二位。黒い液体によって強化され、ノインすらも押し切られる爆発的な力を得たその敵を相手に接近戦ともなれば、後衛陣では分が悪い。

セイクリッドフレームを纏ったミラであっても、打ち合えて一、二回が限度だろう。それほどまでに公爵二位の力は増していた。

「ここから先には通しません!」

「――――!」

公爵二位が後わずかでミラ達に届こうかという刹那だ。気合を入れて護衛していたアイゼンファルドが、今こそと飛び出した。しかも腕だけを先に竜の姿に戻しての一撃というおまけ付きだ。

青年が向かってきたと思ったら目の前を竜の爪が覆う。相手もこれには度肝を抜かれた事だろう。

直撃を受けた公爵二位は、その勢いと威力も相まって地面に叩きつけられていた。

アイゼンファルドは、そこへ更に追撃を仕掛ける。皇竜の姿に戻ると同時に、その鉄柱の如き尻尾を振り下ろしたのだ。

「ぐっ……あの巨大な竜がどこにいったかと思えば……貴様も人に化けられる類だったか」

公爵二位の目の届かぬ場所で変身していた事が功を奏したのか、アイゼンファルドの攻撃は見事に敵の虚を衝いた。

けれども、それでいてなお公爵二位は凌いでみせる。両足を地面にめり込ませながらも、その一撃を受け止めていた。

「よし、そのままだ」

状況を素早く確認したソウルハウルが短く告げる。

強靭な魔獣の骨すらも容易く砕く一撃を完全に防ぐなど、生半可な事ではない。だが公爵二位は、容易くそれをやってのけた。

とはいえ皇竜の一撃だ。その衝撃に耐えて次の行動に移すまでの間に、僅かな隙が生じる事となる。

ソウルハウルの操るイリーナが、完璧にその一瞬へと滑り込んでいった。そして尻尾を受け止める事でがら空きとなった腹に、戦斧による強烈な一閃を叩き込む。

「今のは随分と効いたようじゃな」

アイゼンファルドが構え直すと共に、公爵二位の姿が見えた。

対黒悪魔戦用に換装されたイリーナの一撃は、抜群な効果を発揮したようだ。公爵二位の片腕を半分ほど千切り、腹部にも深く大きな傷を穿っていた。人であれば、致命傷となるだろうほどの傷だ。

その度合いからして、もはや万全に動くのは難しいだろう。確実に相手の戦力を削ぐ事に成功したとわかる深手だ。

「すまない、戻った！」

更にそこへノインが降り立った。空中を舞う彼をカグラのピー助が受け止めて、そのままここまで連れてきたのだ。

片腕が使い物にならなくなったともなれば、その攻撃力もまた相当に落ちたはずだ。ならば、もうノインの守りを突破するなど不可能である。

再びミラ達側へと戦況が傾いた。

そう誰もが思った時だ。

「武器……そう、人間が使う特殊な武器というのも厄介なものだったな」

そう言って笑う公爵二位の身体が、みるみるうちに回復していく。千切れかけた腕は隆々とした筋肉に覆われ、深く抉られた腹もまた痕すら残らず元通りだ。

「おいおい、そんな効果もあるのかよ……」

うんざりした声で呟くルミナリア。

それもまた、ブーストした魔属性によるものなのか。自己治癒能力もまた劇的に向上しているようだ。生半可な攻撃では、直ぐに回復してしまいそうだ。

「さて、次は全力を試してみようか」

公爵二位は繋がった腕の状態を確認するなり、不敵な笑みを浮かべながらノインに歩み寄っていく。

「ああ、かかってこい！」

公爵二位を前に構え直したノインは、より深く腰を落とす。

そうした直後に公爵二位は力強く踏み込んで、今一度、強烈な一撃を放った。

策だ小細工だなどという事はなく、真っ向勝負。その拳が再びノインの構える大盾に炸裂すると、先程よりも更に激しい衝撃音が響き渡った。

「ぐっ……！」

全力と言うだけあり、その一撃の威力は、ぐっと増していた。それこそ、乗用車とトラックほどにも違う衝撃がノインの腕に伸し掛かる。

それでいてノインは、超重量級の圧を感じつつも歯を食いしばって、それを受け切った。

だが今回も、そこで終わらない。更に相手は、その拳に力を込めていく。

より安定して耐えられるようにと構えたノインであったが、やはり膂力の差は歴然だ。徐々に押され始めた。

このままでは、先程の二の舞だ。再び、遠くへと弾き飛ばされてしまう事になる。

「ここ、だ！」

しかし当然ながら、ノインがその対応策を用意せずにいるはずもない。

公爵二位の拳に一際力が込められた刹那を見極めたところで、ノインはこの黒悪魔戦にて初となる《闘術》を繰り出したのだ。

【闘術・大盾：リアクトパージ】

溢れ出した闘気が大盾に流れていくと、それは強力なエネルギーへと変換されて現れた。

「これは……！」

ノインが得意とし、また鍛え上げたその技は《反射》。大盾で受け止めた攻撃のエネルギーを倍にして返すというものだ。

正に、鉄壁なノインだからこその《闘術》といえるだろう。

公爵二位が放った全力の一撃。それが今、倍のエネルギーを秘めた衝撃波となって相手の全身を貫いた。

鈍い音が響くと共に、公爵二位の身体が大きく宙に舞い上がる。

直撃だ。ノインが放った《リアクトパージ》は最大限の効果を発揮して、相手に痛烈なダメージを与えた。

「なるほど……これが貴様の技か――」

かつて、個としての力では圧倒していながらも、黒悪魔達は敗北した。彼らは、その理由を、人との違いというものを見せつけられると共に理解した。

人間の連携、人間の道具、そして人間の技。それらが合わさる事で、絶対的な差でも覆すほどの力が生まれるのだと。

ただ、まだそれだけでは終わらない。人間の執念と用心深さ、加えて狡猾さというものも忘れてはいけない。

数瞬後、宙を舞う公爵二位に一筋の光が差すと、大地を揺るがすほどの衝撃と鮮烈な爆炎が広がった。

ルミナリアの魔術である。ノインの反射によって全身の装甲が砕けた公爵二位に対し、容赦のない一撃を撃ち込んだのだ。

しかも、追い打ちはそれだけで終わらなかった。ミラにカグラ、ソウルハウルとエリュミーゼ、ラストラーダ、ゴットフリートと続いた。

それぞれが即座に繰り出せる最大の攻撃をもって、一気に仕留めにかかったのである。

「ぐっ……」

轟音と衝撃が響き渡ると共に地面を転がった公爵二位。ゆらりと立ち上がった身体は傷だらけであり、どれだけのダメージを受けたのかが容易に見て取れるほどだった。

「次、いくネ」

そんな公爵二位を前にして構えたメイリンは、そこから間髪を容れずに跳び出して渾身の一撃を撃ち込んだ。

【仙術・地：白火一触《しらびいっしょく》】

白く見えるほどに燃え盛る炎が炸裂し、その爆発力をもって公爵二位を吹き飛ばす。締めに相応しい強烈な一撃である。

もはやノインですら耐えられないであろうほどの連携。あまりにも一方的な飽和攻撃であり、これにはさしもの公爵二位とてただでは済まなかった。

起き上がった公爵二位の表皮は砕けて割れて焼け爛れ、両腕や両脚までも折れ曲がっている。既に立ち上がった事さえ不思議に思えるような有様だ。

けれど、そのような状態でありながら、その顔には笑みが浮かんでいた。

「ああ、素晴らしい……。この痛みもまた心地好いくらいだ」

どこか悦に入ったように呟くなり、その身体が急速に修復され始めていた。砕けて割れた表皮は塞がり、両腕と両脚もまた、その力強さを取り戻していく。

しかもそれだけではない。先程に比べて、より強靭そうに変化しているではないか。

「これまた難儀じゃのぅ……」

「ああ、まったくだな」

その厄介さに苦笑するミラとルミナリア。

ただでさえ油断は出来ず余裕もほぼない状態の公爵二位が相手なのだ。上手い事、有効なダメージを与えられたと思えば、一切無効といった反応である。うんざりするのも当たり前だろう。

カグラにノイン、ソウルハウルとエリュミーゼもまた、ミラと同様の心境のようだ。

対して、ミラ達とは違った様子の者達もいた。

「瀕死になるたびパワーアップか。燃える展開だな！」

「こんなに頑丈な相手は久しぶりネ！」

「いいぜいいぜ、なら次は真っ二つを試してみるか！」

実にラスボス戦らしいと逆に燃え上がるラストラーダ。これまで使う相手がいなかった技を試せそうだと意気込むメイリン。そして、斬り甲斐があると気合を入れるゴットフリート。

これほどまでに危険な敵を前にしても、三人はまったく問題ないといわんばかりの反応であった。

それは、これまでに己が培ってきた技に加え、何よりも頼もしい仲間達が揃っているからだろう。

「まったく……」

ある意味で能天気にも見える三人。その、どことない馬鹿らしさに呆れたノインは、だからこそ小さな笑みと共に最前線に立った。

「さあ、こういった異常な回復っていうのは限度があるものだからな。その限界まで何度でも繰り返してやろう」

そうノインが大盾を構えると共に皆が応と答える。そして驚異的な回復力を持つ公爵二位との長期戦が始まった。

その戦いは、熾烈を極めた。

序盤は拮抗していたが、深手を負って回復するたびに、その戦況は公爵二位寄りに傾いた。

だがミラ達とて負けてはいない。その都度に新たな手、新たな術、新たな技を繰り出しては盛り返していった。

〈19〉

公爵二位との決戦。長期戦となってきたが、それでもミラ達の勢いは衰えず、更なるチームワークを発揮していた。

『アルフィナは、そのまま注意を引いておけばよいぞ。エレツィナはソウルハウルの砲撃を待て。セレスティナよ、ラストラーダの補助に回ってくれるか。パムや、ノインに《虹色の御楯《みたて》》じゃ。レティシャは、《新緑のメロディア》を頼む』

戦況を分析しつつ、その都度に指示を出していくミラ。

召喚術は様々な状況に対応出来るだけの柔軟性を持つ術種だが、やれる事が多い分、それを活かしきるのは難しい。けれどもミラは培った経験と知識によって、その可能性を完璧に引き出していた。

しかも、新戦力を加えてだ。

ミラが追加で投入した新戦力。それはセイクリッドフレームを纏ったヴァルキリー姉妹である。

前回はユーグストに対しての拘束であったが、今回は強化としての活用だ。今はまだ実験段階であり完成には程遠いが、それでも姉妹らの力を三割近くは底上げ出来ている。

特にアルフィナとの相性は良く、ただでさえ他の姉妹に比べ頭一つ抜けている実力が更に突き抜けていた。

現在は、かのゴットフリートと並び剣を振るい、前線を支える戦力として大活躍中だ。

ルミナリアは、その魔術でもってダメージ源としての役割をきっちりとこなしている。これまで行っていた牽制などはソウルハウルに全て任せて、ダメージ効率に特化した砲台と化していた。

こうなった彼女の攻撃力は他の追随を許さず、ただただ圧倒的だ。

「やっぱり、ちゃんとした聖騎士がいると安定して撃てるな」

ノイン達前衛陣が奮戦する中で、僅かに生じる相手側の隙。ルミナリアは、その一瞬を決して見逃す事はなかった。

得意の《詠唱保持》と《二重詠唱》を駆使して特大の魔術を撃ち込み、確実に敵の体力を削ぎ落していく。

魔術士としての役目を忠実に全うしていた。

「ああもう、ラストラーダさん！　だからそんな飛び蹴り躱されちゃうから駄目だって言ってるのに！」

「あらあら、またいつもの悪い癖が出ているみたいね。後で叱っておかなくちゃいけないわ」

カグラとアルテシアは支援に徹底し、前衛陣を支えていた。

前衛陣が防ぎきれないような攻撃が来た時や、強烈な一撃を受けてしまった際は、すぐさま結界などを用いてカグラが援護する。

そんな中でも、仮面のヒーローの如き必殺の飛び蹴りを繰り出しては撃ち落されるラストラーダの面倒を見るのは大変だ。

そしてアルテシアは、回復に注力していた。補助などは全てカグラに任せ、ノイン達が万全の身体で動けるように整えているのだ。

この二人の的確な支援によって、格上の公爵二位を相手にノイン達は対等に渡り合えているというわけだ。

「よし、地下通路はこんなもんか。サイゾーさんに伝えてくれ」

「うん、わかった」

ソウルハウルとエリュミーゼは、妨害と牽制を担当中だ。

戦場には、既にソウルハウルによって数多くの小塔に砦や防壁、塹壕、隠し通路といったものが出来上がっていた。

サイゾーなどは、特にこれらを利用しては巧みに敵の認識から逃れ、幾度となく不意打ちを決めている。

またメイリンが立体的に動く足場としても有用だ。目に見える足場と《空闊歩》による空中での軌道の変化によって、公爵二位が動きを読むのを困難にさせているのだ。

小塔に備え付けられた大砲は常に敵に照準を定めており、相手の動きを阻害したり牽制したりするために様々な砲弾を発射する。

特にエリュミーゼ協力によるマッドゴーレムを基にした泥弾は、公爵二位の動きを制限するのに大きな効果を発揮した。

防壁は公爵二位が放つ範囲魔法を躱すためにも役立ち、更に張り巡らされた塹壕は工作用ゴーレムの移動に使われている。しかもエリュミーゼのマッドゴーレムも、この塹壕を使って公爵二位の足元に忍び寄っては時折その足を搦めとっていた次第だ。

相手からしてみれば、実に小憎らしい伏兵であろう。それでいて足元に注意を向け過ぎてしまえば、今度は前衛陣とルミナリアに隙を晒す事となる。

公爵二位にとってはホームであった場所だが、今は既にその優位性は、ほぼ失われている。

だがミラ達は、それほどまでに場を整えて各自が役割をこなす事で、ようやく公爵二位と渡り合えているというのが現状だ。

上位のレイド級魔獣が相手でも、既に五体は討伐していたであろうダメージを与えてなお、敵は健在。その攻撃の手は衰える事がない。

「さて、何もなければこのまま押し切れそうじゃが……」

直ぐに倒し切るのは難しいが、このままいけば確実に削り切れるはず。

数が揃っているだけに対応力では勝るミラ達の連合チーム。一対一では勝ち目のない相手だが、現状を継続出来れば勝利は遠くないだろう。

けれど、ミラ達は僅かながらも感じ取っていた。

本当に、このまま勝てるのかと。

そして事実、更に幾らか戦闘が続いたところで、その不安は的中する事となった。

「切り札を使っても、ここまで対応されるとは……やはり貴様ら、冒険者やトレジャーハンターといった類ではないな。しかも、そこらの天人とも違う……となると――」

公爵二位は大ぶりながらも他を寄せ付けない業火によって周囲を薙ぎ払い、そのまま大きく距離を取り、そのような言葉を口にした。

曰く、名うての冒険者やらトレジャーハンターが、この地図にない島を見つけて意気揚々と乗り込んできたのかと考えていたようだ。

だが戦ううちに、そのような生半可な相手ではないと気づいた。

だからこそ公爵二位は、この場にて構えを解くなり、その口上を述べた。

「我は、アスタロト・ラース・リーディルハウト。ヴァルナレスにおいて北方を支配し、骸葬《がいそう》騎士団を統べる公爵である」

名乗りだ。騎士として、また己の全てを賭して戦うという意味合いも込めて口にするそれは、黒悪魔アスタロトが絶対の覚悟を決めた証でもあった。

またアスタロトは、何も裏はないという態度で佇んだままミラ達を見据えている。

だまし討ちなどをするつもりはないのだろう。だが彼の名乗りには、こちらが何者なのかを探ろうという思惑がはっきりと浮かんでいた。

ゆえに、わざわざあちら側の矜持《きょうじ》に応えてやる必要はないというものだ。

だが、ここにいる者達は皆が、将としての責任と矜持を持っていた。

「ニルヴァーナ皇国軍大将、及び特殊作戦群、十二使徒が一人、聖騎士ノイン」

一歩前に出るなり、堂々とした態度で名乗り返したノイン。その立ち居振る舞いにその気迫、そして騎士然とした姿は、誰もが憧れる英雄そのものだ。

と、そのようにノインが決めたものだから、続く者達もまた気合が入っていた。

「アトランティス王国軍、特務執行部隊、名も無き四十八将軍《ネームレスライン》が一人、剣士ゴットフリートだ！」

「同じくアトランティス王国軍、特務執行部隊、名も無き四十八将軍が一人、隠密のサイゾーでござる」

更にアトランティスの二人も名乗りながら前に出る。

こういったやり取りが好きなようで、力強く返したゴットフリート。ただ表に出る事を好まないサイゾーは、どことなく付き合いで、とでもいった様子だ。

「アルカイト王国軍、国王旗下特殊戦略部、九賢者が一人、降魔術士のラストラーダ、見参！」

「アルカイト王国軍、国王旗下特殊戦略部、九賢者が一人、武道仙術士のメイリン、推して参るネ！」

続きラストラーダとメイリンも名乗り返した。特にこの二人は、こういった名乗り合いが好きなようだ。それはもう見事なポーズまでも決めていた。実に堂に入った佇まいである。

そうして前衛陣が名乗り終えたら次は後衛陣の番だというように、公爵二位の視線が移る。

それに対して、ルミナリアが意気揚々と前に出た。

「アルカイト王国軍、国王旗下特殊戦略部、九賢者が一人、魔術士ルミナリアとは、オレの事だ！」

言葉と同時に自ら火の粉を振りまき演出したのか、ルミナリアの周囲を輝く光の粒がちらちらと舞う様は、どこか特別感に満ちていた。

「あらあら、次は私の番でいいかしら。えっと、アルカイト王国軍、国王旗下特殊戦略部、九賢者。聖術士のアルテシアと申します」

「私はアルカイト王国軍、国王旗下特殊戦略部、九賢者。陰陽術士のカグラよ」

アルテシアは少し控え目に、そしてカグラは簡潔に名乗った。

流れでこなしたといった様子ではあったが、ルミナリアが勝手に演出を加えていたために、その簡潔さが、むしろ大物感を添えていたりする。

「アルカイト王国軍、国王旗下特殊戦略部、九賢者。死霊術士のソウルハウルだ。まあ、覚えなくてもいい」

続くソウルハウルは、口上を述べるなり関心がないといった顔で一歩下がった。

名乗りなどに何の意味があるというのか。一見するとそのような態度に思えるが、その心の内はそうではない。そのように見せるのが、彼なりのクールなのだ。

「アトランティス王国軍、特務執行部隊、名も無き四十八将軍が一人、死霊術士のエリュミーゼです」

ちらりとミラの様子を確認したエリュミーゼが、名乗りを続けた。ただ最後にぺこりとお辞儀をする彼女のそれは、名乗りというよりは自己紹介のようでもあった。

「わしは――」

と、そうして皆の名乗りも終わり、いよいよ番が回ってきたところで、ミラはどうしたものかと考えていた。

このままの流れに乗って堂々と名乗るのか、それともあくまで今の自分に合わせ冒険者のミラとして名乗るのか。どちらにすればいいだろうかと。

冒険者のミラがダンブルフであるという事は、国家機密だ。それを、もっとも警戒するべき相手である黒悪魔に明かすなど言語道断というもの。

「――アルカイト王国軍、国王旗下特殊戦略部統括、九賢者が一人、召喚術士のダンブルフとは、わしの事よ！」

言語道断であるが、ミラは嘘偽りなく言い切った。このような場面で偽りの身分を告げては、九賢者の名折れであると言わんばかりに。

そして、それに対する仲間達の反応は様々だ。

ノインにサイゾー、カグラ、エリュミーゼらは、何を馬鹿正直にとでもいった苦笑顔である。

対してゴットフリートにラストラーダ、ルミナリアはというと、ミラのぶっこみ具合を前にして、よくやったと大盛り上がりだ。

「アトランティスの名も無き四十八将軍にニルヴァーナの十二使徒、そしてアルカイトの九賢者か。貴様達には、多くの同胞が敗れたと聞く。なるほどな、道理でここまで追い詰められるはずだ」

アスタロトが言うのは、過去についてだろう。三神国防衛戦の時と、それ以前について。それはもう皆が大暴れしていた時代の事まで、史実として把握しているようだ。

三十年前。ここにいる皆が、公爵級を含めて沢山の黒悪魔を倒していた事まで。だからこそアスタロトは、そんな英雄達が集まった今を前にして驚愕する。

「しかも、九賢者だと？　情報では未だに八人が行方不明で、うち一人の弟子だけが姿を見せたとは聞いていたが――」

言いながらアスタロトは、周囲へと視線を巡らせていく。そして九賢者と名乗った七人を見据えると、「――ほとんどがここに揃っているとは、どういう事態だ」と呆れたように笑った。

「まあ、つまりは、こういう事か。どのようにして特定したのかは知らないが、こんな有り得ない連合軍がここに来たってのは、偶然でも何でもないというわけだ」

幾らか逡巡したアスタロトは、最終的にその結論へと至った。

見つからないように大海原を漂う『イラ・ムエルテ』の本拠地。その航路は、商船などの様々なルートを避けるように設定されている。

そういった船にたまたま発見されるなどという事は起こり得ない。

あるとすれば、遭難した果てに偶然辿り着くか、お宝を求めて無計画な冒険の旅で、たまたま見つけるくらいのもの。だが、ここにいる者達が、そうであるはずはない。

また、国家戦力級がチームとして集まるとなれば、相応の目的があって然るべき状況だ。ゆえにアスタロトは、任務によって国家戦力がこの場所へと送り込まれてきたのだと悟ったわけだ。

「そうか……特定されたか。ならば、もう出し惜しみをする必要もないな」

ここにミラ達がいるという事は、既にこの本拠地の場所が各国に露呈しているという意味でもある。

そのように悟ったアスタロトは、ここに来て更なる切り札を切ってみせた。

「なん、じゃと……!?」

アスタロトが両腕を広げた直後に異変が起きる。それも、目の前だけではない。島全体が鳴動すると共に黒い光が大地を奔り、そこに線を刻んでいくではないか。

しかも方々に浮かぶ黒い光は、とある規則性をもっていた。なんと、魔法陣をそこに描いているのだ。そう、広大な島の地面に巨大な魔法陣を作り上げようというのである。

「おいおい、こりゃあただ事じゃねぇな」

ルミナリアは、次々と浮かぶ黒い光を確認しながら、その顔に緊張を浮かべた。

島全体にまで広がっていく魔法陣。ところどころに記号や文字が並んでは意味を成して力を発現させていく。

アスタロトが言った通りだとしたら、これは切り札になるだけの何かを秘めている事になる。

ともなれば、このまま完成させるわけにはいかない。だが周到に準備されていたものだったのだろう、その魔法陣はミラ達が行動を起こす間もなく完成してしまった。

大地が脈動し、辺り一帯に黒い光が満ちていく。

その効果とは、この魔法陣がもたらしたものとは、アスタロトが用意していた切り札とはどういったものなのか。

ミラ達が警戒する中で、魔法陣はその力を発揮した。

なんと、これまでにミラ達が倒した魔物や魔獣の死骸から黒い何かが滲み出し始めたではないか。

それは、魔の属性力だった。けれど、その滲んだものがどうなるわけでもない。その現象は、魔法陣による副次効果に過ぎなかった。

「さあ、決戦といこうか」

深く重い声でアスタロトが笑う。

見るとアスタロトの身体は更に一回り程大きくなっており、溢れんばかりの力で満ちていた。

そして、その力は見せかけのものではなかった。睨み合いから一転、ノイン達前衛陣とアスタロトが衝突する。

油断など一切せず全力をもって相手に立ち向かうノイン。相手が公爵二位の力であろうと防ぎきるだけの実力を持つ彼だが、再び始まった決戦では始まりからして押されていた。

防ぐのが精いっぱいどころか、幾度となく守りを崩されているのだ。

その都度に他の前衛陣が割って入っては難を逃れているが、ゴットフリートらも完全に攻めきれてはおらず、防戦に持ち込まれている状況である。

「ふむ、どうやらこれは、魔属性を強化するためのもののようじゃな……」

明らかに劣勢となる中、後衛陣は支援の手を更に強めながら、全体の状況を読み取る事に努めていた。

見える範囲内に刻まれた文字列や記号。魔法陣による術式は、形や並びなどによって様々な意味を成す。その組み合わせは多く、無数に存在する。更には制限や制約というものも多い。

ゆえに、組まれた魔法陣というのは複雑な文様となる。

加えて、そこに使われているのは、悪魔が扱う特殊な魔法が基になっている。つまり、ミラ達にとって馴染みのある術や魔法とは様々な面で違うのだ。

だが、それでいて一定の法則というものもまた存在し、術士の頂点に君臨する九賢者達がそれを理解していないはずもなかった。

「また、随分と大きいわね。他にも何かありそうな気がする」

「ああ、相当に重ねているようだ」

カグラとソウルハウルも幾らか解読したようだ。その大きさに加え、複雑に絡み合う術式をも読み取った。

そして当然ながらミラも素早くそれを把握しており、だからこそ直ぐに次へと行動を移していた。

「わしがどうにかしよう。暫し、時間を稼いでくれるか」

ポポットワイズを召喚して空へと放ったミラは、そう言葉にするなり《意識同調》によって、その視界を切り替えた。

目に映るのは、ポポットが見た景色。ぐんぐんと空に上っていくほど、その視界には大地に描かれた魔法陣の全容が広がっていった。

（ふむ、なるほど……とんでもない数が重ねられておるのぅ）

全体を鳥瞰《ちょうかん》してわかったのは、この悪魔の切り札が数百という魔法陣を組み合わせて成り立っているという事だった。

他にも全体が把握出来た事により、これを詳細に読み解けるようにもなった。

どうやらこの魔法陣は、魔物の命を糧として魔の属性を極限にまで増幅するもののようだ。

動力となる魔物の命は、ミラ達が大量に倒していた分で賄われていた。

千を超える数の魔物の命だ。ともなれば原動力不足によってこの魔法陣が直ぐに止まるような事には、まずならない。

しかも、この魔法陣の効果は絶大だ。

アスタロトの力が極限にまで増幅された今のままでは、先にこちら側が力尽きてしまうのが確実と言えるほどに。

だからこそミラは、迅速に魔法陣の解析を始めた。加えてアルフィナのみを前線に残し、次女以下の姉妹をその場より撤退させる。別の役目を担ってもらうために。

敵の猛攻は苛烈を極め、ノイン達は反撃の糸口どころか防ぎきる事も厳しくなっていた。後衛陣のサポートによって、どうにかその場に踏み止まれているような状態だ。

しかし、そもそもノイン達でなければ十秒も持たずに突破されていた事だろう。紙一重ながらも凌げているのは、卓越した彼らの実力があってこそである。

そして、だからこそミラは、そんな仲間達にその場を任せて魔法陣の分析に注力出来た。

（そこがこう繋がって……ここで中継して――）

魔法陣を形成している記号と文字列、そして様々な図形。

一見すると不規則に配置されているようにも見えるほど複雑だが、そこには確かな規則性が存在する。

召喚術を究め、更には全ての術についての知識も豊富だからこそ、九賢者という立場にまで上り詰めるほどに研究していたからこそ、ミラはその魔法陣の構造を手に取るように把握出来た。

規則性に則って、魔法陣を構成する要素を導き出し、相乗する繋がりを看破していく。

そうして解析から五分ほどが経過したところで、ミラはその魔法陣の脆弱性《ぜいじゃくせい》までも見出した。

『今から指示する場所に急行し、これを破壊せよ――』

緻密に練られ構築された巨大魔法陣。その構造は芸術的ですらあり、それを成す無数の魔法陣を手当たり次第に潰そうとも、マナが巡る回路が変わるように繋がれており、その効果を消滅させる事が出来ないようになっていた。

これを破壊するならば、巨大魔法陣の全てを、それこそ島全体を吹き飛ばすしかないといえるくらいの大仕掛けだ。

けれど現状では、そのような事など不可能である。

だがミラは、そうせずともどうにか出来る方法を見つけた。それは魔法陣の術式を読み解けるほどの知識を持ち、その意味までにも精通していたからこそ導き出せた突破口である。

『はい、お任せください！』

そう答えるなり島のあちらこちらへと散っていくのは、エレツィナ以下のヴァルキリー姉妹だ。

エレツィナ達はアスタロトに勘付かれぬよう静かに、それでいて迅速に駆けていった。

後は時間の問題だ。姉妹がミラの指示を完璧にこなせば魔法陣の効果は消失し、再び総合力でこちらが上回れるだろう。

ただ、強化された公爵二位を相手にしている今、その一分一秒が恐ろしいほどに短く感じられる状況だった。

「これだけ重いのを連発されるとな……。もう手の感覚がなくなってきた」

強烈なアスタロトの一撃を防ぎ続けていたノインだが、いよいよ限界が近づいていた。もはや大盾を持つ手に力が入らず、全身を使って構えるのがやっとであったのだ。

しかし、そのような状態でも、ノインは渾身の気合でアスタロトの前に立ち塞がっては仲間を護る。

「いやぁ、とんでもないぜ。強化ミスリルの壁でも斬っている気分だ」

大きく肩で息をしながら、痺れる両手を誤魔化すように笑ってみせるゴットフリート。

アスタロトの表皮は、それこそゴットフリートが口にした通り、鉄壁ならぬミスリル壁とでも言うほどの強度を誇っていた。

多少の傷はつけられても切断は不可能だと痛感してしまうほどに、刃が通らないのだ。

だがそれでも彼は、多少なりの足止めも兼ねて全力で剣を振るった。

「はて、どうしたものでござろうか……」

塹壕に潜伏するサイゾーもまた困難な状態にあった。完璧に不意打ちを決めたところで、その表皮に阻まれてしまう。

とはいえ、それでも幾らかの時間稼ぎにはなる。アスタロトに隙が生まれた瞬間、その真偽をしかと見極めるなり刹那に奇襲を仕掛けていった。

「……この緊張感は久しぶりネ！」

現時点において唯一、有効打を決められるのはメイリンだった。仙術によって衝撃を内部にまで伝える事で、表皮の硬さなど関係なくダメージを与えられるのだ。

けれど、だからこそアスタロトの警戒は徹底してメイリンに向けられており、僅かに溜めを必要とするその一撃を決めるのは、もはや困難である。

とはいえメイリンが、それを良しとするはずもない。むしろ、その目は余計に輝いていた。

「急いでくれよ、司令官……」

そうした激戦の中、攻撃は通じずとも劇的な活躍を見せているのはラストラーダだ。

蜘蛛糸による妨害のほか、霧や幻影などを巧みに駆使し、遠くで破壊活動に精を出すエレッツィナ達の姿を完璧に隠蔽する。

この効果によってエレッツィナ達の工作行動を、より加速させる事が出来たほどだ。

「ああ、流石は主様の……素晴らしい剣です」

アルフィナは中衛ほどの地点に立ち、アスタロトが後衛陣に向けて牽制するように放つ魔法を聖剣にて斬り払っていた。

セイクリッドフレームによる身体強化も相まって、どのような魔法であろうとも確実に撃ち落とすアルフィナ。

その活躍ぶりは確かであり、ノインの負担を大きく軽減する事が出来ていた。

「……」

そんなアルフィナの隣に佇むのは、イリーナだ。

彼女はアスタロトが前衛陣を突破してきた際に、これを防ぐ壁として控えていた。

対黒悪魔装備は効果的であり、数度ほどアルフィナと共にアスタロトを押し返す事に成功している。

とはいえ、その際の損害は大きく、あと一度でも攻撃を受ければ瓦解してしまうだろう状態にあった。

〈20〉

押されながらも、どうにか踏み止まっている前衛陣。

それを支えるようにして支援や攻撃を行う後衛陣。

双方の連係は、それこそ阿吽の呼吸で噛み合っており、一切の油断も隙もないほどに完璧なものだった。

けれど、それでいてなお増幅されたアスタロトの力が、協力し合う力を上回っていく。

ゴットフリートとサイゾーは、強烈な一撃を受けて城近くにまで吹き飛ばされてきた。

二人は骨にまでダメージを負ったようだ。アルテシアが緊急に治癒を始める。

ラストラーダは幻影維持のために大きく動けない。エレツィナ達の活躍もあって、魔法陣が相当に変化しているからだ。ここで幻影の手を抜いては、こちらの狙いを敵に勘付かれてしまう事になる。

そうなれば、妨害は必至だ。

メイリンはというとアスタロトと何度か打ち合う中で、両手を負傷していた。

ゴットフリートが譬えたように、アスタロトの表皮はミスリル壁の如き強度を誇る。メイリンは、それを幾度となく全力で殴りつけていたのだ。

その有様は相当に酷く、アルテシアからのドクターストップが掛かったほどである。

現在はカグラが用意した結界内にて、ミラが召喚したアスクレピオスの治療を受けていた。

そうして徐々に前衛が崩されていった末、最後まで立ち続けていたノインにも、いよいよ限界が訪れた。

「さあ、どうする。拾っても構わないぞ」

遂に膝を突いてしまったノイン。その手から大盾が離れて地に落ちる。

アスタロトは、その様子を睥睨《へいげい》しながら拳を構えた。ノインが盾を拾うのが早いか、アスタロトが拳を繰り出す方が先かといった状況だ。

「くっ……あと少しなのじゃが……！」

巨大魔法陣は、島全体に張り巡らされている。破壊するべき部分は解析済みであり、エレツィナ達もまた尽力しているが、その全てを破壊するにはまだ少し時間が必要だった。

「母上、私が行きます！」

そう声を上げたのはアイゼンファルドだ。

後衛陣を護る最大の戦力として控えていたアイゼンファルド。だが今は最前線に出るべきではないかと、自ら判断して進言したのだ。

「お主……」

前衛陣が満足に動けなくなった今、確かに前線を支える役割はアイゼンファルドが適任といえるだろう。

そのように判断して意見するようになったアイゼンファルドの成長を嬉しく思いながら、ミラがそれを承諾しようとした、その時だった。

「いや、俺が時間を稼ぐから、君はそこにいてくれ。それが一番、安心出来るからな」

ソウルハウルがそんな言葉を口にした瞬間、ミラの脳裏に精霊王の声が届いた。

『何やらサラマンダーが、急に動き出したと慌てているぞ』

すると直後に、前線にて激震が走る。

巨大な影が暴風の如く駆け抜けて来るなり、アスタロトに強烈な突進をぶちかましたのだ。

「なんと、あれは……！」

その姿を前にして驚きを露わにするミラ。なぜならば、その突進したものというのがグランデ級の大魔獣エギュールゲイドであったからだ。

アスタロトが切り札の一つとして用意していたエギュールゲイドの死骸。ミラ達は力を合わせて、これの復活を阻止する事に成功した。

そして再びレッサーデーモンらが小細工をしないようにクリスティナを見張り役として配置した後、その役目をサラマンダーが引き継いでいたのだが、なんと今、それが動いているではないか。

『レッサーデーモンが近づかないように見張り、何体か葬ってもいた。だから絶対に何もさせていないと、そう言っているな』

見るとエギュールゲイドの尾にサラマンダーが噛みついていた。そんな彼が、直前までの状況を精霊王経由で伝えてくる。曰く、レッサーデーモンなどは関係なく唐突に動き出したのだと。

「となれば、もしや……!?」

その原因について、その理由について、ミラはまさかといった顔でソウルハウルに振り向いた。

すると彼はどこか自慢げに、それでいて不敵に笑ってみせる。その通りであると。

そう、ソウルハウルは放置されたままのエギュールゲイドの死骸を、死霊術でもって支配してしまったのだ。

「じゃが、どうやって」

ゴーレムを生み出す他、アンデッド系の魔物を操り、更には死体などを支配して思うままに操作出来るのが死霊術というものだ。

だがミラは、死霊術についての詳しい知識もあるからこそ、この状況に驚いていた。

なぜならば、限度があるからだ。エギュールゲイドは、レイド級すら超えるグランデ級の大魔獣。ソウルハウルの腕をもってしても、死霊術でどうこうするなど不可能なはずであった。

しかし今、ソウルハウルは実際にそれをしてみせた。

ノイン達が後退する中、最前線にてアスタロトを相手にエギュールゲイドが大暴れしているこの状況は、全てソウルハウルの意図によるものだ。

流石はグランデ級か、その戦いは拮抗している。

いや、パワーアップした分だけ、アスタロトが優勢か。

とはいえ、対するは同格だったエギュールゲイドだ。更にソウルハウルの術による強化も加わり、そうとは感じさせぬほどの勢いで肉薄し、一切の余裕を与えてはいなかった。

その戦いぶりを見る限り、エギュールゲイドは完全にソウルハウルの支配下にあるようだ。

なお、尻尾に噛みついていたサラマンダーは華麗に振り落とされるなり、その激戦区からそそくさと城壁の方にまで舞い戻っていた。

「いや、すげぇな。何をどうすりゃああなるんだ？」

ミラに続きルミナリアもまた、いったい何をしたのかと問う。

それは術士の、というよりは九賢者の性分と言うべきもののようだ。ミラのみならず皆の興味がソウルハウルに向けられていた。

加えてエリュミーゼはというと、それはもう崇敬《すうけい》するかのような面持ちである。

「ああ、それはだな――」

注目が集まる中で、ソウルハウルはその理由について簡潔に話した。

曰く、先程描き写した術式を応用し、死霊術に組み込んでみたそうだ。

描き写した術式とは、レイド級の魔獣達の心臓に施されていたものだ。

それによって魔獣を操っていた事を解き明かした彼は、何とこの短期間に術式を紐解いて死霊術に応用出来る形にまで仕上げてしまったわけである。

その実験も兼ねた実践がこの結果であると話したソウルハウルは、エギュールゲイドの動きを見ながら更に微調整を加えていく。

すると大きく動くたびに動作が変化していき、無駄がそぎ落とされていった。

その結果エギュールゲイドはアスタロトを超えるとはいかずとも、十分に食らいついていけるほどのポテンシャルを発揮し始める。

倒すまでは出来ずとも、十分にノイン達を回復する時間を稼げそうだ。

また、このままいけばエレツィナ達の仕事も間に合うかもしれない。


ソウルハウルが大魔獣エギュールゲイドを死霊術にて支配した事で、幾らかの時間を稼ぐ事に成功した。

ノイン達の傷はアルテシアとアスクレピオスによって全快し、体力の方も幾分かは回復した。

そして、島中に張り巡らされた魔法陣の解体も、あと少しというところまできた時である。

「そうか……こいつは、俺の魔法を模した術式を組みこんでいるのだな」

遂にアスタロトがエギュールゲイドの欠点を、ソウルハウルの術式に残る穴を見破ったのだ。

短期間で仕上げた事に加え、まだまだ実験段階という事もあって、急ごしらえの新術式には幾つもの脆弱性が内包されていた。

幾度となくぶつかり合う中で、アスタロトはエギュールゲイドを動かしている術を感じ取り、そして気づいたわけだ。ソウルハウルが、何を参考にしてその術式を構築したのかを。

「ならば、もう終わりだ」

僅かに距離を取ったアスタロトがその手をかざした。

するとどうした事か。勇猛果敢に暴れていたエギュールゲイドが、ピタリとその動きを止めてしまったではないか。

次にミラが目にしたのは、そのままぐるりとこちら側に振り返るエギュールゲイドの姿。激戦を繰り広げていたアスタロトとエギュールゲイド。両者は今、まるで共闘者の如く並び立っていた。

「のぅ、あの様子はもしや……？」

「ああ、乗っ取られたな」

これはまさかとミラが問えば、ソウルハウルは淡々とした調子で答えた。

アスタロトが構成した術式を基にしていた事が原因らしい。死霊術による支配権を、そのまま塗り潰されてしまったとソウルハウルは笑う。

「これが死霊術か。人間の術式は扱えないが……これならば簡単な命令は出来そうだな」

人間が扱うために調整され、進化してきた九種の術。たとえ術式を真似ても悪魔では使えぬ代物であるのだが、ソウルハウルが改良したそれに組み込まれた悪魔の術式が、僅かながらに作用しているようだ。

アスタロトは、死霊術によって支配されたエギュールゲイドの操作権を得てしまっていた。

それを目の当たりにした前衛陣の反応は様々だ。

「いやぁ、厄介な事になったな！」

ゴットフリートは城門前にて、どこかやけくそ気味に笑う。

パワーアップしたアスタロトに加え、大魔獣エギュールゲイドまでもが敵となった。最低でも今と同じくらいの戦力がもう一チームは必要という状況だ。流石の彼も、既に余裕はなくなっていた。

「これは厳しくなってきたな」

ノインもまた険しい表情だ。アスタロトだけならばまだしも、彼の身体は一つだけ。そこにエギュールゲイドが加わっては、全員を護るのが困難になると苦悶する。

「撤退も視野に入れるべきでござろうか」

サイゾーも、渋い顔である。

完全な支配とはいかずとも、増えたのはグランデ級の怪物だ。ただ暴れられるだけでも相当な被害が予想出来た。

最悪の場合も想定するべきか。

そのように身構えるノイン達だったが、対して九賢者組のメイリンとラストラーダは、これまでと何ら変化はなかった。

「休憩時間は終わりのようネ！」

ぴょんと立ち上がったメイリンは、張り切った様子で準備運動を始める。

「ああ、そうだな。だが、もう少し待ってからだ」

今にも飛び出していきそうなメイリンをそっと押し留めたラストラーダは、すっと城門の方を指さした。

見ると、城門が少し開いていた。


「まあ、時間は十分に稼げたから良しとするかのぅ」

一方、城壁上の後衛陣営。失態をしでかしたソウルハウルをエリュミーゼが心配そうに見つめている中、ミラは呆れた様子ながらもそう口にした。

乗っ取られたとはいえ、エギュールゲイドがアスタロトと戦っている間に、エレツィナ達が巨大魔法陣の最後の要を破壊したのだ。

見渡せば島全域にまで広がっていた魔法陣の輝きが失われ、瞬く間にその効力が消えていった。

「なんだこれは……どういう事だ!?」

アスタロトも魔属性ブーストの効力が失われた事に気づいたようだ。何事かと周囲を一望するなり、点在するヴァルキリー姉妹を確認して、そんなまさかと目を見開いた。

それもそのはずか。切り札とするべく仕掛けた巨大魔法陣は、幾ら破壊しようとも効力が持続するように幾重もの仕掛けを施した代物だった。

その複雑さは術式を構築したアスタロト本人ですら難解で、これを解除するなどまず不可能と断言出来るほどであったからだ。

ゆえにアスタロトは困惑する。いったい何をどうやって、この巨大魔法陣を無力化したのかと。

「ふむ、驚いておる、驚いておる」

アスタロトの様子を眺めながら、してやったりと笑うミラは、そのまま続けてソウルハウルに言った。

「今がちょうど頃合いじゃぞ」

「ああ、そうだな」

と、ソウルハウルがそのように答えるなり、ミラも含めルミナリアとカグラ、アルテシアが素早く身を屈めた。

そして、いったい何が頃合いなのかといった顔をしていたエリュミーゼにも伏せるようにと促す。

「えっと、これは……？」

促されるままに屈んだエリュミーゼは、より疑問を色濃く顔に浮かべる。

すると次の瞬間には、ソウルハウルが詠唱を口にしていた。

『僅かな時、密かに触れて微かに抱く、その温もり。

冷え切った手は彷徨《さまよ》うばかりで、この指先にも届かない。

灰色の瞳は虚空に向けられ、この姿さえ映さない。

鼓動は降り止む雨のように曖昧で、涙よりも不規則に時を刻む。

声は嗄れ果て吐息が尽きる。最期の囁きは風に攫われた。

けれども通じる心は一つ。

共に叫ぼう。再びまみえる、その日の為に』

紡がれた言葉に呼応するようにして、死霊術が発動する。

【死霊術：送り火徒《おくびと》】

閃光が奔り、巨大な何かが衝突したかのような、ずしりとした衝撃がキャッスルゴーレムを揺らした。

そして直後に、断末魔の咆哮の如き爆音が大気を震わせ、周囲一帯は破壊の波によって埋め尽くされていく。

それはエギュールゲイドを贄とした、ソウルハウルの後始末のようなものであった。

悪魔の魔法を応用した事が仇となり、折角支配したエギュールゲイドを乗っ取られてしまった。

だが今回は、ソウルハウルが短時間で構築した初実験用の術でもあった。

そして実験に失敗はつきものであり、当然、実験が大好きな九賢者達にとってみれば、その程度のリスクなどもはや常識ですらある。

ゆえに実験段階の術式には、幾つものセーフティを用意するのが当たり前でもあった。

その一つが、これだ。

ソウルハウルは操作権を失った時に備えて、エギュールゲイドを支配する術式の他に全てをリセットする術式も組み込んでいたのだ。

「おーおー、グランデ級だけあって、これまた想像以上じゃな！」

頭上を吹き抜けていく衝撃波。そして、天高くまでも赤々と染め上げる火柱の輝きと熱。

エギュールゲイドを種火とした術は、アイゼンファルドのドラゴンブレスにすら勝りそうな威力を発揮した。

ミラ達は僅かでも身体の一部を晒そうものなら瞬く間に命すら消し飛ばされてしまうだろうそれらを隣にしながら、みしりみしりと悲鳴を上げる城壁に身を任せ、その嵐が過ぎ去るのを待った。


「凄かったわねぇ、皆大丈夫かしら？」

爆炎の嵐が鎮まったところで、真っ先にアルテシアが仲間達の状態を確認する。

見る限り、キャッスルゴーレムの城壁が持ち堪えてくれたようだ。ミラ達は無事を確かめるようにしながら立ち上がった。

「思った以上にやばかったな。城壁を強化していなかったら城ごと吹き飛んでいたかもしれない」

流石のソウルハウルもグランデ級を実験材料にしたのは初めてであり、その力がもたらした破壊に驚きつつも感心した様子だ。

想像を超える威力に笑いながら立ち上がると、崩壊寸前の城壁を確認して修復を始めた。

「まったく、危なっかしいのぅ。《溶解輪廻》くらいで十分じゃったろうに」

爆心地を見てみると、防壁だったり塹壕だったり工作ゴーレムだったりといったものまで全てが消し飛んでいた。少しでも有利にするべく戦場を整えたにもかかわらず、今はそこに二つ目のクレーターが出来上がっているではないか。

「何を言っている。グランデ級で試せるとなったら、最大でどれほどになるのかやらなきゃ嘘だろ」

滅多に出来ない実験だからこそ、限界に挑戦する。さも当然のように言い切ったソウルハウルは、「いいデータがとれたな」と実に清々しそうだ。

九賢者達の実験は、様々な非常事態までも考慮して行われる。だが一つ問題があるとすれば、それは周囲の被害にまで配慮が行き届かない傾向にあるという点だ。

「まったく、じゃからといってやり過ぎじゃ」

それなりに離れていたため幾らか軽微だったが、エレツィナ達の方にまで影響が及んでいた。巨大魔法陣停止の功労者は今、地に伏せたまま砂塵塗れの状態にあった。

「だな、初めてなら段階を踏まねぇと」

ルミナリアもまた、それらしい事を口にして呆れたように笑う。

ちなみにこの二人は、九賢者の中でも特に被害を出してきた筆頭である。

「そんな事より、あいつはどうなったの？」

比較的大人しめな実験をするカグラは、どの口がそれを言うのかと二人を睨みながら告げた。今は実験どうこうよりも肝心な事があるだろうと。

「おっと、そうじゃな！」

そういえばと戦場に視線を巡らせるミラ達。

あれだけの大破壊後だ。もしかしたらどこかに吹き飛んでしまったかもしれない。

初めにアスタロトがいた場所は、エギュールゲイドの隣。つまりは爆心地の直ぐ隣だ。あの破壊の嵐の中心にいた事になる。

ともなれば無事では済まないだろう。

だが公爵二位の強さは飛び抜けている。魔属性増強の魔法陣を無力化したとはいえ、黒い液体によるパワーアップがある。よって耐久度が尋常ではないのだ。

たとえ今回の《送り火徒》がアイゼンファルドのドラゴンブレスに迫る威力だったとしても、その一撃で倒せるかどうかというと、絶対とは言い切れないほどだ。

だからこそミラ達は、入念に戦場を見回した。そして、一番に発見したアルテシアが「あら、あちらに」と声を上げる。

「む、どこじゃ!?」

アルテシアが指をさす方に顔を向け、じっと目を凝らしたミラは、確かにそこにアスタロトの姿を確認した。

場所は、第二のクレーターの近く。

やはりアスタロトは健在であった。両腕を交差させるようにして身を護り、あの破壊の嵐を耐えきっていたのだ。

尋常ではない耐久力である。

だが、流石に無傷とまではいかない。アスタロトの全身に、ひび割れのような傷が無数に奔っていた。

それでいてまだ動くアスタロトは、その視線を後衛陣へと向けた。

「決めるぞ、皆！」

嵐は去ったという合図を受けて、城門より一番に飛び出したのはラストラーダだ。

アスタロトの状態を見て、ここが勝機と判断した彼は一直線に疾走した。

もう幻影を維持する必要はない。全てのマナを一つの術に注ぎ込む。

『森の隠者、孤独な老躯よ。

案ずるなかれ、友はいつでもここにいる。

立ち上がるのなら、その手を取ろう。一緒ならば、何処へでも行ける。

さあ、共にこの道を切り拓こう』

【降魔術・幻獣：万群《ばんぐん》ノ狼王《ろうおう》】

紡がれたマナはラストラーダを包み込み、その全てを変貌させていった。

そこに降り立ったのは、体長にして二メートルを超える狼男となったラストラーダだ。

彼は風の如く加速するなり、その黒い爪をもってアスタロトの身体を一閃した。

人を遥かに凌ぐ強靭な腕と鋭い爪は、ひび割れたアスタロトの身体に食い込み、これを深々と抉り裂いていく。

ひび割れは一秒ごとにみるみる塞がっていくが、それにも負けじと切り裂き続けるラストラーダ。

傷の回復に相当な属性力を消費している事に加え、一撃ごとの衝撃に体勢を崩されるアスタロトは、それに耐えるだけで精一杯となっていた。

そこにラストラーダが追撃を加える。

マナによって形作られた黒い狼が群れとなってアスタロトに喰らいついていったのだ。

と、ここでラストラーダが素早く現在地点から大きく跳び退くなり、一気に距離を離す。

その際に、聞こえてきたのはルミナリアの声だ。

『夜天に響く歌声遥か、聖なる乙女が血に染まる時、星が名も無い歌を歌えば、月は名も無い踊りを踊る。

滅びの時は今、この手の先に舞い降りる。その姿を覗くなかれ。死は、光によって齎《もたら》される。

全ては、ただアナタのために。滅びは、ただ私のために。

羽ばたき集い世界へ響け。想いを紡ぐ空の詩よ』

【古代魔術・第三典：亡国の王女《カタストロフ・マータ》】

詠唱を紡いでいたルミナリアが、狼の群れに足止めされたアスタロトへと追い打ちをかけた。

瞬間、眩い閃光がルミナリアの手から放たれると、それは真っ直ぐにアスタロトへ向かう。そして一筋の光が触れたかといったところで強烈に膨れ上がった。

それは、破壊のみを内包した光。包み込んだ全てを消し尽くすという、純粋な意味のみを表した魔術だった。

光は静寂の中に不気味な音を響かせて渦巻くと、予兆もなく泡沫のように消滅する。

「これにも耐えるか……」

アスタロトは、未だに健在だった。先程よりも更に傷ついてはいるものの、ゆらりと立ち上がった姿は強烈な闘志が漲っている。

「相変わらず、いきなりじゃのぅ」

「チャンスにこそ畳みかけるのは戦術の基本だろ」

容赦のないルミナリアの追撃に肩を竦めるが、どちらかと言わずともミラのやり方もそちら側である。ルミナリアの言葉に「その通りじゃな」と答えたところで、意を同じくするソウルハウルが一斉砲撃を行った。

ゆらりと一歩を踏み出したアスタロトを中心に着弾する砲弾の数は五十にも及び、次々と炸裂するなり轟音を響かせる。

どれだけ頑丈であろうとも、あれだけ傷ついた身体にこの砲撃は厳しいはずだ。

しかも、号砲が鳴り止むや否や追撃が放たれた。

『武曲一星、理を示せ。これなるは、万滅の将よ』

カグラが得意とする《七星老花》の術の内の一つ。武曲は式神の限界強化。カグラが招来した麒麟《きりん》のリン兵衛が巨大化し、溢れる力を纏いアスタロトへと向かっていった。

砲撃の煙が漂う中、それを斬り裂き肉薄したリン兵衛は、その勢いのままに突進して宿る力の全てを解放する。

直後、リン兵衛を中心に大地が五つに割れると、そのまま一気に隆起してアスタロトを呑み込んだ。

収束した大地の力。自然そのものともいえる力は、一線を画すほどのエネルギーを秘めたものであった。

隆起した大地の柱が砕け散ると、更に深く傷を負ったアスタロトの姿が確認出来た。

ダメージは確実に蓄積している。

勝機は確実にそこにあると、ミラもまた当然のように準備させていたそれの出番を告げた。

『クリスティナ、今じゃ！』

キャッスルゴーレムの城門内。この一撃のために、いち早く呼び戻しておいたクリスティナが、しっかりとマナチャージを終えた状態で外に飛び出していった。

「目標捕捉！　いっけー！　真クリスティナスラ――――ッシュ！」

チャンスに畳みかけるようにして、クリスティナはその剣を振り下ろした。

練り上げられたマナは光となってアスタロトに炸裂する。ミラのみならずアルフィナも唯一認める技だけあって、その威力は絶大だ。

だからこそアスタロトも相当に力を振り絞ったようだ。真クリスティナスラッシュを受けながらも、渾身の力でその場から飛び退いた。

だが、そこには既に次の一手を控えた者がいた。

「この戦い、私だけのものじゃないヨ。だから決めさせてもらうネ」

アスタロトと相対するように降り立ったメイリンは、右手を後ろに突き出すポーズを取った。

するとその右手からマナが溢れ出し、白く輝き始める。あの日、ミラとメイリンがアダムス家の庭でやり合った際の最後に見せた術だ。

ただ今回は、その時に見せた術とは違っていた。あの術はまだ完全ではなかったのだ。

「ああ、来るがいい。既に種は蒔き終わった。後は、強者と戦い敗れるのも一興というものだ」

アスタロトは不敵に笑った後、いつでもこいといった態度で構えてみせた。その立ち姿は敗北を眼前にしながらも、なお勝者の如き風格に満ちている。

「……行くネ！」

裂帛《れっぱく》の気合と共に構えたメイリンは、次の瞬間に消えた。

否、消えたように見えただけだ。《縮地》によって、ほんの数瞬で四方八方へと飛び回る。

それはほんの些細な時間。一秒程度のものだった。

けれどメイリンにとっては、それで十分。その僅かな時間によって、メイリンの右手は白いマナの帯を限界まで長く描ききったからだ。

【仙術内伝・地：千年洸路《せんねんこうろ》】

迎え撃つアストロト。メイリンはその隙間を縫って相手の腹に拳を突き立てる。その瞬間、残留する白いマナの帯が一気に拳へと集束していった。

その一撃は、もやは人の拳が放てるようなものではなかった。

爆轟と衝撃。それの広がる様が目に見えるほどに鮮烈で苛烈な一撃は、同時にアスタロトを吹き飛ばしてもいた。

「あんな遠くに……まあ好都合じゃな」

どれ程までの威力があったというのか。アスタロトは数百メートルも離れた島の端に聳《そび》える岩山に激突して、そのままめり込んだ。

ここから追撃するには、相当な飛距離と精度が必要となるだろう。

だがミラは、むしろ遠くなってくれて良かったとそれを見据えた直後、ちらりとヴァレンティンがいる方へと振り返る。

（あやつには悪いが、バルバトスの意見を優先させてもらうぞ――）

黒悪魔を元に戻すために努力しているヴァレンティン。どのような状態でも諦めない彼であるが、時にはそれが無謀になる。

そしてミラは、以前の魔物除け騒動の際にバルバトスから重要な事を聞かされていた。それは、何をどうしようとも白悪魔に戻せない状態がある事と、その見分け方についてだ。

「さぁ出番じゃぞ、アイゼンファルドや！」

今のアスタロトは、バルバトスから聞かされたその状態と全てが一致している。ゆえに戦いとなった今、倒すか倒されるかのどちらかしか選択肢はなかった。

ミラが呼ぶと城門が開き、そこを潜るようにしてアイゼンファルドが姿を現した。その足取りは極めて慎重だ。

その姿を見送るノイン達は、一様に苦笑を浮かべている。

何故ならばアイゼンファルドの全身にマナが満ち満ちており、その口からは凝縮された力が溢れ零れ落ちているからだ。

それは、全力ドラゴンブレスをも超える、限界突破ドラゴンブレスの準備が完了した状態であった。

そう、クリスティナに次いでアイゼンファルドもまた、待機しながらチャージしていたのだ。

「おいおい、どうなるんだ、あれ……」

これまでに見た事もないほどに力を蓄えたアイゼンファルドを前にして、ルミナリアはその先の想像が出来ないと引き攣った笑みを浮かべる。

「ちょっと待て、十秒……いや、せめて五秒待て。補強する」

ソウルハウルもまた明らかにドン引いた顔をするなり、城壁の強度を限界まで引き上げた。更に下のノイン達に向けて、城壁裏ではなく城内に入るようにと通告する。

「アルテシアさん、私達も」

「ええ、そうね」

カグラは周囲に防御用の結界を張り巡らせ、アルテシアもまた耐衝撃強化の術を使い守りを固めていった。

『母上、いつでもいけます！』

標的を捕捉したアイゼンファルドが、ドラゴンブレスの構えをとる。

背後では、慌てたようにクリスティナが撤退して城門に飛び込んでいく。また残るヴァルキリー姉妹も、その場から離脱して大きく距離を離していった。

そうして準備が整った事を確認したミラは、いよいよその号令を下した。

「撃て、アイゼンファルド！」

ミラの指示が響いた数瞬後、アイゼンファルドより限界突破ドラゴンブレスが放たれた。

極限まで凝縮された破壊の奔流《ほんりゅう》が空間を貫いていく。

そこに秘められたエネルギーは人知を超えており、その余波だけで大地は抉れ空間は歪み、傍にある万物全てを塵へと還していった。

そのような恐るべきエネルギーが、岩壁より這い出したアスタロトに迫り、そして直撃する。

始まりは光だ。あまりにも眩い閃光が一瞬だけ吹き抜けると、次に轟音と衝撃波が襲って来た。

「これまた強烈じゃな……！」

思った以上の威力と影響を確認したミラは、それはもう満足そうに頷きながらアイゼンファルドが残した戦果を見つめ、遠くを見据える。

「あんだけ距離があって、こんだけ余波がくるとかどんだけだよ」

「補強しておいて正解か」

ルミナリアとソウルハウルもまた結果を前に苦笑しながらも、流石は皇竜だと称賛した。

ミラ達が目にした光景。それは、思わず笑ってしまいそうなほどに壮絶なものだった。

とんでもない余波が押し寄せると身構えたが、それはエギュールゲイドの自爆ほどではなかった。

なぜなら、極限まで凝縮された限界突破ドラゴンブレスは、岩壁に衝突するなり、そのまま巨大な穴を開けて貫通してしまったからだ。

つまりは、爆心地が更に島のずっと外側になったわけである。

いったいどこまで届いたのだろうか。遠雷の如き轟音がどこからともなく響いていた。かなり遠くの方、それも海中で炸裂したようだ。

「で、おじいちゃん。あいつはどうなったの？」

アスタロトがいた岩山には、大きな穴が開いているだけだ。

とはいえ、あれだけの威力である。さしもの公爵二位とて耐えられるはずもない。

だが油断は禁物だ。その確認は必要であろう。

ゆえにミラは、階下のメイリンに声を掛けた。アスタロトがどうなったかわかるかと。

「もうどこにも感じないヨ。私達の勝利ネ」

メイリンからは、そんな答えが返ってきた。

それは、《生体感知》による調査結果だ。

武道家として、そして仙術士としても達人の域にあるメイリンは、ミラなど比べ物にならぬほどの精度と範囲で周囲を探る事が出来た。

そんなメイリンが言う。あの限界突破ドラゴンブレスが直撃した三秒後に、アスタロトの生体反応が完全に消滅したと。

そう、消滅だ。ドラゴンブレスに呑み込まれて吹き飛んだのではなく、消滅したというのだ。

「という事のようじゃ」

アスタロトはどうなったのか。カグラの質問に聞いての通りだと返したミラは、そのままレティシャとパムのいる舞台に歩み寄り、労いの言葉をかけてから送還した。

こうして『イラ・ムエルテ』のボスとの戦いは、ミラ達の勝利で終わったのだ。

21

時は少し遡り、主戦場となる場所よりも遠く離れた地点にて、もう一つの決戦も始まっていた。

公爵二位との戦いをミラ達に預けたヴァレンティンは、自身が受け持った悪魔もどきを見据えるなり一気呵成に仕掛けていく。

「よし、十分に通用しそうだ」

魔物を統べる神の剣。その力によって生じた肉塊より生まれ落ちた悪魔もどきは、膨大な魔の力を秘めている。それでいて魔に特効性のある退魔術が通じにくいという特徴を持つため、ヴァレンティンとの相性は、あまり良い方ではない。

だが以前に経験した事もあって、ヴァレンティンはその対策を綿密に練ってた。

退魔の炎が通じにくいのならば、攻撃は純粋な炎である蒼炎一本に絞ってしまえばいい。

そして代わりに、魔属性を秘めた攻撃に対しては十分に効果があるため、退魔のリソースは全てを防御に回す事が出来る。

結果として、強力な個体である悪魔もどきであっても、ヴァレンティンはこれを十分に抑え込む事に成功していた。

「しかしこれはなんだ？　以前に戦ったものとは少し違うような……」

ただ相手もやるものだ。正面から相対した化け物は蒼炎を危険と悟るや否や、既に焼け焦げた身体の一部などを使い、これを巧みに凌ぎ始めた。

あの日、マルコシアスがいた部屋で遭遇した悪魔もどきには見られなかった、知恵に基づいた行動だ。

何か理由がありそうだと考えたヴァレンティンは、攻撃よりも防御を優先して相手方の動きをじっくりと観察し始めた。

炎の攻撃に対する反応。退魔の炎には耐性があると把握しているのだろう。警戒を向ける素振りもない。だが蒼炎に対しては、注意を向ける仕草が幾度か確認出来た。

また結界についても同様、閉じ込めようと狙ったところで、それを察し逃れるように動く。

目に見える相手に力を叩きつけているだけだった以前の悪魔もどきとは、それこそ格が違う。

強靭な力と素早い身のこなし。更には、こちらの手段を把握して展開してくる戦略の数々。それこそ悪魔もどきではなく、黒悪魔とでも戦っているかのようだ。

「なら、これで！」

油断は出来ないと手札を組み直し、多岐に渡る展開パターンで一気に攻め始めたヴァレンティン。相手の底を計り切れない今、長期戦になると不利になるかもしれない。ゆえに短期決戦に持ち込んで仕留める構えだ。

と、そうして特大の蒼炎が直撃した時だった。分厚い肉塊が焼け爛れて剥がれ落ちた際、ヴァレンティンはその奥にあったそれを見て思わず手を止めてしまった。

「そんな……けど、そういう事か」

魔物を統べる神の剣によって生じた肉塊。それが寄り集まって人のような形になった存在が、以前に出会った悪魔もどきであった。

しかし、今ヴァレンティンが戦っているそれは、似て非なる存在。何と肉塊に覆われた中心に黒悪魔の姿があったのだ。

状態だけでいえば、あの日あの時に出会った悪魔マルコシアスに近い。

魔物を統べる剣に侵食されるも自分ごと封印を施し、これを押し止めていた、あのマルコシアスと似た状態だ。

しかし今回は、当時に比べ決定的に違う点があった。

「こんな……ここまでになってしまったら……」

それは、侵食度だ。無理矢理に封印して侵食を止めていたマルコシアスを確認していたからこそ、はっきりとわかる。目の前の黒悪魔は、魔物を統べる神の剣の力によって完全に侵食されてしまっていると。

また、同時に思い知らされる。目の前の彼は、もう手遅れだという事実を。

完全に侵食されてしまった今の状態から白悪魔に戻す事は不可能。それが、当人でもあるマルコシアスが下した見解だ。

もしもまた似たような場面に出くわし、相手が完全に侵食されているとわかったら、その魂の解放を優先する。それが、あの一件の後にヴァレンティンが所属する組織にて決められた新たな約定だった。

「まさか、こんなに早く、その時がくるなんて」

以前の騒動から、そう経たずに訪れたその時を前にして苦悩するヴァレンティン。

だが同時に、その存在から推理出来る事もあった。

それは、あの魔物除け騒動の一件に、この公爵二位もかかわっていたのだろうという事だ。

むしろ目の前の完全侵食状態の悪魔もどきからして、この場こそがその中心であったとすら考えられる。あの日に出会った黒悪魔ライアフレーベンを裏で操っていたのは、かの公爵二位だったのではと。

何といっても、公爵級だ。ならばこそ配下の黒悪魔もいただろう。

そんな配下を暗躍させ、更には実験台などにもした結果が、あの日の騒動であり目の前の悪魔もどきでもあると十分に推測出来る。

「調べれば、もっと色々と出てきそうだ」

ノイン達が簡潔に話してくれた内容だけでも、ここが相当な実験施設であるとわかる。加えて、これまでに遭遇した魔物や魔獣、そして目の前の犠牲者からして、いったいどれだけ非道な研究が行われていたのか。そして、その先にはどんな目的があったのか。多くの秘密が隠されていそうだ。

「とにかく今は、彼を抑える事が先決か」

その研究を紐解けば、もしかすると完全侵食状態から解放する手段が見つかるかもしれない。

それこそ奇跡のような可能性だ。けれど諦めきれないヴァレンティンは、再生が始まった悪魔もどきと戦いつつも、今出来る事を試していく。

完全侵食されてしまった彼に対して、何か出来る事はないのか。白悪魔に戻せる可能性はないのか。

ヴァレンティンは持ちうる限りの手札を使い打開策を探る。

けれど、効果はなかった。いつもの道具のみならず実験中のあれこれまでも使うが、悪魔もどきには僅かな反応すら見られなかった。

「やはり、どうにもならないのか……！」

あの公爵二位は仲間をこんな状態にしてどうするつもりなのか。これはまだ過程に過ぎないのか。何が目的で、こんな事をしたのか。

そして、どうすれば救う事が出来るのか。

苛烈な一撃を結界で受け止め、次々と降り注ぐ魔弾を滅魔の炎で振り払うヴァレンティン。徐々に精度が上がっていく攻撃を凌ぎつつ、心の中で悩み続けていた。

と、そのようにヴァレンティンの手が悩みで鈍っていたところ、不意に転移用の金属棒が輝いた。

「不穏な気配がしたので来てみれば、こんなものと戦っていましたか」

直後バルバトスが転移してくるなり、飛び掛かる悪魔もどきに容赦なく魔法を叩き込んだ。

「ヴァリー。友人の助っ人に行くと言っていましたが、これはどういった状況でしょう……」

吹き飛び転がっていく悪魔もどきを確認した後、素早く周囲に目を走らせたバルバトスは、ただの戦場ではない光景を前にして苦笑気味に振り返る。そして更に「あと、なぜまたあれと戦っているのですか」と口にした。

転移の目印となる術具。ヴァレンティン達が持つそれは、転移先の状態を把握するための機能も組み込まれている。バルバトスは、それを通じて漂ってくる悪魔もどきの不気味な気配を感じ取ったのだ。

そして何かよからぬことになっているのではと危惧して駆け付けたところ、そこは複数の巨塔が激突する大戦場だったわけだ。困惑するのも無理はない。

「しかし、こうも早く出会ってしまうなんて。とにかくあの者は、もう倒すしかありません。私も手を貸しましょう」

ともあれヴァレンティンが張った結界の向こうは、轟音と爆炎が渦巻く戦争地帯。だが外より隔てられたこの場所は違う。何よりも、あの日よりむごたらしい状態になっている黒悪魔がそこにいる。

周囲の状況のみならず、ヴァレンティンが手にしている道具などからも察して把握したバルバトスは、悪魔もどきを見据えて告げた。せめて魂だけでも救済しようと。

それを言葉にしたバルバトスの顔には、一つの覚悟が秘められていた。だからこそ、引導を渡すのは自身の役目であるという覚悟が。

「……わかった。それしかないから、ね」

もうこれ以上は、自分の我がままだけで戦う事は出来ない。そして何よりも、心の中では最初からそうしなければいけなかったという事もわかってはいた。

優先するのは、魂の救済。それが現時点で出来る精一杯なのだから。

気持ちを切り替えて構えるヴァレンティン。そしてバルバトスも、強い意志を胸に並び立つ。

そうしてヴァレンティン達と悪魔もどきの熾烈な戦いが本格的に始まった。

バルバトスが加わった事によって、戦況はヴァレンティン側へと大きく傾いた。特に防御面は揺るぎなく、悪魔もどきのいかなる攻撃も通さない。

かといってそのまま押し切れるような相手ではなかった。何よりも再生する肉塊は完全に消滅させるのが難しく、更には切り離すと独自に動き始めるときたものだ。

いつどこから、どのような不意打ちをしてくるかわからないため、分裂したら個別に結界で封じ込める。もしもに備え見落とさないためにも、常に全体へと気を張っていなければならず消耗は激しかった。

その圧倒的な耐久力からして、これがタンク役として合流していたら相当に厄介であっただろう。しかも際限なく肉塊が飛び散りでもしていたら、後衛の守りにかなりのリソースが割かれる事になっていた。

早々に分断して結界に閉じ込められた今の状況は、きっと最善であった。そう確信するヴァレンティンではあるが、厄介な敵である事に変わりはない。その常軌を逸した再生力と幾らでも増殖する肉塊を前に、一進一退を繰り返す。

ともあれ長期戦に突入したものの、それだけ観察出来る時間が長くなった事で、ヴァレンティン達は次第に相手の特徴や脆弱性などを見抜き始めていた。

(……なるほど、君でしたか)

そして緊張の続く戦いの中で、バルバトスは悪魔もどき本体の正体にも気づいた。前回に続き、今回の被害者もまたバルバトスの知り合いだったようだ。

(しかし、なぜ彼がここに？)

ただ、ライアフレーベンの時とは大きく違う点があり、バルバトスはそこに大きな疑問を抱いた。

その疑問とは、彼の存在自体である。

(あの日……彼はあの大戦の時に、三神将の手で滅ぼされたはずですが……)

大陸全土を巻き込んだ大戦、三神国防衛戦。それは人類のみならず、多くの黒悪魔も散っていった壮絶な戦争だった。

バルバトスは、その時の事も覚えていた。そして今は悪魔もどきとなってしまった目の前の彼が、当時に命を落としたところを目撃していたのだ。

相手は、人類最強の三神将。その一撃から逃れる術はなく、また九死に一生などという余地もない。

彼の命は、完全に刈り取られていた。

だが悪魔というのは転生する存在だ。ゆえに時間が経てば、三神将に仕留められたとはいえ、いずれ転生出来る。

（しかしまだ十年も経っていない今、それは不可能。いったい何が……）

転生したからこそ、彼はここにいるのだろう。それはわかるが、だからこそ問題だった。転生出来るとはいえ、そのためには少なくとも百年は必要であるからだ。

「あ、これはまずいですね！」

と、色々考えている間にも戦いは佳境へと突入していく。戦況は不利と判断したのだろう、悪魔もどきは最後の手段に出た。急激に肥大化し始めたのだ。

流石に結界内で爆発されては大変だと焦燥感を露わにするバルバトス。

「こっちに！」

けれどもここには、ヴァレンティンがいる。すぐさま振り返ったバルバトスは、多重展開された結界に飛び込む。

直後だ。強烈な破裂音と共に肉塊が爆散した。その様は自爆というよりは、無数の質量弾による無差別攻撃に近い。

ともあれ、異常なほど強靭な肉塊によるものだ。衝撃は尋常ではなく、直撃を受けていたのならただでは済まなかったであろう。事実、幾重にも張られたヴァレンティンの結界を数枚ほど完全に砕いてしまうほどの威力だった。

「ヴァリー、今が好機です。結界で封じておいてください。このまま決着をつけます！」

飛び散った大量の肉塊が、各々に動き始める。だが始動した直後は遅いため、これに対処するには絶好の機会でもあった。

「え!? わ、わかった！」

結界の張り直しに加えて、無数に分裂した肉塊の封印ともなれば、とんでもない手間である。それこそ一時的に戦闘から離れなければいけないくらいだ。

つまりはバルバトスに本体の相手を完全に任せてしまう事になるわけだが、実際のところ散らばった肉塊をそのまま放置は出来ない。これらが暴れ始めたら相当に厄介だからだ。

効率を考えれば、それが一番だ。ヴァレンティンは大量の肉塊を蒼炎で焼きつつ、手が足りない分は結界も使い暴れられないように封じ込めていく。

そのようにしてヴァレンティンがあちらこちらと駆け巡る中、バルバトスは悪魔もどきの本体と対峙していた。

「大丈夫だ。今すぐに解き放ってあげるから」

肉塊のほとんどをまき散らした悪魔もどきは今、ただの黒悪魔と同じような状態にあった。

けれどそれは見た目だけ。その目とその動きに、理性のようなものは感じられない。暴虐と暴走を繰り返す、憐れな傀儡《かいらい》そのものだ。

「この力……なんてむごたらしい。けれど、まともに撃ち合うのは難しいですね」

魔物を統べる神の剣の力によって、酷く歪んだ悪魔の能力。そこから繰り出される悪魔もどきの攻撃は、本体までも傷つけるほどの害意に満ちている。強力な自己再生能力に任せた捨て身の一撃を繰り返すのだ。

更に厄介なのは、全身に纏わりついている魔の瘴気だ。本体を蝕みつつも漂うそれは、あらゆる魔法に対する耐性を与えるどころか、吸収までしてしまう特性付きだった。

だからこそ真っ向勝負は出来ない。何よりも、これ以上苦しませない事が今のバルバトスの目標だ。その身体ごと突進してくる悪魔もどき。魔の瘴気を増大させていく様は、それこそ死なば諸共を狙う自爆攻撃である。触れたり近づいたりするなどもってのほかだ。

「これも通用しませんか」

かろうじて身を躱したバルバトスは、僅かな隙をついて堅牢に練り上げたマナの槍を撃ち込むも、悉く無効化されて苦笑する。

ただ、それでいて微かに笑みを浮かべ、今一度悪魔もどきの正面に立ち塞がった。

途端に咆哮を響かせ突撃してくる悪魔もどき。先ほどにも増して瘴気が濃く、速い。

「ぐ……ぅ！」

と、バルバトスはそれを真正面から受け止めた。自爆攻撃に近いそれをまともに受け止めるなど、明らかに愚行の類だ。

だが当然、彼には考えがあった。

直後、悪魔もどきの背後で魔法が発動する。それは直前にバルバトスが仕掛けていた、マナの槍の魔法だ。

突進の勢いは止まらぬままだが、無数に出現したマナの槍が悪魔もどきの背中に殺到する。しかし、瘴気は厚く、それらの魔法を全て防いで吸収していく。

「待たせてすまない、リーチリブラ。今、楽にしよう」

瞬間、悪魔もどき——リーチリブラを覆う魔の瘴気が薄くなった。いや、正確にはマナの槍を防ぐ背に多くが割り振られたという状態だ。

よって正面から受け止めた今、バルバトスの目の前には、露わになった彼の身体だけがあった。

このタイミングを狙っていたバルバトスは、守りに回していた魔属性の力を全て右手に集束させる。

そして小さく祈ると共に、リーチリブラの胸をその手で貫いた。

魔によって魔を相殺する。バルバトスは、リーチリブラの中で渦巻く最も淀んだ部分を内部から直接爆散させたのだ。

変異してしまっているとはいえ、主要器官が失われれば悪魔もどきとて無事では済まない。

リーチリブラは、バルバトスに抱きかかえられたまま塵へと還っていく。その際、微かに口が動いたものの、零れたのは言葉ではなく理性のない呻き声のみであった。

「すまない。また同族を手にかけさせてしまった……」

肉塊の処理を終えたヴァレンティンは、塵を見送るバルバトスを見やりながら、そう悔やむ。

「いえ、気にしないでください。むしろ今後を考えるのなら、私に任せてくれた方がいいくらいです。何といっても悪魔に倒された悪魔は、本来よりも転生期間が短くなりますからね」

随分と気にする様子のヴァレンティンに対し、何も問題はないと断言するバルバトス。それどころか未来を見据えるならば、この方がいいとまで付け加える。

「え？　そんな事が!?」

まさかの利点に驚くヴァレンティンは、そういう事ならばと幾らか納得して顔を上げる。

「むしろこれは、私の罪滅ぼしでもありますからね。今は黒に染まっている仲間達も、いずれ私に感謝すると思いますよ」

そう言って笑うバルバトスは、「だから今のうちに恩を売っておくのもありですよね」などと続けて口にした。

だがそれは、この場で思い付いたバルバトスの嘘だった。悪魔の転生に必要な期間や条件については、厳密な決まりがある。よって誰に倒されたかといった事は関係ないのだ。

ただバルバトスは、その手にかけた魂を速やかに《天ツ彼岸の社》に送る方法を心得ていた。

悪魔の魂が少しでも早くあるべき場所へと還れば、それだけ転生のカウントも早く始まる。ゆえに、まったくの嘘というわけでもなかったりする。

「おっと、これは。どうやらあちらも決着のようですね」

「あ！　公爵二位でも、あんなのをまともに受けたら――――！」

振り向いてみると、アイゼンファルドが豪快なドラゴンブレスを炸裂させていた。公爵二位ほどの実力があろうと、その直撃を受けてはひとたまりもないだろう。それを理解するヴァレンティンは、せめて彼だけでもどうにか出来ないかと駆け出す。

いや、駆け出そうとしたところで、これをバルバトスが止めた。

「彼の状態は、前にも見た事があるでしょう。ならば理解出来ているはずです」

何をどうしようと、白悪魔に戻す事が出来ない状態がある。そしてそれはヴァレンティンも――――その変質を見抜いた張本人であるヴァレンティンだからこそ、誰よりもわかっているはずだとバルバトスは告げる。

「うん……そうだ。その通りだ」

これまでの研究の末、そこから先はどうにもならないと思い知らされた最終ライン。公爵二位には、それを越えてしまった兆候が確かにあった。

そして、これを無理矢理に戻した場合、より悲惨な結果になるという事も理解していた。

今一度諭された事で冷静さを取り戻したヴァレンティンは、だからこそ光の中に消えていく公爵二位の姿を見ている事しか出来なかった。

〈22〉

「そういえばさ。勢いで倒しちまったってところもあるが、なんかこう……色々と訊き出さなくてもよかったのか？」

魔物やレッサーデーモンなどがまだ残っていないかを確認するために散開する直前の事。ふとゴットフリートが、そんな疑問を口にした。

黒悪魔であると同時に『イラ・ムエルテ』のボスでもあったアスタロト。ともなれば彼が把握していたであろう情報は膨大であり、それをむざむざと闇に葬ってしまったのではないかというのがゴットフリートの懸念のようだ。

「確かに、重要な情報を幾つも握っていただろうね――」

事実その通りだと頷き答えたノイン。だが思えば遭遇してから、なし崩し的に戦闘となり、そのまま決着したというのが今の状況だ。問答どころではなかった。

加えて相手は、公爵二位の黒悪魔だ。

「――けれど、それを問うたところで答える事はまずなかったと思う」

そのようにノインが続けた通り、黒悪魔から正確な情報が得られるとは考えられなかった。黒悪魔とは、総じてそのような存在だからだ。

「じゃろうな。完全に拘束して問い詰めようとも、一切口は割らぬじゃろう」

ミラもまたノインの意見に同意する。下位の黒悪魔ならばともかく公爵二位となれば、どうにもならないと。

情報の入手といえば、これまでにも大活躍してきたカグラの自白の術がある。ただそれは、カグラの卓越した陰陽術の技と魔力の強さを合わせた力技に近いものだ。

ゆえに格上となるアスタロトが相手では、その効果を望む事は不可能であろう。

「つまり地道に調べる以外はないって事か」

ゴットフリートは周囲の岩山を一望しながら、ため息交じりに呟く。この広大な島を隅々まで調査して、『イラ・ムエルテ』に関する情報を集めなくてはいけないのかと。

「そういう事じゃな」

事実、ミラ達に出来るのは『イラ・ムエルテ』の本拠地であるこの島を徹底的に調査する事だけだ。

とはいえ、その点については頼もしい仲間がいる。

諜報に長けるサイゾーを始め、多くの専門調査員が飛空船で待機している。

「よし、それじゃあまずは安全確認を済ませようか」

そう言ってノインは、誰がどこを確認していくかという振り分けを始めた。

ここのボスであるアスタロトを倒し、更には大量の魔物や魔獣、加えてレッサーデーモンなど多くを討伐した。

けれど、これで全てとは限らない。まだ島のどこかに敵が潜んでいてもおかしくはないのだ。中でもメイリンの《生体感知》で見つけられない不死系の魔物などは、特に厄介揃いである。

ゆえに、調査員を入れて本格的に調べ始めるより先に、完全な安全を確保するのが大切であった。

ノインは、索敵能力の高い者とそうでない者をペアとして指名していく。

そして、それぞれのペアがどう手分けしていくかといった話をしていたところだ。

「皆、お疲れ様」

そんな言葉と共に、もう一つの戦いを繰り広げていたヴァレンティンが合流する。更には、戦場を分かつ前にはいなかったバルバトスも一緒だ。

「あれ？　増えてる？」

「これまた、どちら様でござろうか？」

見覚えのない顔を前にして、ノインとサイゾーが疑問を浮かべる。ゴットフリートとエリュミーゼもまた、はて何者かとバルバトスに注目した。

「紹介しますね。彼はバルバトス。黒悪魔でしたが、今は白悪魔という状態です」

「皆さま、初めまして。バルバトスと申します」

そのようにヴァレンティンが紹介すると、バルバトスが丁寧に一礼する。

「この方が、前に教えてもらった。なるほど、なるほど」

「話には聞いていたけど、こうも印象が変わるものなのか」

何者かを把握するなり、ノイン達は一様に納得した後、興味津々といった顔でバルバトスを観察し始めた。

かなり複雑で慎重さを要する情報ではあるものの、その悪魔関係の話については、ノインやゴットフリートらのような者達には伝えられていた。

ただ、ヴァレンティンと関わりのあったミラ達と違い、情報として知っていただけであった彼らは実際に目にした黒悪魔と白悪魔の差異に、これほどまで違うものなのかと驚き顔だ。

「もはや共通点は、角だけでござるな」

「とても興味深い」

サイゾーとエリュミーゼは、その変わりように興味を深めたようだ。

それらの様子を前にルミナリア達は、わかるわかると頷いていた。黒悪魔をよく知っているからこそ、白悪魔の穏やかさを前にしたら余計に不思議な感じがするものなのだ。

と、そうして共に「よろしく」と挨拶を交わして顔合わせも済んだところで、情報のやり取りが始まった。

まずは、ミラ達側の戦闘の流れと決着についてヴァレンティン達に伝えられる。

「——というわけじゃ。すまぬが前に聞いていた兆候が確認出来たので、空に送らせてもらった」

公爵二位の名はアスタロト。更には彼が用いた謎の道具など色々と含めながら話し終えたところで、ミラは最後にそう謝罪を付け加えた。

以前に教えてもらった見分け方によって、アストロトを白悪魔に戻せる可能性が無いとわかったため、安全と確実な勝利を優先したと。

「いえ、残念ですが、そういう事ならば仕方がありません」

どうしようもない事だってある。その事を理解しているヴァレンティンは、皆が無事で何よりだと答える。だが、その顔には幾らかの悔いも浮かんでいた。無理なものは無理だとわかっていても、まだきっぱりと割り切れないようだ。

「私から、お礼を言わせていただきます。仲間の不始末に決着をつけていただき、ありがとうございます。いつか彼が白悪魔として戻った時には、きっと皆さまに感謝する事でしょう」

バルバトスの口からは、感謝の言葉が述べられた。かの侵食から解放され正気に戻った今、それこそ黒悪魔として行ってきた全てを悔やむばかりだそうだ。だからこそ正面から、これを打ち破ってくれたミラ達に、アスタロトも感謝するはずだという。

また、何よりも止めてもらった自分が言うのだから間違いないとさえ断言する。ただその最後の言葉はミラ達のみならず、ヴァレンティンにも向けられていた。

次はヴァレンティン達側の情報が伝えられる。まさかこの島で再び遭遇する事となった悪魔もどきとの戦いと、その際に気づいた様々な謎についてだ。

「――そうして打ち破ったわけですが、色々と調べなければいけない事が山ほど残りましたね」

魔物を統べる神の剣。その力に侵食された悪魔より生じた不気味な肉塊。悪魔もどきと称したそれは、その肉塊が寄り集まって黒悪魔のような形をとっただけのものだった。

しかし、今回は違う。その中には黒悪魔そのものが存在していたのだ。

「なんとなく気配が重いと思うたら、中におったのか……」

以前に悪魔もどきをその目で確認した事のあるミラは、何となく存在感の強さの違いに気づいていた。だが、まさかそれが中に本物の黒悪魔がいたからだったとはと絶句する。

「悪魔もどき……ちょっと前に話していたあれか。って事は、その件とこの件は繋がっていたってわけだ」

報告だけ聞いていたノインは、悪魔もどきとはあのような感じだったのかと納得しつつ、その繋がりにも気づいた。

「俺達が来る前に長老達が解決したってやつだな。そっちも裏で黒悪魔が絡んでいたって聞いたが、何ならさっきの奴が真の黒幕って可能性も出てきたか」

続きソウルハウルが更に深く触れたところ、ヴァレンティンとバルバトスも同じ考えに行き着いていたようで、きっとそうだろうと答えた。

「つまりは、あれじゃな。状況から見るに、ここではあの剣の研究も行われておったという事か」

「そうなりますね」

魔物を統べる神の剣こそが、悪魔を黒悪魔に変貌させてしまった元凶だ。そしてこの『イラ・ムエルテ』の本拠地では、それについての研究が行われていた疑いがある。これは、どうにも厄介そうだとミラが呟けば、ヴァレンティンも同意するように頷いた。

「で、報告で聞いただけで詳しくはわからないんだが、それによって何がどうなるんだ?」

その力を更に悪用されると厄介な事になる。そこまでは把握しているが、結果としてどのような厄介が起きるのかと疑問を口にするのはゴットフリートだ。

ただ、この疑問について明確な答えを持つ者はいなかった。ヴァレンティンやバルバトス達の組織もまた、それについては研究の段階。今はまだ、悪魔を侵食する事と、不気味な肉塊の発生くらいしか判明していない。

「あの剣の力については、まだ謎が多いんですよね」

だからこそ、ここの調査でその研究内容が判明するのを期待しているとも続けるヴァレンティン。

「ただ、関係があるのかはわかりませんが、一つ気になる事があります」

魔物を統べる神の剣が関与しているのか。それともこれとは別件なのか。そこはまだ判断出来ないが、ここで行われていたかもしれない研究の一つは推察出来るとバルバトスが口にした。

それは、どういった推察か。ミラ達が興味を示すと、バルバトスは小さな情報も整理しながら説明してくれた。

まず彼が語ったのは、悪魔もどきの中にいた黒悪魔についてだった。

その名は、リーチリブラ。古くからの知り合いであると共に、黒悪魔に身を落としてからも幾らか顔を合わせる事があったという。

そんなリーチリブラと最後に会ったのは、約九年前。そう、魔族と人類による壮絶な戦い——三神国防衛戦の時だそうだ。

「少し話し辛くもありますが、あの戦争には私も参戦していました。そしてその際に彼——リーチリブラが、かの三神将と呼ばれる一人によって討ち取られる姿をはっきりと確認しております。悪魔の力をものともせず完膚なきまでに打ち払うあの光景は、こうして本来の状態に戻れた今も恐ろしい記憶として、この目に焼き付いています」

リーチリブラという黒悪魔は、そこで完全に討滅された。そう語ったバルバトスは、だからこそ、ここにリーチリブラがいた事が不思議でならないと続けた。

「実はその時かろうじて生き残っていた、という事はないのだろうか?」

死んだはずのリーチリブラが、悪魔もどきの素体になっていた。この現状から考えられるとしたら、それくらいだろうとノインが答えたところ、「あの三神将が仕留め損なうなんてあり得ないな」と、ゴットフリートが断言した。

「あの将軍達は化け物中の化け物でござるからな。そこから生き残るなど、不可能でござろう」

続き、サイゾーもまた三神将を相手に逃げられるはずもないと言い切った。またその隣で、エリュミーゼも「うん、無理」と同意を示し深く頷いていた。

「ああ、そういえばお前達は経験者だったっけ」

三神将に対するゴットフリート達の反応と、ある意味の信頼。それを前にして納得するように笑うのはルミナリアだ。

「ふむ、お主らがそう言うのなら無理なのじゃろうな」

ミラもまた、どことなく冷やかす様な目で三人を見やり笑えば、カグラ達も同情に似た感情をその顔に浮かべる。

何といってもアトランティス王国といえば、プレイヤー国家の中で唯一、三神国に喧嘩を売った国である。そしてアトランティスが誇る『名も無き四十八将軍』は、三神将に完膚なきまで叩きのめされたという話もプレイヤー達の間で有名だった。

つまりは、三神将の力をその目に焼き付けた事のある三人だ。彼らが言うのなら、黒悪魔がそこから生きて脱する事など不可能なのだろう。

リーチリブラという黒悪魔は、三神国防衛戦の時に滅せられた。それはもう揺るぎのない事実であると、バルバトスも断言する。

けれどリーチリブラは、悪魔もどきとなってここにいたのもまた揺るぎのない事実だ。

「なら、さっきのエギュールゲイドみたいに死体を……って、ああ、そういえば無理か」

残された可能性は、死体を回収して再利用するというもの。それを思い付いたゴットフリートだったが、途中で悪魔の特性を思い出し、これを自ら否定した。

「そうですね。三神将を前に生きて帰るのは不可能。加えて、悪魔という存在は死ぬと塵に還るので死体は残りません」

その通りであると頷いたヴァレンティンは、しかも三神将に倒されたというのなら角の欠片すらもその場から持ち出せないだろうとも続けた。

「あー、角だったりとか一部は素材として残るんだよな。――っと、そういえば公爵級の素材とか、ちょっともったいなかったな」

なぜ、ここにリーチリブラがいたのか。そんな話から、不意にゴットフリートが遠くを……アスタロトが吹き飛んでいったあたりに目を向けながら呟いたところ、急にミラ達の目の色が変わり始めた。

「そうじゃな、そこは悔やまれるところじゃ」

「今回は流石にそこまで考慮する余裕はなかったもんな」

ミラが確かにと頷けば、ルミナリアも惜しい事をしたと続ける。更にはソウルハウルやカグラも、あのような状況であったものの勿体なく感じたのは事実だと同意を示した。

やはり悪魔素材は、とても希少でいて有用なのだ。素材の事まで考えて加減出来るような相手ではなかったものの、公爵級の素材ともなれば幾らでも使い道がある。そして、それらの消費には事欠かないのが銀の連塔という研究機関だ。

「ええ……？」

もしもあの日に打ち倒されていたとしたら、素材にされていたのかもしれない。貪欲な笑みを浮かべるミラ達を前にして、バルバトスはぞくりと身を震わせる。

「すまない。皆、悪気はないんだ。あれは職業病というべきか、身に沁みついたゲーマー魂とでもいうべきか。まあ今後、素材のためにとかいう理由で黒悪魔と戦う事はないから……ないはずだからさ」

「そこは断言してもらえるとよかったのですが」

「そうしたいけど、皆ならついでにとか言い出しそうだなって思って」

悪魔の事情については、既に承知しているミラ達だ。加えて、何かあれば連絡をくれるように話もつけてある。だからこそ、むやみに黒悪魔を倒そうなどとはしないはずだが、今回のようにどうしても避けられない場合は、はたしてどうか。

ミラ達をよく知るからこそ、ヴァレンティンの信用は揺らいでいた。


「さて、素材の事はともかく、なぜ死んだ黒悪魔がここにいたのかについてじゃが。思えば以前、悪魔は転生すると言っておったじゃろう？　それではないのか？」

改めるようにして話を戻したミラは、前にヴァレンティンから教えてもらった悪魔の基礎的情報について触れる。

死した悪魔は、後に同一個体として再び転生する。そしてこれは天使も同じであり、カグラも思い出したように「ああ、そうだっけ」と口にした。

死んだはずのリーチリブラがいた理由は、単純に転生したからではないか。そして何かしらがあってここに辿り着き、悪魔もどきの素体になったという推測だ。

「それについては、難しいと思います――」

転生したという説に対して、反対意見を述べるのはバルバトスであった。

その理由は、何といっても時間だという。リーチリブラが三神将に討たれてから十年も経っていない今では、まだ転生は不可能らしい。

「我々が次も同一の存在として転生するには、多くの工程が必要になります。そしてそれは十年程度で完了するようなものではないんですよ」

バルバトスが言うに、どれだけ早くとも百年はかかるという。だからこそリーチリブラがここにいた事は非常に不可解であるわけだ。

けれどヴァレンティン達が対処した彼は、本物のリーチリブラであった。

「だから、もしかしたら……ですが――」

これはいったいどういう状況なのか。謎ばかりが積み重なっていく中で、バルバトスが一つの可能性を示唆した。

それは、『転生を早める方法』があるのかもしれないというものだった。

「ふむ……このような場所じゃからな。有り得そうな話じゃのぅ」

状況からみるに、この場所で魔物を統べる神の剣の研究が行われていた可能性は高い。善良な悪魔を、今の邪悪な黒悪魔に変貌させてしまった元凶の力を秘めた剣だ。ならばもしかしたら、転生にまで影響を与える力があったとしても不思議ではない。

「実験施設のような場所も多くあった。しかも実際に転生が早まったかもしれない悪魔までいるとなると、その中の一つが本当にそうなのかもしれないわけか」

「どれもこれも、見た事のないような施設ばかりでござったな」

この拠点内にてノイン達は様々な実験施設を発見している。しかも見ただけでは何の実験をしているのかわからないものだらけだ。ゆえに、転生関係の場所があってもおかしくはないとサイゾーも頷く。

「あの液体が溜まっていた装置のある場所が怪しいと思う」

そんな予想を口にしたのはエリュミーゼだ。魔物や魔獣のみならず、霊獣の死骸まで転がっていた施設。死に満ちた場所だからこそ、その先にある転生にも関係していそうだという考えだ。

「アスタロトと遭遇した場所も怪しかったな。実験というよりは儀式でもするような部屋だったが、もしかするともしかするとだ！」

続き候補を挙げたのはラストラーダである。アスタロトのみならず、悪魔もどきとなったリーチリブラもそこにいたらしい。如何にも悪の秘密結社といった雰囲気に包まれていて怪しさ抜群だったと語る彼は、少し嬉しそうだった。

「ともあれ、ボスは片付いたからのぅ。後はここにある全てを徹底的に調べ尽くせば、何かしら出てくるじゃろう」

この島は、大陸最大の犯罪組織『イラ・ムエルテ』の本拠地だ。相応に貴重な情報が無数に隠されているはずである。

その中に、悪魔の転生を早める方法なんてものがあったとしたら、それこそとんでもない事だ。場合によっては、公爵級の黒悪魔が次々に復活してしまう事もあり得る。

「もしも、転生に関係する何かがあったら私達の方でも共有したいのですが、いいですかね？」

だが、黒悪魔を救済し、白悪魔に戻す活動を行っているヴァレンティン達の組織からしたら、その情報は極めて有益なものになる。だからこそ何かあったら知らせてほしいと申し出るヴァレンティン。

「うむ、わかっておるわかっておる。なんならお主達が全ての黒悪魔を白悪魔にしてくれれば、もう安泰じゃからな」

「ええ、その時は調査後にまとめた情報を提供させていただきますよ」

情報の内容からすると、国家機密どころではない。決して表に出してはいけないような秘密だ。けれどヴァレンティンの所属する組織ならば問題ないだろうと頷くミラ。ノインもまたニルヴァーナ側の判断としてこれを承諾すると答えた。


一通り話もまとまり、では残党探しと殲滅に移ろうとしたところだ。

「何じゃどうした、難しそうな顔をしおってからに」

ふとミラは、メイリンがじっと黙ったまま眉間に皺を寄せている事に気づいた。

こういう時には、いつも残りは任せろと駆け出していくのだが、どうにもおかしな様子だ。

メイリンの事をよく知るミラだからこそ、そこに違和感を覚える。何よりも直感の働く彼女である。

ミラは気になる事でもあるのだろうかと声をかけた。

「あの時、彼が種は蒔き終わったと言っていたヨ。その意味を考えているネ」

メイリンは眉間に皺を寄せたまま唸りつつ、そのように答えた。

いったい何の事だと問えば、最後に対峙したあの瞬間、アスタロトは敗北を悟りながらも不敵な笑みを浮かべて、そのような言葉を口にしていたというではないか。

「種……じゃと？　ふーむ、気になる言い回しじゃな」

何とも漠然とした言葉だ。

ただ、種を蒔くといえば、そこには色々な意味があった。

しかもよりにもよって、大犯罪組織である《イラ・ムエルテ》のボスにして公爵二位の黒悪魔が最期に遺した言葉ともなれば、面倒事の種になるのは間違いない。到底、無視出来るような言葉ではないだろう。

「気になるわね……」

「また面倒な置き土産をしやがって……」

岩壁に開いた穴を見据えながら、カグラとルミナリアが呟く。

メイリンが聞いたという言葉が事実ならば、これで一件落着とは思えないからだ。

「何と言いますか、さっきまでの話が現実になりうる恐れが出てきましたね」

もしかしたら転生を早める研究は完成していたのかもしれない。そんな事態を真っ先に思いついたのはヴァレンティンだ。

「それだけは、絶対に避けないといけないな」

種が芽吹いた時、黒悪魔が次々に復活する。そんな事になったら、また三神国防衛戦のような戦いが起きるのではと懸念するノイン。

多くの者達が犠牲となった、あの時のような戦争はもう二度と見たくない。そんな悲痛を顔に浮かべる。

「どちらにしろ放ってはおけませんね。この件については私達の方でも追跡調査を行いましょう」

事は『イラ・ムエルテ』の悪事のみならず。ヴァレンティンは大陸を巻き込む黒悪魔の謀略にまで及ぶのならば組織も動かせるだろうと言った。

いち早く専門家である彼らが動いてくれるのならば、心強いというものだ。

ただ、その種の正体については、まだ予想の範囲。もしかしたら、更に恐ろしい何かが隠されているかもしれない。

「とにかく今は、この島を調べ尽くすでござるよ。その種とやらには、他にも意味があるかもしれぬでござるからな」

アスタロトがそこまで自信満々に告げたというのなら、相当な仕込みが必要であっただろう。ならばこそ、何かしらの情報が残っているはずだ。

そのように語ったサイゾーはゴットフリートと一緒に、担当箇所の安全確保へと向かっていった。

「それもそうじゃな」

この場で考えているだけでは何も始まらない。そしてこれだけの大きな拠点である。多くの情報が眠っているのは間違いない。その種とやらの真の意味がわかる何かも見つかるだろう。

ともなれば、早く調査を開始出来るようにするのが得策である。

そう結論するなりミラ達は散開して、島中を巡り安全を確保していった。

またその途中で、バルバトスが組織に帰還する。今回の一件の報告に加え、追跡調査のための部隊編制について話を進めるためだ。

「面倒な事にならなければよいのじゃがのぅ」

「黒悪魔が、わざわざそんな事を告げていったとなると、ちょっと難しいでしょうね」

残党処理のため、あちらこちらを見て回るミラとヴァレンティンは、軽く情報交換をしつつ今後についても話し合っていた。

ヴァレンティンいわく、今回の件は後手に回る可能性が極めて高いそうだ。ゆえに出来る事は阻止ではなく、状況に応じて素早く展開出来るようにする準備との事だった。

（……あ、そういえばフェンリル殿の手を借りずに終わってしもうたな）

いつでも準備は万全だと言ってくれたフェンリル。とびきりの切り札が必要な状況に陥った時に助けてもらおうと準備もしていたミラであったが、結局のところはいままでの戦力と仲間達の力だけで乗り切る事が出来た。

あれほどの強敵を相手に、よくぞここまで戦い抜いたものだと自画自賛するミラは、それでもやはりいざという時にはフェンリルがいるという精神的支柱があったお陰だとも実感する。

『マーテル殿、フェンリル殿に感謝を伝えておいてくれるじゃろうか。フェンリル殿が控えていてくれたお陰で、安心して戦いに挑む事が出来たと』

備えがあれば余裕も生まれる。特にフェンリルという特別な戦力は、ミラにとって非常に大きな心の支えになった。経験のみでは補いきれない、貴重なアドバンテージだ。

『ええ、わかったわ。それじゃあ……彼が起きたらそう伝えておくわね』

直ぐにでも伝えたい感謝の気持ちだったが、マーテルから返ってきた言葉は、後でというものだった。

何でも、今か今かと楽しみな様子で出番を待っていたらしい。けれど最後まで喚ばれないままにマーテルが戦いが終わったと告げたところ、そのまま不貞寝《ふてね》してしまったそうだ。

相手はかなりの大物とあって、新参としても期待に応えようと張り切っていた矢先に、その結末である。

しかも結果は、ほとんど古参の活躍だけで勝利した形だ。だからこそ余計に不貞腐れていたとマーテルは言う。

『えっと……なんじゃ。今回は他にも人数がおったからのぅ。結果的にはフェンリル殿が出張るほどではなかったというわけでじゃな──』

礼を伝えようと思ったはずが、気づけばへそを曲げていたフェンリル。まさかの事態に戸惑ったミラは、理由や言い訳を並べてはフェンリルが機嫌を取り戻してくれる策をマーテルに相談する。

『──きっと、ただ召喚してあげるだけでいいと思うわよ。この場所だけだと、やっぱり窮屈ですからね。特に用事がなくても、それこそ遊び相手くらいでも喜んでくれると思うわ。神獣なんて大物みたいに云われているけど、彼は用事がないのに話しかけたら失礼なんて事はないから』

それが、マーテルの答えだった。

圧倒的な力を持つ神獣フェンリル。特別ゆえに、その特別さに相応しい場面でなければと遠慮するミラの心の内をマーテルは指摘した。

いうなれば、知り合いとはいえ世界的なスーパースターを、ただのホームパーティに呼ぶのは気が引けるというような心理についてだ。

だがフェンリルは、規模なんてものはまったく気にしていないらしい。むしろそういった小さな事で気さくに声を掛けてくれたほうが嬉しいのだろうというのがマーテルの感想だ。

『ふーむ、そうじゃったのか……。ではいずれ、わしが復興させた自慢の聖域でも見てもらうとしようかのぅ！」

召喚術研究の一環として、幾つかの荒れ果てた聖域を蘇らせた事がある。そんな聖域を聖獣霊獣の頂点に君臨する神獣フェンリルに見てもらうのみならず、なんならアドバイスなども受けられたらこれほど有意義な事はないと張り切り始めるミラ。

神獣という事で今までは自重していたが、相手がそういうつもりならば、もう遠慮などする必要はないというものだ。

『流石はフェンリル殿。なんと懐が深い！　今から楽しみじゃな！』

神獣目線は、これまでに一度もない要素だ。いったいどんなアドバイスがもらえるのだろうか。どんな気づきが得られるのだろうか。

意気揚々と魔物の処理を進めながら、先の予定を心待ちにするミラ。なお調子の上がったその様子に、何かいい事でもあったのかとヴァレンティンが問えば、ミラは「秘密じゃ」と不敵に微笑み返す。

『ミラさんって、そういうところ極端よね』

どことなく苦笑気味なマーテルであるが、その言葉には、子を見守る母のような温もりが込められていた。

〈23〉

ミラ達が島中を確認して回る事、三時間と少々。

小部屋や倉庫などに十数体の魔物と二体の魔獣、そして五体のレッサーデーモンが残っていたが難なくこれを撃破。

その後、満場一致で敵戦力残存ゼロと判断を下したところで飛空船に連絡。調査隊の上陸が開始された。

空からやってきた飛空船は島の中央部に着陸する。初めに足を着けたのは、グリムダートより派遣されてきた士官達だ。

「うわぁ、何をどうしたらこうなるんだ……」

士官の一人は一歩二歩と踏み出しながら周囲を見回し、真っ先にそのような感想を口にした。

グリムダートにて一つの軍団を預かる彼は、その立場に見合うだけの場数をこなしており、多くの死線を潜り抜けてきた猛者でもあった。

だからこそ、中には凄惨な戦場も多数見てきている。だが今ここに広がる光景は、その全てを合わせても足りないのではないかというほどに、壮絶な戦いの痕が刻まれていた。

夥《おびただ》しい数の魔物と魔獣の死骸。そして地形が変わるほどに鮮烈な破壊の痕跡。これを行うためには、どれだけの軍を動員すればいいというのかと士官は苦笑する。

そのような戦いの痕跡を前にした彼は、驚きと畏れをもってノイン達に振り返った。

「これが十二使徒と名も無き四十八将軍《ネームレスライン》、そして九賢者の方々の実力ですか。本当に俺達、戦闘での出番はありませんでしたね」

士官のもう一人が呆れたように笑うと、他の四人もまた「まったくだ」と同意するなり、報告書はどうしようかと眉間に皺を寄せて唸った。

なお、ニルヴァーナの調査員数十名もまた戦場を目にするなり一様に頬を引き攣らせていたが、自国の英雄であるノインがいる事もあってか、その足取りはどこか誇らしげだ。


調査員達にノインとサイゾー、ルミナリアが事の顛末を簡潔に説明する。

更に島の構造や重要な調査対象などについても話し終えたところで、いよいよ《イラ・ムエルテ》の本拠地調査が始まった。

この調査の指揮を執るのはグリムダートの士官達だ。そうする事で、彼ら彼女らのメンツもまた保てるという計らいである。

何だかんだいっても送り込まれてきた士官達は優秀で、調査は効率よく進んでいった。むしろここで活躍しないでどうすると、それはもうはりきった様子だ。

とはいえ調査範囲は広く人員もまた十分とはいえないため、完了まではまだまだ時間がかかりそうだ。飛空船の乗員上限まで調査員を連れてきたものの、想定以上に本拠地が広大であった事が原因だ。数日はかかるだろうと、士官は言う。

そしてその間、ミラ達は飛空船の船室にてのんびりと待機していた。

一時はミラ達も調査に協力していたのだが、全体的に効率が落ちているのがわかったからだ。というのも当然か。上司よりも更にずっと上の将軍が傍にいるとあっては、気が散って集中出来なくなるというもの。

よってミラ達は調査員の邪魔をしないため、飛空船に引っ込んでいる状態だ。

なおミラは将軍位でないため問題はなかったのだが、ちゃっかりと飛空船に戻っていた。調査よりも強者が揃っている今だからこそ進む研究などもあるからだ。

「――という術ネ」

「なるほどのぅ。それであの威力とは、またとんでもない術があったものじゃ」

ではミラ達は待機中に何をしているかというと、概ね勉強会のような状況となっていた。

今しがたメイリンが話していたのは、最後に彼女が放った仙術の《千年洸路》についてだ。

アダムス家でやり合った時とは別格ともいえるほどの威力に驚いたミラが、早速メイリンを捕まえた次第である。

何でもメイリンによるとこの術を使えば、一撃に込められるマナの上限を更に何段も超えられるらしい。

マナの上限。それは上級術士ならば誰もが突き当たる壁だ。同じ術でも必要量を超えたマナを注ぎ込めば、それだけ効果も上昇する。

とはいえ、それには限度があった。

術の高みを目指す者は、これを突破していくものだが、それにもまた限界はある。

その極まった限界を更に超えるべくメイリンが編み出したのが、この《千年洸路》だ。

その術は手から溢れさせたマナを空間に残留させた後、相手に拳を突き立てると共にそのマナを引き戻して威力を増幅させる、実に単純な仕組みの術であった。

一度に込められるマナの量に限界があるのなら、あらかじめ外に追加分を用意してしまおうというわけだ。

つまりは、火炎放射器の先に別途燃料をぶっかけるようなものである。

その追加分のマナが白い帯状に見えたもので、それを長く描くほどに威力は飛躍的に上昇するそうだ。

ただ、マナを空間に残留させられるのは、一秒程度が限界だという。

「その結果が、あれじゃったか」

ミラは、メイリンが放った一撃を思い返す。アスタロトを一瞬で吹き飛ばした一撃を。

空中すらも足場に《縮地》を行う事で、マナの白い帯を限界まで長く描いていたメイリン。きっとその術は、彼女以外には使いこなせないものだろう。

だがしかし、その発想については別であった。

「空間にマナをプールするか。面白いな」

真っ先にルミナリアがそこに喰いついた。しかもそれだけに止まらない。

「限界突破の方法……ちょっと研究してみる価値がありそう」

「なるほど。やり方次第で色々と応用が利くな」

カグラとソウルハウルもまたその可能性に気づき、目を輝かせる。

アルテシアとラストラーダの二人も同じような顔つきで、研究ノートを開いた。

そして同席していたエリュミーゼは、唐突に始まった術式研究会に戸惑いつつもそっとソウルハウルの傍に移り、その研究に参加する。

また何よりミラも、そこに多くの可能性を見出していた。

（一秒というのがネックじゃな。マナの出力にも限度があるからのぅ。上乗せ出来るとしても一秒分となると、そこまで上限は高くないじゃろぅ。しかし術具で……いや、魔封石を利用すればあるいは――）

そうあっという間に考察の海へと漕ぎ出していく。

帯状に長く伸ばしたメイリンの方法は真似出来ないが、それ以外にもやり方はあるはずだと。

ところ変わって、ノインとゴットフリート、そしてサイゾーは船室にてぐったりしていた。

前線でギリギリの戦いを繰り広げていた疲労が一気に出たようだ。

ベッドに倒れ込むなり泥のように眠るノイン。

ゴットフリートは死線の興奮冷めやらぬ感じではあるが、身体は完全に休息モードだ。「動けねぇ」と呟き笑う。

サイゾーはソファーに深く腰掛けたまま、残った忍具を確認していた。

「たった一日で、ここまで刃毀《こぼ》れするとは……勿体なかったでござろうか」

アルマから貰った上等な新品の忍具が、もうボロボロであると嘆きつつも、どうにか出来ないだろうかと手入れを試み始めるサイゾー。

と、そのようにしてミラ達は、各々自由に調査の間の時を過ごしていた。


悪の組織『イラ・ムエルテ』のボス、黒悪魔アスタロトを討ち取った翌日。

昨日は、本拠地内を巡って証拠品やら資料やらを手当たり次第に押収していった。

そして今日はというと、各施設を詳細に確認していく予定となっている。後日派遣する調査団の編制などに必要な情報を集めるためだ。

ただ、それらは全て先遣隊として上陸した調査員達の仕事である。また、その調査の指揮を執るのは、昨日に引き続きグリムダートの士官達だ。

よってミラ達がやるべき仕事はないのだが、やはり公爵級悪魔が拠点としていた場所である。何が起きるかわからないため先に帰るわけにもいかず、この二日目は待機のまま各々が悠々自適に過ごしていた。

「いやはや、昨日の今日じゃというに元気なものじゃのぅ」

島の中央。気分転換のため、停泊する飛空船の甲板に上がったミラは少し離れた地上で対戦するメイリンとゴットフリートの姿を目にして呟いた。

昨日、アスタロトとあれ程の激戦を繰り広げたばかりでありながら、二人にはその疲れなど一切ないのか。それとも寝ると全快するタイプなのか。朝から景気よくやり合っていた。

しかも実戦かと思うほどの白熱ぶりであり、一歩違えば怪我では済まないのではというほどの攻防が幾度も繰り返されていく。

「相変わらずの腕前じゃな！　これはこれで、何かの役に立つかもしれんぞ」

とはいえ、いざとなればアルテシアを呼べばいいだけの話だ。それよりもトップクラス同士の戦闘を落ち着いて観察出来る機会など滅多にない。ミラは何かしら得られるものがあるかもしれないと思い、両者の動きをじっくりと観察した。

「――――剣で地面をひっくり返すか……あまり参考にはならんかったのぅ」

一通りの勝負を見守ったミラは、甲板の上を軽く巡りながらメイリンとゴットフリートの戦いを振り返る。

剣士という事もあってゴットフリートの動きや技などを武具精霊の戦術に取り込めないかと考えたミラだったが、あまりにも色々と規格外な部分が多過ぎて再現不可という結論に至る。

ゴットフリートの技は、もはや彼だからこそのでたらめさだ。真似たところで劣化コピーにすら劣る代物になってしまう事だろう。

「そういえば、今度、足技などを教えてもらうとしようか」

ゴットフリートのみならず、メイリンはメイリンでミラが真似出来るような域ではなかった。だがそれは、先ほどのような頂上決戦に近いレベルでの話だ。

もっと基礎部分について、ミラはメイリンに教わりたい事が幾つもあった。

一番は足技だ。ダンブルフ時代は、いつも威厳重視で裾の長いローブばかりを着用していたため、そこまで足を上げられなかった。ゆえに足技などほとんど使わず、教わったのも基礎の基礎のみ。

だがミラとなった今は違う。もはや威厳のために重厚なローブを着る必要はなく、それどころか可愛さを追求すればミニスカートがデフォルトになるくらいだ。

そしてミニスカートならば、足の可動域を妨げる部分など何もない。どのような足技だって繰り出せるはずだ。

「ふむ……確か先ほどは、こうして……こうやっておったか」

試しにと、先ほど見たメイリンの足技を真似しようとしたミラであったが、あの超人的な動きと技は当然ながら簡単に模倣出来るものではない。ミラは大きく足を上げながらクルクルと回っては蹴りを繰り出すも徐々に軸がふらつき始め、そのままつんのめるように転がった。

「やはり、まずは基礎からじゃな……」

もはや技どころか蹴りですらない。不格好に回っていただけだ。簡単そうに見えて簡単ではないのが達人の技というもの。そう痛感したミラは原点に立ち戻ろうと思い直す。

何よりも基礎は大事。それはメイリンも言っていた事だ。

「確か、こうじゃったかな――」

ホーリーナイトをかかし代わりにして練習を始めるミラ。前に教わった動きを一つ一つ確認していった。


「お、今のはなかなか良かった気がするのぅ！」

飛空船の甲板にて練習する事、三十分ほど。これまでの努力の成果か、これは理想に近い回し蹴りが出来たと喜ぶミラ。

そして、この感覚を忘れぬうちに、続けて二度三度と回し蹴りを繰り出していたところだった。

「あ……」

ミラが回し蹴りをするために大きく足を上げた、その瞬間であった。

息抜きでもしようと思ったのだろう、それこそ狙ったかのように完璧なタイミングでノインが甲板に上がってきたのだ。しかも彼が立つのは、完璧にスカートが翻った状態を直視出来る位置であった。

瞬間、それはもう全てを余す事無く見てしまったノインは、あまりの出来事に硬直していた。

対してミラはというと――。

「お、よいところにきたのぅ！」

と、喜んで声を掛けた。なぜなら彼は、非常に優秀な盾役であるからだ。練習相手にするのならば、かかしのホーリーナイトよりも、受けた感想を聞かせてくれるノインの方が適任というものだ。

そして何より、もしも鉄壁のノインに通用する技を繰り出せたのなら、それはもう誰にだって通用する技となる。色々と試す相手としても、これ以上に最適な存在は他にいないわけだ。

「暫し――」

練習相手という名の実験台になってはくれないだろうか。そう、ミラが声をかけようとしたところだった。

「違うんだ――！」

硬直から一転。急激に顔を赤く染めたノインは、そんな叫び声と共にどこかへと走り去ってしまった。

はたしてそれは、覗こうとしたわけではないという意味か、それとも興奮してしまったわけではないという意味だったのだろうか。

どちらにせよ、そもそも理由に見当のついていないミラは、なんのこっちゃと呟き呆然と彼の背を見送る事しか出来なかった。

「せっかくじゃから光剣キックでも試してみようと思ったのにのぅ」

惜しい的だった。そんな言葉を呟きながら、またホーリーナイトで練習を再開しようとしたところ、続き別の誰かの足音が響いてきた。

「あ、なんだおじいちゃんか」

ひょいと甲板に顔を覗かせたのはカグラであった。何やら好奇心に染まった目は、ミラの姿を映すなり色褪せていく。隠すつもりもない、がっかり顔だ。

「む、なんじゃその顔は」

人の顔を見てがっかりするとは何事かと睨むミラ。対してカグラは一切悪びれた様子もなく、甲板を見回してから「やっぱりおじいちゃんだけかぁ」と、もう一度繰り返した。

「だからなんじゃ。何か用か？」

「ううん、別に。ただノインさんが面白い顔で走っていったから、何があったのかなって思って」

わざわざ来ておいてどういう感想だと問えば、ただの好奇心からのようだ。いつもはクールに構えているノインがあれほどまでに取り乱すような出来事とはいったい何なのか。ただそれが気になっただけだという。

「お主……」

野次馬根性とでもいうものか。はたまた、どことなく意地悪そうな目をしている事からして、弱みでも握ろうなんて考えていたのか。

どちらにせよ、ノインの味方になるつもりはなさそうだ。

「でさ、何したの？」

ノインが取り乱す要因となりそうなものは、どこにもない。ならばミラが悪戯か何かでも仕掛けたのだろうと考えたのか、カグラは何をすればノインがああなってしまうのかと好奇心を覗かせる。

「何と聞かれてものぅ。わしは、ここでちょいと練習していただけじゃよ。そこに奴がふとやってきたので練習相手にと声を掛けようとしたら、急に走って逃げてしもうた次第じゃ」

思い出しながら、その時の状況を説明するミラ。ミラにしてみても、ノインがどうしてそんな反応になったのか、さっぱりであった。

「……どういう事？」

とんと要領を得ない内容に、当然ながら聞いているカグラも、ちんぷんかんぷんだと首を傾げる。

「わからん。わしがサンドバッグを求めていると勘付きおったのじゃろうか……」

「うーん、でもそういう時のノインさんって結構やる気だからなぁ。やれるものならやってみろって言って相手してくれるよね」

その防御技術の優秀さから、ノインはミラ以外にも練習相手を頼まれる事は多いようだ。カグラも以前に色々と実験を手伝ってもらった事があるという。

ただ、そこにはミラとカグラで多大な相違があった。

「む、どういう事じゃ？　そんなにノリよく答えてくれた事などないのじゃが」

「あー、そっか。おじいちゃんの場合は面倒だもんね。ノインさんが逃げても不思議じゃないかー」

プレイヤー達の間では、数の暴力の体現者として有名だったダンブルフ。その練習相手は、技を磨くよりも早く暴力の波に呑み込まれる事が多かった。

多少の乱戦程度であれば問題はなかったが、如何せんミラである。ここぞと実験を組み込むため、相手にとっては無限地獄。ゆえにノインも逃げて当然だろうとカグラは苦笑する。

「何じゃと……」

まさかの風評に愕然とするミラ。そして同時に思い出す。その腕前もあってか色々と練習相手を頼まれる事の多かった九賢者の仲間の中で、自分だけぶっちぎりでその機会が少なかったと。

「そもそも今回は、近接戦の練習じゃったのにのぅ」

ミラは過去の事実に目を背けながら、今回は控えめな練習だったと愚痴を零す。そしてホーリーナイトに若干八つ当たり気味なハイキックを繰り出した。

「ふーむ、メイリンのようにスパーンと決まらん」

体格差に加え、何よりも硬いホーリーナイトゆえに思い切り蹴る事が出来ない。岩でも鉄でも素手で殴り倒せる技を持つメイリンとは違う。しかもその手と足は、ただの少女のものだ。反動によって少し痛みがある。

だからこそ受ける事にも定評のあるノインは練習相手に理想的だったのだが逃げられたとあって、余計に不貞腐れるミラ。

「ねぇ、おじいちゃん。もしかしてノインさんが来た時も、そうやって練習してたの？」

これでは練習が捗らないのだと、ミラが愚痴を零したところだ。何やら突如、カグラは冷たい声でそんな事を問うてきた。

「うむ、そうじゃが？」

当然、見ればわかるだろうといった態度で答えるミラ。むしろこの状況だったからこそ、ノインに手伝って欲しかったのだと。

「なにやってんの！」

「ひょえぇっ!?」

直後、ミラはカグラに怒鳴られた。それはもう凄い剣幕で怒られたのだ。その唐突さと勢いから思わず肩を震わせてビクリと飛び上がったミラは、そこから更に一歩二歩と後ずさり、「なんじゃ急に！」と抗議する。

しかし、その怒鳴った理由をまったく理解していない態度が、余計にカグラを刺激してしまったようだ。その目はより険しく吊り上がり、ミラを委縮させる。

「だーかーらー、自覚が無さ過ぎるって言ってるの！　そんな短いスカートで、そんなに足を上げたらどうなるかわかるでしょ！」

ミラが気圧されて下がるほど詰め寄っていくカグラは、呆れを通り越して、もはやなぜ理解出来ないのかという疑問までも浮かべていた。女の子にとっては常識のそれに、どうして気づかないのかと。

「それはもう蹴りやすい――」

どうなるかというならば、両足の可動域がとても広がるため動きやすく蹴りやすい。そう答えようとして今一度、蹴る時の体勢をとるミラ。今回は、ただ単純に足を上げただけの状態だ。

「あ、あー」

先ほどまでは蹴り技という流れのみで認識していたが、こうして動作を一部だけ切り取ってみると、ようやくカグラが言わんとしている事が浮き彫りとなった。

そして同時に気づく。先ほどのノインの反応は、これが原因だったのかと。

「確かにまあ、今回はあれじゃったがな。以前に比べてずっと動きやすくなっておるのじゃよ。じゃから今は、こうして蹴り技なども使えるからのぅ。近接戦の幅がかなり広がってじゃな――」

少しだけ反省の色を浮かべるミラだったが、けれどもこの利点は活かすべきだとも熱弁する。

「それはわかるけど、だからこそ下にちゃんと穿いておくようにって前も言ったはずだけど。戦う時なんか特に。だったら練習の時もそうだって、普通わかるよね？　ぶっちゃけ今のそれって痴女みたいなものよ？　わかっているの？」

「ぐぬ……。あ、ああ、まあそうじゃな。今はちょいと穿き忘れておるが……」

それはもう言葉でちくちくと刺してくるカグラを前にして、徐々に縮こまっていくミラ。

注意しようにも、未だにそこまで気が回らないというのが現状なのだ。意識の根底には、まだその自覚というのがまったく根付いていないのである。むしろ、いちいち面倒だなんて気持ちの方が先に顔を出すほどだ。

「まあ、ほれ。今から穿くのでな。それでよいじゃろう？」

だからこそミラは、とにかく今を逃れるべくアイテムボックスから衣装鞄を取り出した。

「最初から穿いてなきゃ意味ないでしょ」

更にちくちくしてくるカグラの言葉にもめげず衣装鞄を開いたミラは、さてさてパンツ隠しはどこかいなと漁り始める。

「まったくおじいちゃんは、ほんとうにもう……」

聞いているようで、あまり聞いていない。そんなミラに、もはや呆れるのも通り越したとため息を零すカグラは、それでいて興味深そうにミラの衣装鞄をひょいと覗き見る。

パンツ隠しのみならず。ミラの衣装鞄には下着から寝巻にオシャレ着までと、だいたいの場面に対応出来るだけの衣服が揃えられていた。

「これはこれは……」

その内容を確認したカグラは、ミラの好みというよりは、今のミラだからこそ似合いそうなものが交ざっている事に気づく。ミラを可愛らしくデコレーションしてしまおうという、そんな狙いが、その内容から窺える。

可愛さと大人っぽさの共存。マリアナも、なかなか強かに仕掛けているようだ。そのさりげなさと、まったく気づく様子のないミラを見やり苦笑するカグラ。これは少女としての立ち居振る舞いよりも先に、側が完璧に整えられるのが早そうだと。

「とりあえずこれで――」

バラエティ豊かなパンツ隠しの数々。その中の一つ、無難なスパッツをミラが手に取ろうとした瞬間だった。

不意にミラの頬の横を風が横切る。その正体は、達人が繰り出す槍の如き鋭さで空を貫いたカグラの手であった。そしてカグラの手は目にも留まらぬ速さで衣装鞄に突き刺さると、狙いすましたかのように獲物を掴み上げた。

「お、お……おじいちゃん！　こ、こここここれって!?　これ、これをどこで!?」

狩人の如き眼光から一転、戸惑いと驚愕と歓喜を混ぜ合わせたかのような妙なテンションになったカグラは、手にしたそれを大事そうに広げた。

見るとそれは、猫の模様があしらわれたタイツであった。

「なんじゃ、いったい。それがどうかしたか？」

猫好きなカグラゆえ、猫に反応したのはわかる。だが、今の彼女はいつものそれを超えるほどの挙動不審ぶりだ。

はたしてカグラは、その猫タイツのどこにそれほどまで反応しているのだろうか。そこまでは読み切れないが、何よりもこれは恩を売るチャンスなのではと直感したミラは、場合によっては譲ってやってもいいという態度で問うた。

「それが私の知る通りのものだとしたらね――」

よほど盲目的になっているのだろうか。カグラは、その猫タイツがどれほどのものなのかを教えてくれた。

カグラは言う。これはマジカルナイツで行われているシーズン販売シリーズの十三弾目『ホームアニマルズ』にて期間限定で販売されていた『イエネコ』であると。

だがしかし、カグラがその情報を得た時には、どこも売り切れになっており買い損ねてしまったそうだ。

今では超希少品（カグラ主観）であり、どこに行っても手に入らないという。

「そ、それでおじいちゃんは、これをどこで!?」

全てを語り終えたカグラは、その目に期待を浮かべながらミラに迫る。これは見た通りのものなのか。これは本物の『イエネコ』で間違いないのかと。

「ま、まあそうじゃな。マジカルナイツで貰ったものじゃよ。じゃからマジカルナイツの店舗で偽物を扱っていない限りは、本物じゃろうな」

そのように答えたミラは、簡潔に経緯も説明する。それは、マジカルナイツで着せ替え人形にされた――もとい色々と手伝いをした際にお土産として貰ったものであると。

「やっぱりマジカルナイツの！　おじいちゃん凄い！　欲しい！」

状況からして、正規品以外の何物でもないだろう。だからこそというべきか、カグラの反応は更に激しく直接的なものへと変わっていった。

「お願いおじいちゃん、お願いお願ーい」

これまで、ちくちくと小言で責めていた時とは打って変わり、それはもうわかりやすく媚びるカグラ。

「しかし、サイズが――」

「大丈夫、これはフリーサイズだから！」

少しだけ渋ってみせるも迅速に返してくる。そこには一切の隙も窺わせない必死さがあった。

ミラは、その反応を前に思う。これは、かなりふっかけられるのではないかと。

「ふーむ、譲ってやってもよいのじゃがな。わしもパンツ隠しは、それほど持っておるわけではないからのぅ」

より有利な条件を引き出すチャンスであると、ミラは嘘も交えつつ勿体ぶる。

狙う落としどころは、やはり相応の恩だ。実験の助手としてのみならず、彼女が率いる五十鈴連盟は大陸にて多大な影響力を持っている。ここで恩を売っておけば、今後何かと役に立つのは間違いないだろう。

「そこを、そこを何とか！」

ミラにとっては交渉材料程度のものだが、カグラにとってはそれほどまでに希少なもののようだ。

遂には祈りまで捧げ始めた。

この調子でいけば、きっとあの言葉を、『何でもするから』というお決まりのセリフを口にするはずだ。

「どうしたものかのぅ。これを渡してしまうと、替えの選択肢が減ってしまうからのぅ」

その決定的な言葉を引き出すため、悩んでいるポーズを見せるミラ。

あと一押し、もう一押しだ。きっとこの猫タイツのためならば、今のカグラは何でもやってくれるだろう。

と、ミラが徐々に近づいてくる手応えを感じていた時だった――。

「あ、それなら交換しましょう！　残りが少ないのなら、いっそ多くなるようにすればいいのよ！」

勿体ぶるための建て前が裏目に出てしまったようだ。カグラは『何でもする』という言葉の代わりに、そんな条件を提示してきた。

「いや待て。流石に希少なそれと交換なぞ――」

「――もちろん、それに見合うだけの一級品を出すから！」

そうミラの建前をやり玉に挙げて、ぐいぐいと攻めてくるカグラ。ミラも負けじと主導権を主張しようとするも、猫関係におけるカグラの見境なさと妄執は、常識の範疇には収まらない。その事を失念していた結果、ミラは物凄い剣幕で押し込まれていく。

「どれもこれも、超一流の職人の手による特別なものよ。むしろ市場価格で見たら、おじいちゃんの大勝利っていうくらいの取引になるから！　ね、損はないでしょ？　だから私がこれを貰っても問題ないよね？　ね？」

同じパンツ隠しと交換なんていう条件は予定外だった。むしろ、この希少品に見合うだけのものが、たかがパンツ隠しにあるわけがないと高を括っていた。

しかし流石は五十鈴連盟の総帥か。普段は目に入らぬ部分であろうとも一級品を身に着けているようだ。しかもカグラが所有するそれらは、全てが特注品でもあった。

「いや、流石に——」

問題ありだと拒否しようとするミラであったが、それよりも先に次から次へと交換用のそれが鞄の上に積み上げられていく。

その全てが、カグラ愛用のパンツ隠し各種。スパッツタイプが多いが、かなりバリエーション豊かだ。そして何より、どれもこれもが猫柄で統一されている。

「待て待て、これは……」

確かに品は良いのだろう。ただパンツを隠すのみならず、色々と付与まで施されている。つまりは実戦においても役に立つ装備品としての側面まであった。

けれど、いくら何でもこれは少女趣味が過ぎると苦笑するミラ。これを着こなせるのは、それこそ無垢な少女か、マニアのカグラくらいであろう。

「ほら、こういうのも結構使いやすいのよね！」

カグラがミラの苦言を意に介す様子は、まったくなかった。むしろそのまま無理矢理に押し切るくらいの勢いでオススメしてくる。

そんなカグラが今手にしているのは、お尻部分の猫模様が可愛らしいショートパンツだ。

「いや、じゃから──」

話を聞いてくれと願うミラであるが、その言葉が声となるよりも先に「試してみたら、よくわかるから！」と、カグラがぐいぐい攻めてくる。

そして、あれよあれよと足を取られたミラはカグラの手で、そのショートパンツを強引に穿かされてしまった。

「これでばっちり、スカートでも大丈夫！　むしろそれどころか、スカートがなくっても大丈夫っていうのが、このタイプの利点よね！　安心安全で場所を選ばず軽快な穿き心地。今のおじいちゃんなら、もう完全完璧よ！」

ミニスカートでも心配無用だと太鼓判を押して捲し立てていくカグラ。

スカートの下にショートパンツ。これぞ可愛さと鉄壁さを両立した完全形態であり、誰もが安心出来る平和の象徴ですらあると、カグラは絶賛する。それはもう頭ごなしに絶賛する。

（これは……これは邪道！　血も涙もない鬼畜の所業として世界中を震撼させた、あのスタイルではないか！）

鉄壁。そう、スカート下のショートパンツは、あまりの鉄壁さゆえに、かつて世の男達から『ロマン男爵の処刑場』などと呼ばれ恐れられていた。

スカートの下にあるのは夢ではなく、拒絶する現実のみ。馬鹿な男達は、悉くその現実に打ちのめされてきたのだ。

「流石にのぅ……これはちょいとじゃな、わしの美的ポリシーに反するというか……」

女性からすれば、もはや当たり前ですらあるファッションの一つだ。そして今のミラは女性側であるのだが、苦しみを理解するからこそ男側に立ち意見する。このスタイルは、承諾しかねると。

なお、その主張にはもう一つの意も含まれていた。それは、こんな猫柄を穿くのはちょっと、という気持ちだ。

「そんなくだらないポリシーは、今すぐ捨てちゃって」

きっと、男のロマンどうこうという気持ちまで察したのだろう。カグラはミラの主張を、にこやかな笑顔のまま冷たくばっさりと切り捨てた。その言葉には、処刑人でも持ち合わせているだろう慈悲の欠片もなかった。

「ほら、これとか特別な付与が施されていてね。夏でも涼しいの。で、こっちのタイツは冬でもぽかぽか仕様よ。いつだって快適で動きの邪魔にもならない。おじいちゃんにピッタリだと思わない？　思うよね？」

男の感想など一考にも値しないといった目で笑うカグラは、更に利点を並べては、次から次へと押し付けるようにしてミラの衣装鞄にそれを詰め込んでいく。

「これでもう、いつだって大丈夫よね。やったね、おじいちゃん！　ありがとう、大切に使うね！」

次から次へとパンツ隠しを押し付けていったカグラは、その対価としてマジカルナイツ限定品の猫タイツを掻っ攫っていった。

ミラは、猫柄でぱつんぱつんになった衣装鞄を見つめ、その場に崩れ落ちる。カグラに高い恩を売る千載一遇のチャンスが、まさかの結末である。

手元に残ったのは、カグラ愛用のパンツ隠しが十数枚。実は高性能で高級品というそれらだが、カグラにしてみれば、また特注すればいいだけの品だ。彼女なら、その程度の出費は痛くも痒くもないだろう。

対して希少品を持っていかれたミラは、可愛らし過ぎて使いようのない猫柄パンツ隠しを得ただけだ。

金額でいうならば、カグラの言う通りではある。市場価格だけでみれば、それは十倍どころか五十倍でも済まないだろうほど、ミラに利がある取引だった。けれどカグラに恩を売れたなら、それ以上の価値があったのも事実。

「……いっそマニアに高値で売ってやろうか」

なんだかんだで、九賢者の中でもファンの多いカグラの愛用品だ。しかも下半身関連ともなれば、きっと間違いなくマニアな変態なら言い値で買ってくれるだろう。

と、そんな事を思い付くも、実行は出来ないと苦笑するミラ。もしもそれが本人の耳にでも入ったら、その先の身の安全は一切保証されなくなるからだ。

「ともあれ、これはなしじゃな」

もう猫関係でカグラに絡まれたのなら仕方がない。その不文律を改めて胸に刻んだミラは、とりあえず穿かされたショートパンツを脱ぐ。このような邪道は許されないと。

そして無地のスパッツを穿き直してから、足技の練習を再開する。

「あ、武人の式神でも借りればよかったのぅ」

その方が硬いホーリーナイトよりも、蹴りやすかっただろう。そんな事を思いつつ、待機時間をいつも通りに過ごすミラであった。

EX　運命の導き　後編

窓から朝の陽光が差し込む宿の一室。その窓辺のテーブル前にカグラの姿はあった。

「――つまりここが共通して……――これがマナの流れを制御する部分で……――」

まだ早朝の時間だが、カグラはテーブルにノートを広げて、複雑な術式やら何やらを書き込んでは唸っている。

「んん……」

「んわぁ……もう、朝ぁ？」

仄《ほの》かな陽光を感じたのか、ティリエルとエタカリーナが目を覚ましてベッドから身を起こす。だがティリエルは、まだ起動までに時間がかかりそうだ。目をパチパチさせた後、ぼんやりとした様子で立ち上がり、そのまま洗面所にふらふらと向かっていった。

「その感じ……もしかして、あの後からずっとそうしてた？」

エタカリーナの頭は、もう既にはっきりしているようだ。寝起きながらも窓辺のカグラを見やるなり、そう口にする。

「……きりのいいところまでのつもりだったんですけどね――」

その声に振り返ったカグラは、気づけばそうなっていたと答えた。

そう、カグラは徹夜していた。約束通りエタカリーナから神代魔法の一つを教えてもらってからというもの、その魔法式の研究に没頭していたのだ。

今とは、まったく違う形式の魔法体系。だがそれでいながら、ところどころに垣間見える類似点。エタカリーナが魔法の原点と言っていた通り、そこには多くの要素がふんだんに隠されていた。

カグラは、それらを既存の術にも活かせないかと、寝る間も惜しんで術式を組み上げていたわけだ。

「――だたもう、解析すればするほど、気になるところが次々に出てきて！　特に魔法式を繋ぐ基礎の部分には、天使や悪魔が扱う魔法の特徴が交じっているんですよ！」

徹夜でテンションがおかしくなっているのか、カグラは素晴らしい発見だとエタカリーナに迫り、饒舌に語った。

ティリエルの力を式神に宿す事が出来たのだから、この神代魔法もまた式神に組み込める可能性があるのではないかと。

「えっと、まあ、うん。可能性はあるかもだけど、とりあえず朝だから湯でも浴びない？　朝のお風呂とか気持ちいいよね」

カグラの没頭具合からして、このままではずっとこうして絡まれそうだと感じたエタカリーナ。これでは今日の予定が何も進まないかもしれないと考え、一先ず気分を切り替えるよう促す。

「どうぞ行ってきてください。私は、これがまとめ終わったら行きますので」

ノートを見据えたままで答えるカグラ。その様子から、まさかこれほどとはと感心しつつも若干引き気味になるエタカリーナは、それでいてどうしたものかと肩を竦める。

「ここは、お任せください！」

そんな頼もしい言葉と共に戻って来たのは、ティリエルだった。しゃんと目が覚めたのか、胸を張る彼女は勇ましさすら滲む足取りでカグラの許に歩み寄っていく。

いわく、こうなったカグラを動かすには多少強引に誘うのがコツなのだそうだ。

「カグラさん、朝のお風呂に入りましょう！　エタカリーナさんに朝の露天風呂も見せてあげたいです！　一緒に行きましょう！　それから皆で朝食です！　今日は朝獲れマグロの唐揚げですよ！」

梃子《てこ》でも動きそうにない状態のカグラ。そんな彼女を相手にどうするのかと思えば、ティリエルは自信満々にカグラの腕に抱き付いて、そうおねだりするように引っ張り始めた。

その様子といったら、もはや母に構ってもらいたい子供のようだ。強引に誘うというよりは、駄々をこねるといった方が近い。

「もう、しょうがないんだから」

ただ、実際に効果は覿面であった。屈託のない笑顔のティリエルに目をやったカグラは、それこそ母のように微笑むとノートを閉じて立ち上がったではないか。

没頭していた術の研究すら中断するほど、ティリエルには激甘なのだ。

ただティリエルは、それを自分の説得がとても上手だからと思っているようだった。ゆえに、どうだといわんばかりのどや顔をエタカリーナに見せつけている。

誘い方どうこうではなく、明らかにカグラの優しさによるものだ。そう気づいたエタカリーナだが、そこには触れず『流石はティリエルだ』といった顔で頷き返したのだった。

カグラ達が宿泊する宿には、珍しく露天風呂があった。しかも海沿いに位置するため、大海原を見渡せるという絶景の露天風呂だ。

「朝の太陽で煌めく海が、すごく綺麗なんですよー、お風呂に入りながらだと特に最高なんですー」

数日滞在しているとあって各施設の場所をだいたい把握しているティリエルは、慣れた様子で先頭を進んでいく。

長い廊下には、ところどころに和風様式が交じっていた。カグラにしてみればよく知る世界観だが、統一ではなく交じっているというのが少し特徴的だ。

まるで徐々に世界が交じり合っていくような、そんな不思議な調和が生み出されており、異国情緒がより強調されて見えた。まるで廊下の先には別世界があるのではと思わせる、魅惑的な廊下だ。

「煌めく海かぁ。いいね！」

そんな廊下を見回しながら、それは楽しみだと笑うエタカリーナ。するとティリエルは、ますます饒舌になり、先日に立ち寄った温泉街の話を存分に語り始めた。

（あんなに張り切っちゃって）

カグラは、そんな二人のやり取りを眺めながら、この宿に泊まった初日の事を思い出していた。

海の見える露天風呂に興奮していたティリエル。夕暮れから満天の星に変わるまでの数時間を、露天風呂で過ごしたものだ。

この宿には他にも幾つかの風呂があるのだが、露天風呂が一番のお気に入りとなったようだ。他の風呂も一巡したティリエルは今、毎日この露天風呂に入っている。特に今日はエタカリーナも一緒だからか、更にご機嫌である。

（あれ……？　そういえば昨日って……）

二人を見守りつつ更衣室に到着したところで、カグラはふと昨日はどうしていたかと思い返した。ティリエルが風呂に行く時には、カグラも一緒だった。しかし昨日については、さっぱり覚えがないときたものだ。

それというのも、いつもの時間には既に神代魔法の研究に熱中していたからだ。

「昨日は夜だったので見えませんでしたが、朝だと沢山のお船も浮かんでいて、すごく可愛いんですよ」

「それは楽しみだ」

ティリエルとエタカリーナの会話を聞くに、どうやら昨日の夜は二人でここに来た様子である。朝と夜で露天風呂の景色は大きく変わる。露天風呂通になったティリエルは自信満々に、そう説明していた。

（……丸一日か。結構問題ね……）

はしゃぐティリエルに頬をほころばせたのも束の間。自身の現状を省みたカグラは、二人よりも幾らか離れた地点で立ち止まった。

最後に風呂に入ったのは、昨日の朝だ。そしてその日にエタカリーナと出会い、その際には熾烈な捕縛戦を繰り広げたりもした。

そこから更に神代魔法を教えてもらい、そのまま徹夜ときたものだ。

(多分きっと全然大丈夫だと思うけど……)

臭ってはいないだろうか。そう気にしたカグラは服を脱いだ後、素早く脱いだ下着もまとめて洗い物用の袋に突っ込んだ。


「これまた確かに絶景だ」

露天風呂から一望出来る大海原を見渡しながら、感嘆の声を上げるエタカリーナ。

彼女の言う通り、特に大漁祭で賑わう今のそれは正に壮観であった。

帰港する漁船に出航する漁船、そのどれもが個性的な旗を掲げ大海原を彩っている。しかも大漁祭の期間中は漁獲量の制限が上がる他、時間単位で分けられるという。ゆえに、より頻繁に漁船が海を行き交うわけだ。

更には祭りの客を対象とした船釣り体験や近海の遊覧なども頻繁に行われるため、いつもとは比べ物にならないほどに海が賑わう期間となっていた。

それもあってか、その光景を満喫するために、この露天風呂もまた朝でありながら結構な人数が揃っている。そして人数が集まる場所での立ち回りにまだ慣れていないティリエルは、放っておくと直ぐどこかに紛れ込んでしまう。

だが今日は、エタカリーナがいるから大丈夫そうだ。それを確認したカグラは、いの一番にシャワーを浴びて昨日の汗を洗い流した。

その後、カグラ達は存分に露天風呂を堪能した。

ただ、その際に大変なのはティリエルの事だったりする。放っておくと、湯に浸かるか景色を楽しむ以外に何もしないからだ。

よってシャワーの前に座らせて、なんだかんだ世話を焼くのがカグラの日課であった。

「じゃあ、流すから目を瞑って。ほーら、こうすれば簡単でしょ」

「うーん、多分？」

「多分って……もう」

髪を洗ったり、身体を洗ったり。シャンプーや石鹸の使い方などについてはこうして何度も教えているが、一向に「もう大丈夫」とは言わないティリエル。

そのためこうして毎日カグラが実践しているわけだが、教えを受けるティリエルの顔は甘えん坊のそれであった。

と、そんなカグラ達の様子を窺う視線が一つ。

「何だか、前にも増して甘えたがりになっているような……？」

エタカリーナだ。仲良し姉妹のようにすら見えてくる、二人の関係。ただ、それにつけてもティリエルが、以前の彼女とは比べ物にならないほど甘えん坊になったというのが、エタカリーナの印象だった。

それは、楔としての役割をこなしていた一万年以上という時の反動によるものか。それとも、それを許容してくれるカグラという存在があればこそか。

ともあれ、そんな一面をこれでもかと見せるほどに、ティリエルがカグラに心を開いているというのが強く感じられる光景だ。

「背中を擽《くすぐ》ったがるのは、相変わらずみたいね――」

今のティリエルにも、これほどに心を許せる存在が出来ていた。それを喜ぶエタカリーナは、しかしそれはそれとして二人の間に乱入していく。昔からの仲良しは自分であると主張するように。

その結果、二人で競いながらティリエルの世話を焼き可愛がる事となった。

ティリエルはというと、くるしゅうないとでもいった態度でどんと構え、お嬢様気分を堪能したようだ。

ティリエルの世話も一通り落ち着いた頃。並んで湯舟に浸かり、透き通るような青空と、煌めく海に映える賑やかな船達を眺めていた三人。

そんな中でカグラは、ふと思い出したようにエタカリーナの頭をじっと見つめ始める。絹のように滑らかで真っ白な長髪。そしてその間には二本の黒い角があるはずなのだが、今は魔法によって隠されている。

その隠されている角を見破ろうと更に凝視するカグラ。少しして、そんなカグラの視線に気づいたエタカリーナは、何を見ているのか——見ようとしているのかを察して挑戦的に笑う。

「むぅ……!」

その表情を前に、ますますむきになったカグラは、ぐっと身を乗り出して幻影に挑む。

エタカリーナの挑戦を買ったカグラは、存分に裸体を晒しているのも気にせず、それを見破ろうと躍起になった。

複数の技能を総動員するのみならず、周りの誰にもわからないくらい静かに術式を起動して挑戦し続けるカグラ。しかし、それほどまでしてもエタカリーナの幻影を見抜く事が出来ない。

「はい、時間切れでーす」

全力で挑み始めてから、約五分。エタカリーナは得意げな顔でそう告げるなり、カグラの脇腹をそっと指で撫でた。

「ひゃぅっ!」

瞬間、集中からの反動もあってか全身をビクリと震わせて飛び上がったカグラは、そのまま湯舟にひっくり返る。

「急に何を――！」

抗議しようとした直後、先ほどの悲鳴が原因か周囲からの視線が集まっている事に気づいたカグラは声を潜め、そのまま湯舟に落ち着いた。

だがその目は、エタカリーナをじっと睨みつけたままだ。

「ティリエルに教えてもらったんだけど、効果は抜群みたいね」

エタカリーナは、にまにまと笑いながら脇腹を撫でるように指を動かしてみせる。

どうやらカグラの弱点は脇腹だと、ティリエルが暴露していたようだ。

「ティーリーエールー……」

なぜ教えたのかとカグラが睨んだところ、自分だけ背中という弱点を知られているのは不公平に感じたからだと、ティリエルはすぐに白状した。

そして次には、カグラによる報復が始まるのだった。


入浴を済ませた後は、朝食だ。食堂にて用意された皿を好きに組み合わせるという形式だが、このパターンの場合は気をつけなければいけない人がいた。

それは、ティリエルだ。放っておくと彼女のトレーは、ケーキやプリン、パフェに大福など、それはもう見事にデザート一色で埋め尽くされてしまうためである。

「はい、フルーツサラダあったよ」

ゆえに途中までは、いつもカグラが介入する。自分とティリエルの分として料理を選んでいくのだ。

そして最終的に、デザート以外はほぼ同じトレーの完成だ。

そのためもあってか、最近はティリエルの好みが幾らかカグラと似てきたりしていた。

「なるほど、面白いねぇ」

エタカリーナはというと、そんなティリエルとは違い実にバランスのとれたメニュー選択だ。ただ料理に多分な興味があるようで、バランスはとれているが量はかなり多めである。


そうこうして朝食も終えたカグラ達は、宿を出て目的地に出発――する前にその準備のため商店街にて買い出しをしていた。

「次は、あっちを見てみましょうか」

「あ、クレープ屋さんです！」

目的地までは転移を使っても、まだかなりの距離がある。よって道中で必要となるだろう昼食分の用意だ。

何といっても大漁祭でどこも大賑わいだ。売られているのは新鮮で上質なものばかり。更にはそれらを使った絶品料理も数多く並んでいるときたものだ。

食後ながらもカグラ達は昼食が楽しみだと店舗や露店を見て回り、あれもこれもと買い込んでいく。

「あ、ほらティリエル。骨とり串焼きだって」

「凄いです、理想的です！」

あっちへふらふら、こっちへふらふら。それぞれの店を気ままに巡り、気に入った料理を片っ端から購入していくカグラ。既に昼食では食べきれないだろう量を買い込んでいるが、それでも足は止まらない。

何よりも露店が並ぶお祭りの雰囲気と、美味しそうに漂う香りがそうさせるのか。カグラ達は完全制覇するつもりなのかというくらいの勢いで各店を巡っていた。

「……ねえ二人とも、ちょっと——」

大収穫だと喜ぶカグラとティリエル。そのタイミングでエタカリーナが、訝しげな目で二人を呼び止めた。

いつになったら出発するのか。流石に買い過ぎではないのか。色々と突っ込むべき要素が目白押しの状況だが、彼女が次に続けた言葉は少々違った視点からのものであった。

「——昼食分の買い出しなのはいいけど、あっちで買う方がよくないかい？　道中で色々な人間達と出会ったが、だいたいキャンプで料理していたんだけど」

そう言うと共にエタカリーナが指し示したのは、今三人がいる場所から幾らか離れたもう一つの露店通り。

その違いは扱っている商品だ。多くの料理が並ぶこの一帯と違い、そちらには数多くの生鮮食品が並んでいた。

つまるところエタカリーナは、なぜ出来合いのものばかり買って食材の方は買わないのかと言っているわけだ。

冒険者のみならず、長い旅路を行く者達にとっては、彼女の言う通り、日持ちする食材や保存食などを出先で調理するというのが当たり前だった。

そして中には、生鮮食品を厳選し保存食に加工するという拘りを持つ者もいる。それくらいに、いわゆるキャンプ料理は一般的なのだ。

「……まあ、ほら。それはあれなのよ。私には、このアイテムボックスっていう優れものがあるから、出来立ての料理を買う方が早いの。これって凄い優れものでね、ここに保管しておくと出来立てを維持出来るのよ」

カグラは、とても早口でその理由を述べた。アイテムボックスという特別な道具のお陰で、いつでもどこでも直ぐに出来立ての状態で食べる事が出来るため、これが一番理に適っているのだと。

「確かにそれ凄いね。便利そう。でもさ、それはそれで……食材も新鮮なまま保存出来るって事でしょ？　でも、そっちには見向きもしていない――」

特に元プレイヤー達が持つアイテムボックスの利便性といったら圧倒的だ。買い出しの前にカグラからその性能を聞いていたエタカリーナは、確かに賢い使い方だと頷く。

しかし、だからこそなぜ生鮮食品の方に目を向けないのか。大漁祭とあって、特に魚介類など品質に比べて破格の安さだ。これを買わないなんてもったいないと、人々が殺到しているくらいである。

だがカグラ達に、そちらを気にする素振りは皆無。それどころかお祭り景気な出来合い料理ばかりを買う始末だ。

その様子に疑問を抱いた彼女はカグラ達の動向を分析し、やがて答えに至った。

「料理、出来ないんでしょ？」

それが、状況から判断出来る一番の可能性だった。どれだけ上質でお得な食材を買ったところで、それを活かす事が出来なければ何の意味もないのである。

「そんな事ないもん」

カグラは、むすりと唇を尖らせながら抗議した。しかしながらエタカリーナの言葉は図星だったのか、その顔は不貞腐れた時のそれに近い。明らかに強がりの嘘を言っている顔だ。

「じゃあ、得意料理は？」

「……焼肉」

エタカリーナが問うとカグラは幾らか熟考した後に、これならいけるといった目つきでそれを口にした。

するとそんなカグラの言葉に呼応するようにして、ティリエルが「焼肉は絶品です！」と笑顔を咲かせる。その表情を見るに、カグラの答えは確かであるとわかる。

「なんだ、凄いじゃない。お肉を捌くのって、かなり難しいから私も出来ないんだよね」

焼肉と一口に言っても、調理としての焼肉はかなり大変である。特に肉を捌くのは、それこそ職人並みの技術が必要となるからだ。

更には肉の部位ごとに下処理を行わなくてはいけない。これの程度によっては、焼き上がりに大きな差が出るほど重要な作業だ。それらをこなせるのならば、十分に得意と言えるだろう。

と、エタカリーナは感心したように頷くも、次にはそっと視線を逸らしたカグラの様子に眉根を寄せた。

そう、当然ながらカグラにそのような技術はなかった。ただ焼肉店にて既に下拵えが完璧に済んだ肉を焼くだけだ。その際、焼く順番や焼き加減などに拘りがあるというだけの、いわば焼肉店の上級客という程度のものだったのである。

「……もしかして、本当に焼くだけじゃないよね？」

エタカリーナがずばり指摘したところ、カグラは「焼き加減とか重要なのよ。肉の種類や状態によって違うんだから」と、焼くだけでも奥が深いのだと反論する。

しかし、そんなカグラの言葉はまったく響かなかったようだ。エタカリーナは、それはちょっと料理という範疇からずれていると苦笑した。

「別に出来ないわけじゃないのよ。ただ、面倒なだけだから」

得意料理『焼肉』を棄却されたカグラは、それでいてなおも反論する。確かに得意というほどではないが、やろうと思えば問題なく作れると。

ただ、自分で作るよりも出来上がっている料理を買った方が手間もかからず楽に美味しく食べられるため、簡単な方を選んでいるだけ。

つまりは効率重視。それがカグラの言い分であった。

「面倒か……。でも料理するのも楽しいものよ？　それにこう言うのもなんだけど……ティリエル。お風呂で見て確信したんだけど、貴女太ったよね？」

食べるためだけが料理ではない。わかってくると料理にも色々な楽しさがあるものだ。そんな思いを口にするエタカリーナだったが、今のカグラ達が直面している状況に思うところがあったのだろう、不意にその危険性を示唆する部分に触れた。

それは、ティリエルの体形だ。エタカリーナは記憶にある以前の頃に比べて明らかに輪郭がふっくらしてきていると気づき、苦言を呈したのだ。

「え……？　ええ!?　そんな事……そんな事ないですよねカグラさん!?」

それはもう、ガガーンという効果音が幻視出来そうなくらいに衝撃を受けた様子のティリエルは、縋るようにカグラを見やる。

そんな視線を受け止めたカグラは、彼女の事を思いやり大丈夫だ——と頷こうとしたところで動きを止める。見れば確かに出会った当時と比べたら少々——と頭の隅で思ってしまったからだ。

「何で何も言ってくれないんですかー!?」

その事実に言葉を失ったカグラと、そんな事ないという簡単な慰めすらも出ない状況に嘆くティリエル。

愕然としたティリエルと、彼女をそのような体形にしてしまったカグラ両名の肩に手を置いたエタカリーナは、言い聞かせるように話す。

客商売として提供される料理というのは、美味しさを第一に重視している傾向にあるものだと。ゆえに油が多かったり、味が濃い目に作られている事が多いわけだ。

よって何も考えず美味しさだけで食事を選び続けていると、健康に悪影響が出たりする場合もある。

「――だから自分で料理するのって大切なのよ。栄養のバランスや調味料の分量なんかを自由に調整出来るから」

自炊する事によって見えてくるもの。彼女も過去に何かあったのか、その辺りを詳しく語ったところで、続き「ここ最近は、どんなのを食べていたの？」という問いを口にした。

「えっと……海鮮かき揚げ丼と、海と山の唐揚げ弁当と、特大海老天そばと、ブルーマーカロウフライ定食と――」

美味しかったものはよく覚えているようだ。ティリエルが次から次に最近食べたものを挙げていったところ、途中でエタカリーナがストップをかけた。そして次には苦笑しながら、こう言った。「揚げ物ばかりじゃないの……」と。

その後、カグラ達はエタカリーナ主導の下、生鮮食品を扱う露店を巡った。

今ならばまだ十分に間に合う。今からでも取り返せる。しっかりとバランスの良い食事を心がければ大丈夫。今が乱れ過ぎているだけだから、それを戻せば元通りだ。

多大なショックを受けたティリエルをそのように励ましながら、料理用の食材を買い揃えていった。

ティリエルの決死の覚悟もあり、今日のみならず一、二週間分にもなる食材を買い込んだ一行は、いざ転移するために人通りの少ない路地裏に入り込んでいた。

「……後で料理本も買わないと」

エタカリーナが薦めるままに購入したが、これだけの食材を本当に扱いきれるのかと不安しかないカグラ。

「二週間、ちゃんとしたら……」

バランスの良い食事を心がければ、きっと直ぐ元通りだと何度も繰り返すティリエル。

その様子は一見した限り、何とも不穏な気配を漂わせる二人と一人の三人組に見える事だろう。通行人に不審がられる前に、一刻も早く出発した方がよさそうだ。

「よし、行こうか」

ピー助は昨日の夜に出発しているため、既に目標地点となる草原に到着済みである。後はカグラが入れ替わり、エタカリーナがティリエルを連れてカグラが持つ目印に転移すれば現地着だ。

だがエタカリーナが「じゃあ、お願いねカグラさん」と言って転移の目印を手渡そうとした、その時だ——。

カグラが「あ!」と声を上げると共に何かを咥えた野良猫が三人の傍を、たたたと走り抜けていった。露店からおやつでもくすねてきたのだろうか、実に俊敏な逃げっぷりだ。

「逞《たくま》しいねぇ」

露店売りではよくある事だと、さほど気にした様子もないエタカリーナ。

ティリエルはというと、まだお腹周りを気にしているのか、そもそも野良猫に気づいてすらいない。

「――それじゃあこれを……って、あれ？　カグラさん？」

さて、改めて転移の目印を手渡そうとしたところであった。エタカリーナは、その一瞬で起きた出来事を前にして唖然と目を見開き周囲を見回した。

なんと野良猫が通過したと思った次の瞬間、カグラの姿が消えてしまっていたからだ。

「……ねぇ、ティリエル。カグラさんは、どこに行ったの？」

もはや状況に理解が追い付かないのだろう、それ以上に気づいていない様子のティリエルにすら問いかける始末のエタカリーナ。

「カグラさんですか……？」

当然ながら状況を把握していないティリエルは、顔を上げたところでようやくカグラの姿がない事を知り、「消えました！」と驚きを露わにした。

そんな状態のティリエルだが、余程驚いたのだろうエタカリーナは、そんな彼女に今しがたの出来事を説明した。いわく、泥棒猫が駆け抜けていったかと思えば、カグラの姿が消えてしまっていたと。

「そういう事でしたか！」

本来ならば、そう言われても何の事かと首を傾げていたところだ。しかし、多少程度でもカグラの事を知る者にとってみれば答えは明白であった。

「その猫さんは、どちらに逃げましたか？」

「えっと、あっちに……」

忽然とカグラが消えたというのに、まったく焦った様子のないティリエル。それどころか確信めいた目をするものだから、エタカリーナは戸惑い気味に答えた。猫がいったいどうしたというのかと。

「ではきっとそっちです！」

エタカリーナが指さした方向に迷う事無く走り出すティリエル。

なぜそこまで自信満々なのか。疑問を抱きながらもエタカリーナは、その後に続いた。

「よーしよしよし、いい子ねぇ、いい子いい子。ほーら、美味しいわよぉ。いっぱいあるからねぇ、おいでおいでー」

路地裏を進んだ先。少し広くなっているそこの片隅にカグラの姿はあった。しかも彼女の目の前には先ほどの泥棒猫と、更に数匹の子猫の姿まで見えるではないか。

「本当にいた……。それにさっきの猫まで」

ティリエルの確信通りに、消えたはずのカグラが見つかった。驚いたエタカリーナは、更に猫までいた事とカグラの態度で何となく事情を把握する。なるほど、極度の猫好きだったかと。

様子を見ると、どうやらカグラはその猫のみならず、仔猫達とも仲良くしたいようだ。警戒気味の猫を相手に、周りの事など一切気にせず堂々と地に伏せたカグラ。そして手にしたエサとオモチャで「ほーら、遊びましょー」と満面の笑みで誘う。

するとどうだ。目線の高さが同じくらいになった事もあってか、またはご馳走クラスのエサとオモチャに釣られてか、猫の警戒心が和らぎ始めたのがわかる。少しずつカグラに近づき始めたのだ。

「そうよ、そうそう。ほーら、こっちこっち。ああー可愛いねぇ。子供達もおいでおいでー。美味しいものもいっぱいあるわよぉ」

ここが決めどころだと、カグラは更にエサを並べていく。腹ペコだったのだろう、いよいよ猫達がそれに喰いついた時、カグラは今がチャンスだと手を伸ばした。

存分に猫達を撫で回す。そんな理想の瞬間のため、そっと優しく猫の背に触れたカグラ。

猫はというと、幾らか気を許してくれていたのだろう、触れただけでは逃げようとせず、ただもっとエサはないかとねだるようにカグラを見やった。

その直後だ——。

「ああ、あー! あああ……。あー……」

瞬間、猫は恐ろしげな鳴き声を響かせると共に飛び退き、そのまま仔猫達を引き連れて脱兎の如く逃げ出していったではないか。

きっとカグラの内に秘められた、常軌を逸した猫愛を垣間見たのであろう。そのあまりにも深過ぎ

る愛は、野良猫にとって未知以外の何物でもないのだ。

そんな猫達の背を見送ったカグラは、「またこんな……」と呟くなり、地面に伏したましくしくと涙する。

「急にいなくなったと思ったら、まったく。何やっているのよ、カグラさん。出発するんでしょ？」

そのように声をかけるも、打ちひしがれたカグラに反応はない。

これは大丈夫なのだろうか。エタカリーナが問うと、ティリエルは日常茶飯事なので問題ないと答える。そしてそれを示すように「さあカグラさん、行きましょう！」と言ってその手を引いたところ、カグラはゆっくり起き上がった。

「ティリエルぅぅー」

そして猫に振られた心の傷を埋めるように泣きついた。

心の傷は問題ないが、猫の事になるとこうして面倒な状態になるため注意しないといけない。ティリエルは、最後にそう付け加える。

「なるほど……」

エタカリーナはカグラを見やりながら、納得したように苦笑した。

ともあれ、そうしてようやく三人揃ったところで「それじゃあ、今度こそ行こうか」とエタカリーナが口にする。

すると、またその時だ。きっと先ほどまでカグラが手にしていた高級なエサの匂いにでも釣られてきたのだろう。別の野良猫がふらりとやってきた。

そこで繰り広げられた攻防は、正に一瞬の出来事だ。カグラが打ちひしがれていた事が功を奏し、僅かにエタカリーナの方が、その存在を先に捉えたのだ。

それこそ刹那ともいえる反応で、野良猫を幻影で隠したエタカリーナ。ここでまた猫にかまけていては出発がいつになるかわからないからだ。

「今……猫ちゃんがいたような……」

どれほど鋭敏な感覚をしているのか。僅かな差でその気配に気づいたカグラ。けれどその姿を目に留める前に、野良猫は完璧に隠蔽されている。カグラの実力を以てしても見抜けない、とびきりの幻影魔法でだ。

「んー……？」

しかし、カグラには視覚以外にも猫を捉える器官があるというのか。その目は見えないはずの野良猫がいる方に向けられていた。

恐るべきカグラの猫愛。それを理解したエタカリーナは「はいカグラさん、これね！　じゃあ、お願い！」と、強引に転移の目印を手渡し、早く早くと急かしカグラが勘付く前に入れ替わるよう促すのだった。

「思った以上に大変そうね……」

「もっとしっかり覚えていればよかったんだけど、一万年以上前にもなると結構曖昧になるものだなぁ」

転移した先には、どこまでも続く草原が広がっていた。陽光降り注ぐそこは鮮烈なまでの青さに満ちており、風が吹けば全身が緑の匂いに包まれていく。

清々しくなるほどの光景だが、一面に満ちる光には、まだ幾らかの残暑も垣間見えた。

エタカリーナが言う八つ目の棺は、そんな草原の地中のどこかに隠されており、地上にはそれとわかるよう目印も置いてあるそうだ。

だがその目印はエタカリーナお得意の幻影魔法によって隠されているため、現状これを見つけられるのは彼女本人くらいであった。

よって式神による捜索という手は使えず、カグラ達には地道にその草原を見て回る以外に見つける方法がないというのが現状だ。

とはいえ、機動力の面においては式神が活躍した。白虎のガウ太と天猫のエルエルに乗り草原を駆け抜けていくカグラ達は、虱潰しに目印を探す。

「うーん……あの丘、あったような気もするし、なかったような気もする……」

あちらこちらにエルエルを走らせては周囲を見回し唸るエタカリーナ。捜索開始から早二時間が経った今も記憶は曖昧なままで、目印どころか目安の発見にも至ってはいなかった。

「ねぇ、なんだか曇ってきてない？」

そんな中、カグラは環境の変化を察して空を仰ぐ。見ると、到着した時に見えた爽快な青空は薄らと白に覆われ、燦々と輝いていた太陽の光も淡くぼやけ始めていた。

「あー、これは霧が出てきたかな。この辺りは、こうしてちょくちょく霧になるの。にしても、こんな時に来るなんてなぁ」

状況を観察したエタカリーナは、これは面倒な事になったとぼやく。何でも、ここで発生する霧は相当に濃いらしい。それはもう、目印を見つけるなどまず不可能なくらい視界不良になるという。

「まあ、丁度いいから休憩にしようか。霧の中だと闇雲に探したところで、どうにもならないし」

そのように続けたエタカリーナは、エルエルから降りるなり地面に魔法をかけた。するとどうだ、徐々に周囲を埋め始めた霧が、その上だけ綺麗に晴れていったではないか。

「これってもしかして、結界か何か!?　でも境界がまったくわからないんだけど！」

ただ霧を払うためだけに展開されたエタカリーナの神代魔法。その効果自体は地味なものだが、あまりにも自然過ぎるというところがカグラの興味を強く引きつけた。

同じような効果の術だったら、カグラにも可能だ。けれどそれは術が展開されていると一目でわかるようなものとなる。

しかしエタカリーナのそれは違う。霧の無い不思議な空間が、ぽかりと空いているようにしか見えないのだ。

「――それで、これってどんな作用を流用しているの!?」

手早く休憩の準備を整えたカグラは、霧が晴れるまでの間、更に詳しく神代魔法の事を教えてほしいとエタカリーナに迫る。

「もう流用しているところまでは気づいたんだね。流石だ」

こうなったカグラを落ち着かせるには、望み通りにする以外に方法はない。その事をしかと把握したエタカリーナは、カグラの要望を承知した。

しかし、神代魔法について開示出来る部分は、もうほとんどない。そこでエタカリーナは少々の知恵を働かせる。直ぐ本題には触れず、歴史などを織り交ぜながら回りくどく遠回りに語ったのだ。

するとどうだ。興味から遠い話が続いた事に加え、昨夜の徹夜による反動がここで一気に出たのだろう。うつらうつらとし始めたカグラは、そのままこてんとティリエルの肩に寄りかかるようにして寝てしまったのだ。

「……よし、作戦通り」

静かに寝息をたてるカグラの頭を膝の上に移すティリエル。その様子を慎重に確認しながら、エタカリーナは上手くいったと安堵する。

「ちょっと意地悪ですよ、エタカリーナさん。秘匿領域に触れるならそう言えば、カグラさんもそれ以上は追求しませんから。こんな感じですが、そういった部分はちゃんと判断出来る方なんです」

「いやぁ、なんかもう昨日の印象が強過ぎてね。でもわかった、次はそうするよ」

逃げられそうにない威圧感があった。ティリエルの言葉にそう答えたエタカリーナは、そんな二人を見つめながら「ほんと、仲良しなのね」と嬉しそうに笑った。


「ん……んんん……」

ティリエルとエタカリーナが静かに思い出を語らっている中で、ようやく目を覚ましたカグラ。

「おはようございます」

「おはよう」

目を開くとそこにはティリエルの顔があり、カグラは目をパチクリさせる。それから視線を移しエタカリーナの姿を確認したところで、「あ、寝ちゃってた!?」と現状を把握し飛び起きた。

見回してみると、今は眠ってしまう前に準備した野営用結界の中。どうやら寝ている間に霧も晴れたようで、青空と草原が目に映った。

目覚めに見るには、非常に心地よい風景といえるだろう。ただ、その爽快感によって頭がはっきりしたところで、寝てしまう直前についても思い出したカグラ。

「ずっと昔話ばかりしてたのって、わざとですよね……?」

すっきりした頭は、エタカリーナの狙いを見事に見抜いた。対してエタカリーナは慌てたように目を泳がせるなり、ティリエルを見やった後、「ちょっと内容的に、秘匿しておかなくちゃいけない部分だったんだ」と正直に答えた。

「そういう事なら、そう言ってもらえれば、私もそれ以上は聞きませんでしたよ」

絶対に教えられない部分もある。それもまた重々承知していると答えながら頬を膨らませるカグラ。自身にもその立場や研究成果などがあるため、理解している事だ。

ただそれは、教えてもらう事についての承知だった。

霧払いの神代魔法については、「じゃあ、これはそういう事だから」と秘密にしたエタカリーナ。カグラは「わかりました」と答えつつ、なおも好奇心に染まった目で地面を見つめる。

（さっぱりわからないわね……。でも！）

教えてもらえないのなら、見て分析し解明すればいい。どのような法則で構築されているのか、まだ理解出来ない。だがいずれは。そんな目標に向かって、そこに組まれた魔法式を書き留めるカグラであった。


霧も晴れて、また遠くまで見渡せるようになった草原一帯。カグラ達は、そこをひたすら南東に向けて進んでいた。

何でもカグラが寝ている間の事、ティリエルと昔話で盛り上がっているうちに少し思い出したそうだ。その結果、幾らか範囲を絞れたわけである。

「あー、そうそうこんな感じ。こう薄らと山脈の端が見えていて、それを眺めながらやっと一仕事終わったわぁー、なんて感じてた気がする」

思い出した地点の近くまでやってきたところ、エタカリーナが遠くを眺めながらそんな事を呟く。

ようやく有力な手掛かりを見つけたようだ。更に遠く南側に聳える山脈を指さして、あの深い谷になっているところの下に大きな岩が見えた気がすると、追加の情報を口にした。

「わかった、大きな岩ね」

そう答えたカグラは直ぐにピー助を招来して、空の上から大きな岩を探す。

そして近場から遠くに視線を移していったところで、それらしい岩を発見した。

ただそれは、大きな岩というよりは岩山と言った方がいいかもしれない。遠く、山脈より手前側。草原の端の辺りに巨大な岩が聳えていたのだ。

「……岩、ね。でも岩山？　ううん、岩っぽいわ。なんか頭がバグりそう……」

高さにして、千～二千メートルはありそうな岩だ。それでいて岩山とも形容し難いのは、見た目が山の形をしていないからである。しかもそれどころか見たままに言うと、山という漢字をひっくり返したような形の巨大な岩が地面に突き刺さっている、という状態なのだ。

「おじいちゃんなら、あのてっぺんに伝説の剣が刺さっているとか言いそうね」

そんなイメージすら受ける光景を前に苦笑したカグラだが、それはそれ。目にしたその岩の様子を、そのままエタカリーナに伝えた。

「ちょっと覚えている形と違うけど……まあ、私の記憶は一万年近く前の事だしね。ここの範囲から見えるとしたら、きっとそれでしょう」

他にそれらしい岩がないのなら、きっとそれに違いない。やはりまだ曖昧だが、他に手掛かりがない以上は確かめてみるのがいいだろう。

そう決定したカグラ達は、早速深い谷の下にその岩が見える場所を探して動き出した。

「あ、あった。あれ、あれが目印！」

目安になるものがあれば、地点の特定は随分と楽になるものだ。それから十分もかからないうちに、それは見つかった。

形は少し変わっていても、あの岩はやはりエタカリーナが記憶していた岩だったようだ。そろそろ深い谷と岩が記憶と重なりそうになったところで、エタカリーナが目印を見つけたと告げる。

「……やっぱりわからないわね」

ガウ太から降りたカグラは、エタカリーナが示したところをじっと凝視した。けれど、目印自体を魔法で隠しているとあって、カグラの目にはただの草原が広がっているだけにしか見えなかった。

極めて精巧で見事な魔法だ。ただ得意分野での事とあってか、カグラは僅かにもわからないとあって悔しそうだ。

「じゃあ、解除するよ」

カグラの降参を確認したエタカリーナは、「さあ、ここには何が隠されていたのか」と、勝ち誇った様子で魔法を解除した。

「えー、うっそでしょぉ……」

姿を現した目印を前にしたカグラは、唖然とした顔でそれを見上げた。

見渡す限りに広がる大草原の真っ只中。そこに白くて長い棒が、堂々と突き刺さっていたのだ。

何もない草原に立つその存在感といったら、目印として完璧といえるだろう。加えて、これほどのものを一万年以上もそのまま完全に隠し続けてきた幻影の魔法についても、カグラは改めてとんでもないと驚嘆した。

「さて、確かここら辺に――」

驚くカグラを嬉しそうに見やったエタカリーナは、続き柱の表面を確認し始めた。そして、そこに刻まれたバツ印を見つけたら、「それじゃあ、あっちに約千歩だよ」と言って歩き出す。

どうやら、本当の目的地は目印の下などではなく、その目印より幾らか離れた地点にあるようだ。

「念入りなのねぇ」

「まあ、悪影響しかないものだからね」

偶然にも目印に気づき、何かあるのではないかとその下や周辺を調べられ棺が見つかっては面倒だ。かといって目印がなければ、正直場所を特定出来る気がしない。ゆえに回りくどくも、こうした隠し方にしたという事だった。

「えーと、この辺りかな」

千歩ほど進んだところで立ち止まったカグラ達。そこもまた草原の真っ只中であり、これといって何かあるようには見えなかった。

だがエタカリーナが魔法を使うと変化が起きる。地面が裂けるようにして地下へ続く傾斜した穴が開いたのだ。

「今度は、こんな仕掛けが隠されていたのね……」

それもまた、まったく気づけなかったと落ち込むカグラ。ただそこで、エタカリーナが申し訳なさそうに言った。「あ、ごめん。これはただ、魔法で掘った穴だから」と。

どうやら、ここから先に仕掛けなどはないらしい。八つ目の棺がある空間まで、魔法で地下を掘り進むだけだそうだ。

「あ、そうなんだ」

次は何が隠されているのかと思いきや何もないという。気づけなくて当然だと安堵するカグラ。ただ何とも言えない物足りなさも感じながら、エタカリーナに続きその穴を下りていった。

途中、空気の循環魔法なども活用しつつ、地上から数百メートルと潜ったところだ。エタカリーナのみならずティリエルもその気配に気づく。

そう、八つ目の棺だ。エタカリーナは更にそちらへと穴を掘り進め、十数分。遂に目的の棺がある地下空洞に辿り着いた。

「これが……何だか小さいわね」

真っ暗な地下空洞。そこに一つ二つと明りを浮かべたカグラは、目の前に並ぶそれを見て、そのような感想を述べた。

事実、これまでにカグラ達が確認してきた封鬼の棺に比べ、それらは二つ合わせてもまだ、ずっと小さいものだった。

「まあ、中身が違うから、このくらいで十分だったの」

エタカリーナの言う通り、ここにある棺の中に封じているのは他の七つと違う。数百を超える鬼の遺骸を納めたこれまでに対し、この封鬼の棺に封じてあるのは、その血によって生じた異形の遺骸と、そこから分離した呪いだけだ。

よって、大きさも相応であり、このくらいで十分だったという。

「——うん、他の封鬼の棺が開けられた事に少し反応しているみたいだけど、特に問題はなさそう。それどころか当時に比べて、かなり落ち着いてきているかな。まあでも、暫くは警戒しておく必要があるか」

内部の状態をじっくり調査したエタカリーナは、そのように結果を告げた。反応はしているがそれだけであり、何か悪い影響を及ぼすほどではないと。

いわく、呪いの本体となる鬼の身体が、ここにはない事が幸いしたのだろうというのがエタカリーナの推測だ。

「あ……それどころか、これならもう浄化が出来るかもしれませんよ」

と、そこで同時に内部の確認を手伝っていたティリエルが、そんな事を口にした。

鬼の呪いがどのような影響を及ぼすかわからないため、封鬼の棺は下手に開けない方がいい。だが一定濃度にまで下がっていたなら、一時的に術で抑え込む事が出来る。

そうしたら周りに影響が出る前に適切な処理をする事で、これを完全に浄化してしまえるというわけだ。

「そっか、それじゃあ今度会った時にでも頼まなきゃね」

ティリエルの言葉を受けて、カグラはそうしようと答えた。

ただ、そんな二人のやり取りに驚く者が一人。

「え？　待って二人とも。これを浄化って、本気なの？　ティリエルなら、どれほどのものか感じとれるよね？」

弱まっているとはいえ、内部に封じられた呪いは非常に危険なものだ。弱まっただけで、おいそれと浄化出来るものではない。エタカリーナの知識と神代魔法をもってしても、そのような事は不可能だという。

だからこそ、人と天使だけでどうするのかとエタカリーナは疑問顔だ。そんなエタカリーナの反応を確認したカグラは、どうやら彼女は知らないようだと気づき、にんまりと笑みを浮かべた。

「ふっふっふ。それが出来ちゃうんですよねぇ」

「そうなんですよー」

エタカリーナには驚かされてばかりだったためか、ここにきて得意げになるカグラ。そしてティリエルもまたエタカリーナを驚かせると共に、彼女が抱える面倒事を片付けられるとあって嬉しそうだ。

「いやいや、流石にこれはさ。封じて弱まっているとはいえ、鬼の呪いはかなり性質が悪いものだよ。まだ封じたまま管理していく方がいいと思うけど……」

訝しげなエタカリーナ。けれど、カグラとティリエルの言う事とあって僅かに興味を覗かせる。

「それはもう直接見たし、なんなら戦ったりもしたので、その面倒さはよく知っています。その上でどうにか出来ちゃうと宣言しましょう――！」「しましょう！」

カグラとティリエルは、それを可能とする存在と確かな証拠についての詳細を語った。

まずは、その中心となる人物。精霊王の加護を宿すのみならず、その娘であるサンクティアという聖剣を持つ者がいると。

そして、精霊王の力と聖剣の力を最大限に発揮する事で、封鬼の棺に満ちた呪いを浄化する事が出来ると。

何よりも、開けられてしまった封鬼の棺は、この人物によって浄化されている。と、それらをまるで自分の手柄かのように並べたカグラは、最後に「で、その人物って私の友人なんですよ」と胸を張って告げた。

「あと今回は、以前の二つと違う状態です。状況と状態から考えて、十分安全に処理出来ると思います――」

続けてティリエルも、そのように太鼓判を押す。何といっても、今回は内部に楔《くさび》としてのティリエルはいない。ゆえに鬼姫がどうといった心配がないのだ。

「精霊王の加護ってまた、とんでもないお友達がいたもんだ。でも、それなら確かに可能かもだね」

そのように納得を示したエタカリーナは、それでいて二人には聞こえない程度の声で「なるほど」と呟いた。

(候補者が見事に浄化してくれたって言っていたけど、この二人が言う人物がそうって事かな)

封鬼の棺の点検。それを頼んできた友人から、幾らかの情報を得ていたエタカリーナは、そこもまた繋がるかと楽しげに微笑む。そして「あの精霊王さんが加護を与えるなんて面白そうなご友人だね。いずれ会ってみたいな」と好奇心をその顔に浮かべていた。


ティリエルが把握していなかった八つ目の棺。その点検は、間もなく完了した。

結果は問題なし。それどころか、ミラさえ連れてくれれば浄化も可能な状態だとわかった。

この件については次に要請するとして、地上に戻ったカグラ達。入り口を完全に封鎖した後、さあどうするかといったところだ。

「……お腹空いたみたいね？」

ティリエルの様子に気づいたエタカリーナが、そう言葉にする。

「空きましたー」

どうやら落ち着くまでは我慢していたようだ。素直に頷いたティリエルは、そう正直に答えながら草原の真っ只中に座り込んだ。

「あー、確かにもうとっくにお昼の時間ね。私もお腹空いたかも」

霧から始まり、目的地の捜索に地下深くへの進行。更には調査してからの脱出。これらを完了させた今、既に午後のおやつの時間すらも過ぎていた。ティリエルでなくとも腹ペコになるというものだ。

「じゃあ、作ろうか！」

遅くなったが、いよいよこの時がきたと張り切り始めるエタカリーナ。

そう、今日の昼食は出来合いのお弁当を食べるのではない。皆で料理するキャンプ飯である。

「そっか……そうだったぁ」

「あぅぅ……直ぐには食べられないのでしたー」

直後、ご飯だと調子を上げていたカグラとティリエルが急激に失速していく。そういえば、料理をするため朝に色々な食材を買っていたっけと思い出したからだ。

直ぐにでも食べたいくらいに腹ペコだが、エタカリーナの意向もあって今日はここから調理という過程が挟まるのだ。それを得意としない二人は、だからこそ不安をその顔に浮かべる。慣れない調理で失敗でもしたら、もはや絶望しかないと。

「ほらカグラさん、出して出して。早く終われば、色々と質問に答える時間が出来るかもしれないよ」

けれど失敗を恐れていては何も始まらないと準備を始めるエタカリーナ。そんな彼女の言葉に触発されてか、または別の目的か。「そうよね、何でも挑戦よね！」と、機敏に動き始めるカグラ。

「──ティリエルも……今のままでいいの？」

「作りましょう！」

何よりも抗わなければいけない今を思い出したのか、腹ペコで項垂れていたティリエルも即答で立ち上がった。

それからカグラ達は、ひたすら料理を作る事に専心した。慣れない調理器具を慣れない手つきで扱い、明らかに切り方が不揃いな下拵えを繰り返していく。

だがカグラは挫けない。エタカリーナの教えに従い、徐々にだが手つきは様になっていった。

何をするにもわからないというところからスタートしたティリエルも、不器用というわけではない。エタカリーナの教えがあれば、恐る恐るながらも作業は進む。

そうして調理開始から一時間以上かかって、ようやく昼食が完成した。

「失敗したかと思ったのに、美味しいー！」

「絶品ですー！」

いよいよ腹ペコも限界とあって、出来上がって席に着くなり堪らずに食べ始めたカグラとティリエル。

最初はどうなるかと思ったが、出来上がった料理に問題はなさそうだ。具材の不揃いっぷりや火の通り加減の違いなど、今後改善していかなくてはいけない部分は沢山ある。だが、それでも苦労した甲斐はあったと思えるくらいに美味しく仕上がっていた。

「そうでしょ、そうでしょ。特に頑張って作ると、より美味しいでしょ」

調理過程の半分以上を一手に引き受けたエタカリーナの功績が大きいが、彼女は二人に料理の素晴らしさを伝えるため、カグラ達の努力をこれでもかと絶賛した。

ともあれカグラ初のキャンプ飯は、こうして大成功を収める結果となった。そしてティリエルにとっても美味しくヘルシーを実感した貴重な日となり、今後の食生活に大きな影響を及ぼしていくのだが、それはまた別の話だ。


食事をしながら、あれこれと話し合っていた三人。途中で神代魔法についてもちらほら聞けた事で、カグラは非常に満足顔だ。

「さて、それじゃあここでの用事も完了したし、次に行こうかな」

食後にゆったりし終わったくらいの頃。そろそろ街に戻ろうかとなったところで、エタカリーナがそう告げた。

「え？　もしかして、まだ他にも棺があるんですか!?」

次と聞いて驚いた様子のティリエル。だがそれでいて、その目にはやる気が満ちている。鬼に関係しているものは、一つも無視は出来ないぞと。

ただ、それはティリエルの早とちりであった。エタカリーナは「ああ、大丈夫。棺はもうないから」と答えるなり、「かなり久しぶりに起きたからね。他にも確認する事が山盛りなんだ」と続けた。

「そっか、ここでお別れなんですね」

「そういう事」

話の流れからカグラが察せば、エタカリーナはその通りだと頷いた。

そう、お別れである。カグラ達にはカグラ達の、またエタカリーナにもエタカリーナの、やらなければいけない事があるのだ。

今回は目的が一致したため同行する事になったが、ここから先はまた別々の道を進むわけだ。

「あ……そう、ですよね」

鬼が関係する用事であったなら、まだ一緒にいられる。ティリエルには、そんな思いがあったのだろう。けれどこの先は別件だとわかり、表情を曇らせる。

「ティリエル――……」

ティリエルにとって、エタカリーナは長い時を超えて再会出来た友人である。まだまだ話したい事もあるはずだ、一緒にいたいのも当然だ。だからこそカグラは、それを口にしようとした。エタカリーナに付いていったらどうか、と。

けれど直後に、その言葉が、声が喉につかえて出てこなくなる。友人と別れるティリエルを思う気持ちがある一方、ティリエルと一緒にいたいという気持ちがカグラの中で想像以上に大きくなっていたからだ。

言い出そうにも言い出せない。そのもどかしさにカグラ自身も戸惑う。

と、そんなカグラの葛藤に気づいた者が一人。

「……まあ、二人にならいいかな」

エタカリーナは微笑ましそうに呟くなり、鞄から一本の金属棒を取り出した。それは、以前に転移した際、カグラに持たせたそれと同じものだ。

「二人とも、なーに深刻そうな顔しているの。別に、これで今生のお別れってわけじゃないんだからさ。むしろ折角地上に戻って来たんだ、これからかなり入り浸るつもりだから」

仕方がない。そのように振る舞いつつ、エタカリーナは手にした金属棒をティリエルに手渡した。

「あ、これって……！」

それがどういうものなのかをよく知っているティリエルの顔に、ほんのりと光が差し込む。

転移の目印。それを預かるという事は、つまりエタカリーナがいつでも会いに来られるという意味である。

これには、ティリエルも大喜びだ。同時にカグラも心の中で安堵すると共に、それはつまり神代魔法を教えてもらえるチャンスもまた訪れるのかと、ほくそ笑む。

(早まったかな……)

少し感情を優先した行動だったが、この反応は如何なものか。そんな懸念を抱きつつも、まあいいかと笑ったエタカリーナは、「ちょくちょく会いに来るよ。そっちも気になるからね」と続けながら、キャンプテーブルの脚元を見やった。

そこには、袋が置かれていた。中身は、挑戦した後に見事失敗した料理のなれの果てだ。

下拵えについては、それなりに出来たカグラとティリエル。けれど調理の段階でまた色々な問題が飛び出してきたわけだ。

今後は、その辺りも確かめに来るからとエタカリーナが予告したところで反応は一転。喜んでいた二人の顔に影が差し込んだ。

「この調子だと、まだまだ時間がかかりそうね」

エタカリーナは、ティリエルの腹部を見据えながらため息交じりに呟いた。食生活の改善は必須だが、現時点では希望に乏しいと。

「私の責任でもあるのよね……」

ティリエルのお腹周りについては、カグラもまた改めて責任を感じたようだ。ちょっと気になるといった目でその部分を見つめ、彼女の健康のために頑張ろうと誓う。

「う……うう……そんな事ないですー！」

もはや疑いようのない現実がそこにある。けれどまだ許容範囲であると信じるティリエルは、沈痛な二人の表情に耐えかねて喚くのだった。

あとがき

お買い上げありがとうございます！

十九巻です、十九巻までやってきました！　つまり、あと一巻で二十巻になるわけです！

これはとんでもなく凄い事でしょう。何かと浮き沈みの激しいこのご時世にあって、以前と変わらずにこうして続巻を出させていただける事に感謝の念が絶えません。

重ね重ね、ありがとうございます！


さて、前巻では納豆について触れたかと思いますが、最近はそこにもう一つ進化が加わりました。

それは、お米事情です！

なんと白米のみならず、発芽玄米ともち麦、更には雑穀までもミックスしたスペシャルなご飯になっているのです。

ただの白米よりも栄養があってヘルシーな健康志向のご飯です。これに納豆が加わればもはや無敵といえるでしょう！

以前まで米を食べるのは週一くらいだったのですが、今は食生活の改善に取り組んでおり、このご飯を毎日食べております。

そして現在、腹持ちが良くなったのか夕食後の間食が激減したという結果が出ております。
これが体重にどのくらい影響を与えるのかはわかりません。ですが間食するくらいならこのご飯を食べていた方がよさそうという事で、暫く継続していきたいと思います！

ではまた次巻でお会いしましょう！

Profile

りゅうせんひろつぐ

今を時めく中二病患者です。
すでに末期なので、完治はしないだろうと妖精のお医者さんに言われました。
だけど悲観せず精一杯生きています。
来世まででで構いませんので、覚えておいていただけると幸いです。

藤ちょこ

千葉県出身、東京都在住のイラストレーター。
書籍の挿絵やカードゲームの絵を中心に、いろいろ描いています。
チョコレートが主食です。

GC NOVELS

賢者《けんじゃ》の弟子《でし》を名乗《なの》る賢者《けんじゃ》 19

2023年9月7日　　初版発行

著　　者　りゅうせんひろつぐ
イラスト　藤《ふじ》ちょこ

発 行 人　子安喜美子
編　　集　伊藤正和
装　　丁　横尾清隆
印 刷 所　株式会社平河工業社
発　　行　株式会社マイクロマガジン社
〒104-0041　東京都中央区新富1-3-7　ヨドコウビル
[販売部] TEL 03-3206-1641／FAX 03-3551-1208
[編集部] TEL 03-3551-9563／FAX 03-3551-9565
https://micromagazine.co.jp/

ISBN978-4-86716-463-1　C0093

本書は小説投稿サイト「小説家になろう」(https://syosetu.com/) に掲載されていたものを、加筆の上書籍化したものです。